Dietmar Wehking

Deltaland

Geschichten
und
Märchen

ihleo verlag

Bibliografische Information der Deutschen Nationalbibliothek

Die Deutsche Nationalbibliothek verzeichnet diese Publikation in der Deutschen Nationalbibliografie; detaillierte bibliografische Daten sind im Internet über http://dnb.d-nb.de abrufbar.

Impressum

Umschlagabbildung: Erosion © CreativeNature_nl

Gesamtherstellung: ihleo verlagsbüro – Dr. Oliver Ihle
Schlossgang 10, 25813 Husum
info@ihleo.de, www.ihleo-verlag.de

ISBN 978-3-96666-076-1

Inhalt

„Die Vorstellungswelt eines Lebewesens korrespondiert allein mit ihrem Lebensraum, ihrer Umwelt. Und wie jedes andere Tier, so modelliert auch der Mensch sich die Welt nach Maßgabe dessen, was sein Sinnesapparat ihm an Einsichten gestattet."

Jacob Johann von Uexküll, estnischer Biologe (1864–1944)

Teil 1:
Kurzgeschichten

Vorbemerkung

Auch wenn diese Kurzgeschichten biografische Elemente enthalten, ist die Sammlung keine Biografie. Sie ist weder thematisch noch chronologisch geordnet. Es ist eine Gemengelage aus Fantasie und Erlebtem. Die Personen und die meisten Orte sind frei erfunden. Die Geschichten sind Wort-Aquarelle: diffus und vielfarbig.

Das kleine silberne Flugzeug

Benjamin Dornberg schreckte hoch. Die Nacht wich schon allmählich der Morgendämmerung. Er wollte früh aus dem Bett, um rechtzeitig zur Entenjagd aufzubrechen. Noch verharrten die Vögel im Pulk auf dem Heidbergsee. Mit dem ersten Tageslicht flögen sie auf die umliegenden Felder. Benjamin musste sich beeilen, damit er sie noch vom Ufer aus erlegen konnte. Vorsorglich hatte er am Abend zuvor alles hergerichtet. Es ging schnell: Kaffee, Brote und Schrotflinte standen bereits im Flur. Aufs Rasieren und die weitere Körperpflege würde er heute verzichten. Er warf einen raschen Blick auf das Bild seiner verstorbenen Frau. Sie hätte das nicht gutgeheißen. Er lächelte ihr zu: „Muss jetzt ganz schnell gehen, Liebling, keine Zeit mehr für die Schönheit, sonst gibt es heute keinen Entenbraten. Zum zweiten Frühstück bin ich wieder zurück." Er lächelte und winkte ihr zu.

Es war nicht weit zum See. Ungefähr ein Kilometer, den Hügel hinauf und dann wieder abwärts durch das den See umkränzende Wäldchen herab zum dichten Schilfgürtel am Ufer. Unzählige Male war er diesen Weg gegangen. Am Ufersaum unter den Erlen befand sich eine kleine, mit Büschen zugewachsene Hütte. Saß Benjamin erst einmal darin, war er eins mit der Natur. Er machte es sich bequem. Trank zunächst einen Becher Kaffee, um richtig wach zu werden an diesem frühen

Sonntagmorgen, dann schob er zwei Schrotpatronen in die Doppelflinte und musterte den nahen Uferbereich durch das Fernglas. Es waren noch reichlich Enten in der Nähe, davon würde er eine erlegen. Dicht dran, dann könnte er die Jagdbeute mit einem langen Hakenstock herüberziehen.

Plötzlich unterbrach ein lautes, pfeifendes Geräusch das Geschnatter. Der Ton wurde tiefer, wie bei einem Brummkreisel, der langsam ausläuft. Etwas klatschte mit großer Wucht in den See. Die Wasservögel stiegen kreischend auf und flüchteten in wilder Panik. Das Wasser geriet in Bewegung und schwappte fast in Benjamins Hütte. *Da muss etwas ganz Großes in den See gefallen sein*, dachte er.

Der Heidbergsee war immerhin fast fünf Kilometer lang und ungefähr einen Kilometer breit. Solch mächtige Wellen, was konnte das sein? Ein Komet? Dann sah er es: ein silbernes Flugzeug. Ein Kampfjet mit den Hoheitszeichen des Nachbarlandes. Einem Schnellboot gleich glitt der Flieger über das Wasser und blieb am hinteren Ende, etwa hundert Meter von Benjamin entfernt, im Schilfgürtel stecken. Es sank im Flachwasser nur wenig ein. Es musste ein guter Pilot sein, die Maschine war beim Aufprall nicht zerbrochen. Sicherlich auch begünstigt durch die beiden seitlich am Rumpf über den Tragflächen angebrachten Triebwerke.

Was sollte das? Wieder Krieg? Der vergangene Krieg lag nun mehr als vierzig Jahre zurück. Seitdem war es friedlich geblieben in der Region. Ein Krieg, das konnte Benjamin nicht glauben. Es gab keinerlei Anzeichen dafür. Die Menschen auf beiden Seiten waren sich nähergekommen, pflegten freundschaftliche Beziehungen, trieben Handel und kulturellen Austausch über die offenen Grenzen hinweg. Vielleicht sollte Benjamin hinlaufen und helfen? An Entenjagen war ohnehin nicht mehr zu denken. Dennoch – etwas hielt ihn ab. Er war vorsichtig. Möglicherweise konnte da noch etwas explodieren. Er beobachtete das Flugzeug. Es wackelte etwas. Im Innern der Glaskuppel sah er eine Person, die hektische Bewegungen ausführte. Nach einer Weile öffnete sich die Kuppel ein wenig. Zwei Hände kamen hervor, die das Glasdach mit einem kräftigen Ruck nach hinten warfen.

Benjamin war, soweit er sehen konnte, der einzige, der sich am Ufer des Sees aufhielt. Bisher schien noch niemand den Absturz bemerkt zu haben. Der See lag in einer Senke, vom Dorf aus schlecht einzusehen. Dahinter, bei bestimmten Wetterlagen nicht zu überhören, führte eine Schnellstraße vorbei. Hätte jemand das laute Geräusch des abstürzenden Fliegers bemerkt, so könnte er es den aufdrehenden Motorrädern zugeschrieben haben, die sonntagmorgens auf der freien Bahn gerne Rennen veranstalteten.

Aus dem Flugzeug stieg ein Mann in Pilotenmontur. Vorsichtig kletterte er über den nach rechts abgesenkten Flügel und testete mit einem Bein die Wassertiefe. Dann watete er langsam, Schritt für Schritt, dem Ufer zu. Das Gesicht des jungen Mannes kam ihm bekannt vor. War das nicht Daniel, sein Sohn? Nein, er war es nicht. Aber dennoch, er sah aus wie Daniel. Das gutmütige, runde Gesicht unter der Fliegerkappe erinnerte Benjamin an Zeiten, als er mit seinem Sohn zum Fischen gegangen war und dieser zum Schutz gegen die Kälte – seine Mutter hatte darauf bestanden – eine solche Kappe mit Ohrenschützern trug. Die Geschichte mit Daniel lief nun in Benjamins Kopf wie ein Film im Zeitraffer ab.

***

Der Junge besuchte damals das Gymnasium. Mit siebzehn Jahren stand er kurz vor dem Abitur. Sein Vater war sehr stolz auf ihn. Er sollte mal mehr erreichen, als ihm selbst vergönnt war. Obwohl: Benjamin hatte es für seine Zeit auch weit gebracht. Klassenlehrer Haselstolz setzte sich sehr für ihn ein. Nach der Schule konnte er eine Ausbildung bei der Post beginnen. Eigentlich war alles gut gelaufen für ihn. Schreiben, rechnen und singen, das konnte er gut. Und der Beruf füllte ihn aus. Aber dennoch, gerne hätte er noch mehr gekonnt. Immer wenn er die Post zu den vermeintlich hochgestellten Persönlichkeiten in seinem Zustellbezirk brachte – den Lehrern, Ärzten, Hochschulprofessoren, auch eine Opernsängerin war dabei – dachte er: *Warum bin ich das nicht? Versäume ich was? Habe ich etwas falsch gemacht?* Nun war es zu spät. Man hat nur ein Leben.

„Warum beklagst du dich immer?“, sagte seine Ehefrau Elenora, wenn er manchmal abends bei einer Flasche Bier am Fenster saß und die Sterne betrachtete und seufzte.

„Ich möchte gerne wissen, warum die Sterne da oben stehen und wie das alles zusammenhängt. Ach, hätte ich doch nur Physik studiert!“

Sie schüttelte den Kopf, lachte, legte einen Arm um seine Schulter und streichelte mit der anderen Hand sein spärliches Haar.

„Du hast mich, wir haben Daniel, ein kleines Häuschen im Grünen, und du bist Postbeamter mit Pensionsanspruch. Was willst du mehr? Erzürne unseren Herrgott nicht mit deiner Undankbarkeit."

Ja, sie hatte recht, auch wenn er das nur zögerlich zugeben konnte. Er war auf der komfortablen Spur des ihm zugedachten Lebenslaufs. Ein Hohlweg, nett anzusehen und bequem zu beschreiten, da kam er nicht wieder heraus. Aber sein Sohn Daniel, der sollte es mal besser machen! Und Daniel zeigte, sehr zum Leidwesen seiner Mutter, viel versprechende Ansätze von Ehrgeiz und Fleiß.

Das Gymnasium der Kreisstadt lag direkt neben dem Hauptpostamt. Eines Morgens kam der Schuldirektor, Herr Brennicke, in Benjamins Büro. Das war ungewöhnlich, hatte er noch nie gemacht. Warum auch? Die Briefmarken holte seine Vorzimmerdame. Nun aber kam er persönlich.

„Wo finde ich Herrn Dornberg?", fragte er.

Man verwies ihn an die große Amtsstube im oberen Flur. Benjamin war mittlerweile zum Dienststellenleiter aufgestiegen und musste keine Post mehr austragen. Vielleicht war die Beförderung auch nur ein Gnadenbrot, denn mit siebenundfünfzig Jahren war Benjamin nicht mehr der Flinkste auf dem Fahrrad mit den vielen Packtaschen. Das Dienstzimmer, an dessen Tür es nun klopfte, war da schon altersgerechter. Der Direktor trat, nach dem er ein „Ja, herein" gehört zu haben glaubte, in das Zimmer.

„Guten Morgen, Herr Dornberg, freut mich, Sie kennenzulernen", sagte er förmlich. „Haben Sie etwas Zeit? Könnte ich Sie mal sprechen?"

Benjamin wurde aschfahl: „Ist wa …as mit Daniel?", stotterte er.

„Ja, es geht um Daniel." Direktor Brennicke nickte. „Aber machen Sie sich keine Sorgen, es ist nicht so, wie

Sie vielleicht denken. – Wir sind vom Bildungsministerium gebeten worden, eine Schülerin oder einen Schüler unserer Schule für ein Austauschprogramm mit den USA zu benennen. Insbesondere wir als Grenzregion seien gefragt. Das Kollegium musste nicht lange überlegen und hat sich sofort für Daniel entschieden. Er ist in Mathe ein Genie und spricht schon sehr passabel Englisch. Wir sind jedoch gehalten, die Eltern um Zustimmung zu bitten, denn Daniel ist erst siebzehn."

Benjamin richtete sich hinter seinem Schreibtisch, hinter dem er zusammengesunken war, wieder auf. „Das ist ja, das ist ja …" Benjamin schnappte nach Luft und suchte nach Worten. „Und Sie glauben, dass unser Sohn Daniel …? Ich bin sprachlos. Dem Jungen steht nun die Welt offen." Er kam mit großen Schritten hinter dem Schreibtisch hervor und nahm den Direktor stürmisch in den Arm. Dieser hatte Mühe, sich dem zu entziehen. Verlegen rückte er seine Krawatte zurecht.

„Schön, dass Sie sich so freuen für Ihren Sohn, aber besprechen Sie das erst einmal in der Familie. Wir haben ihm noch nichts gesagt, damit er nicht enttäuscht ist, sollten die Eltern dem nicht zustimmen. Vielleicht könnten Sie mir – entschuldigen Sie bitte die Eile – übermorgen schon eine Antwort geben. Das Bildungsministerium wünscht bis Freitag eine Rückmeldung und heute ist bereits Montag. Wäre es möglich, dass Sie und Ihre Frau am Mittwoch um 10 Uhr zu mir kommen könnten?"

Endlich war Dienstschluss. Die Fahrt nach Hause kam Benjamin heute unendlich lang vor. Er parkte vor der Garage. Zum Hineinfahren war keine Zeit. Er riss die Haustür auf und rief: „Elenora, Elenora!"

Sie kam in den Flur und sah ihn erstaunt an: „Was ist, bist du schon wieder befördert worden?“

„Nicht doch. Dieses Mal ist Daniel dran. Der Junge kann als Austauschschüler in die USA gehen. Direktor Brennicke war heute Morgen bei mir. Ist das nicht großartig?“

Elenora wirkte gar nicht erfreut. Sie sah Benjamin in die Augen und sagte fest und entschlossen: „Nein! Unser Daniel geht nicht nach Amerika. Der bleibt hier. Geht wie du in den Postdienst und heiratet seine Freundin Loretta. Wir werden viele Enkelkinder haben und hier friedlich als Familie zusammenleben. So stelle ich mir das vor. Der Junge geht nicht nach Amerika. Ich bin dagegen.“

„Aber Elenora, es ist doch nur für ein Jahr, dann kommt er wieder.“

„Nein!“ Elenora beharrte darauf. „Der Junge bleibt hier. Er ist in wenigen Minuten vom Fußballtraining zurück. Sagen wir ihm kein Wort. Vergessen wir es einfach.“

„Das können wir nicht.“ Benjamin sah seine Frau entsetzt an. „Das erfährt er sowieso und dann macht er uns ein Leben lang Vorwürfe. So können wir nicht mit dem Jungen umgehen.“

Als Daniel nach Hause kam, wurde zu Abend gegessen. Es war ein schwieriges Mahl. Die Eltern sprachen kein Wort.

„Was ist los?“, fragte Daniel. „Habt ihr euch gestritten?“

„Ja, wir haben uns gestritten, es ging um dich.“ Der Vater berichtete von dem Gespräch mit dem Schuldirektor. Die Mutter schüttelte die ganze Zeit den Kopf.

„Du hast doch sofort ja gesagt – oder, Papa?“ Daniel hakte ungehalten nach.

„Nein! Du, deine Mutter und ich haben übermorgen ein Gespräch beim Direktor, dann entscheiden wir gemeinsam. Deine Mutter hat noch Zweifel."

„Zweifel?", echote Elenora empört. „Ich bin dagegen!"

„Mama!" Daniel wollte etwas sagen.

„Nicht jetzt!" Der Vater legte ihm die Hand auf den Unterarm. „Wir werden eine Lösung finden, der Direktor wird uns helfen."

„Uns kann keiner helfen." Die Mutter schlug mit der flachen Hand auf den Tisch. „Wir brauchen keine Hilfe. Ich bin dagegen." Sie stand auf, ging ins Schlafzimmer und kam den ganzen Abend nicht wieder.

Vater und Sohn holten den großen Weltatlas aus dem Bücherregal und schlugen die Seite mit Nordamerika auf. „Wo genau, in welcher Stadt, in welchem Bundesstaat das wohl sein wird?" Daniel musterte aufmerksam die Karte: „So ein großes Land, riesige Städte, Highways von Küste zu Küste, endlose Prärien. Ich freue mich darauf, wenn wir nur Mama noch überzeugen könnten."

An der Aussprache in der Schule nahm auch Daniels Klassenlehrerin, Frau Antes, teil. Direktor Brennicke eröffnete das Gespräch: Es sei eine große Ehre für die Familie, die Schule, ja das ganze Dorf, dass Daniel nun die Chance bekäme, in die Welt hinauszugehen, um in der Fremde Neues zu erleben und zu lernen. Er würde danach mit einer anderen Einstellung, mit neuen Ideen wieder zurückkehren. Es sei ein großer Gewinn für ihn und unsere gemeinsame Zukunft. Alle würden davon profitieren.

Elenora platzte in den Vortrag des Direktors hinein, noch bevor der geendet hatte: „Ich nicht!", rief sie empört. Ihre Stimme stockte: „Ich verliere einen Sohn, meinen einzigen Sohn. Können Sie sich vorstellen, was das bedeutet?“ Sie sprach direkt Frau Antes an: „Sie als Frau müssten das doch verstehen. Haben Sie Kinder?“ Frau Antes schüttelte den Kopf. „Sehen Sie, Sie als kinderlose Frau können das gar nicht ermessen, was es bedeutet, ein Kind zu verlieren. Der Herr Brennicke kann das auch nicht, der hat weder Frau noch Kind. Wir haben doch nur unseren Daniel, und nun soll er fort. Nein, das will ich nicht. Das ertrage ich nicht.“ Sie zitterte am ganzen Körper. Die Farbe war aus ihrem Gesicht gewichen. Die Wut hatte sie fast ohnmächtig gemacht.

Daniel und sein Vater sahen betroffen zu Boden.

„Aber Frau Dornberg, beruhigen Sie sich doch.“ Der Direktor versuchte sie zu beschwichtigen: „Niemand will Ihnen Ihren Sohn nehmen. Ja, er kommt als ein anderer zurück, jedoch bleibt er Ihr Daniel. Kinder entwickeln sich nun mal, ob sie in die Ferne gehen oder zuhause bleiben, das müssen wir akzeptieren. Und sehen Sie, Jugendaustausch trägt zur Völkerverständigung bei. Das fördert den Frieden und die Freiheit in der Welt.“

„Frieden! Ihr Männer redet ständig vom Frieden, aber dann gibt es doch immer wieder Krieg“, empörte sich Elenora. „Ihr nehmt Millionen von Müttern ihre Söhne, lasst sie in den Kriegen sterben. Mein Bruder Alfons, er war so alt wie Daniel jetzt, auch er ist im letzten Krieg gefallen. Nein, wir Mütter sollten uns verweigern, euch keine Jungs mehr geben, damit ihr eure lächerlichen Kriege aus Stolz und verletzter Eitelkeit, um Ehre und Macht nicht mehr führen könnt. Dreckskerle seid ihre allesamt.“ Sie redete sich in Rage.

Frau Antes legte ihr den Arm um die Schulter und versuchte sie zu besänftigen.

„Lassen wir Daniel doch selbst mal zu Wort kommen“, sagte sie.

Der Junge sah seiner Mutter fest in die Augen: „Mama, bitte, bitte lass mich gehen, ich habe nur dieses eine Leben.“

„Ja“, sagte Elenora trotzig, „nur dieses eine Leben, welches wir dir geschenkt haben und dir bewahren möchten. Junge, werfe es nicht weg. – Du gehörst auch uns. Wir haben dich großgezogen und ein Recht darauf zu bestimmen, wie es mit dir weitergeht.“

„Mit Verlaub, das haben Sie nicht.“ Direktor Brennicke intervenierte heftig und mit Nachdruck: „Sie haben ihn zur Welt gebracht, Sie haben ihn großgezogen. Er ist ein Prachtjunge geworden, der jetzt ein Recht darauf hat, sein eigenes Leben zu leben. Ihr Sohn ist nicht Ihr Eigentum. – So kommen wir nicht weiter“, fuhr er fort. „Daniel möge selbst entscheiden. Daniel, geh’ bitte in die Bibliothek und denk’ ganz allein, in Ruhe noch einmal über alles nach. Danach solltest du dich entscheiden. Erst in wenigen Wochen wirst du volljährig, aber ich billige dir schon jetzt das Entscheidungsrecht zu.“

Frau Antes, Elenora, Direktor Brennicke sowie der Postmeister gingen paarweise in jeweils entgegengesetzte Ecken des Zimmers und sprachen leise miteinander, während Daniel die Schulbibliothek aufsuchte.

Es mochte ungefähr eine halbe Stunde vergangen sein. Der Direktor ging auf die Frauen zu.

„Ich sehe mal nach dem Jungen“, sagte er, „er wird seine Entscheidung wohl getroffen haben.“

Er fand Daniel im großen Lehnstuhl sitzend mit dem Weltatlas auf den Knien. Dieser Atlas war noch farbenfroher als der zuhause.

„Herr Direktor, ist der Atlantik wirklich so blau wie auf diesem Bild?", fragte er Herrn Brennicke, der sich langsam dem Jungen näherte.

„Ja", der Direktor nickte. „Aber manchmal kann er auch eine gräuliche Farbe annehmen, mit Schaumkronen auf den hohen Wellen. Dann ist er rau und gefährlich, nicht so sanftmütig wie auf diesem Bild." Herr Brennicke stand nun neben Daniel. Gemeinsam sahen sie auf die große, bunte Welt hinab. Der Direktor wirkte nachdenklich. „Ja, glaub mir das", sagte er. Es klang wie ein Selbstgespräch. „Im Krieg war ich bei der Marine. Das Meer ist grausam, so viele sind nicht wieder zurückgekommen. Aber lassen wir das. Hast du dich entschieden?", er sah Daniel fragend an.

„Ich möchte den Atlantik, ich möchte Amerika sehen." Daniel blätterte im Atlas und zeigte auf die Seiten. „Da will ich hin. Ich habe mich entschieden."

Die Entscheidung des Jungen wurde von allen akzeptiert. Die Mutter blieb stumm, mit Tränen in den Augen. Ihr Schweigen wurde als Zustimmung gewertet.

Nach diesem klärenden Gespräch blieben nur noch wenige Wochen bis zur Abreise. Elenora hatte nicht kampflos aufgegeben. Sie brachte das ganze Dorf gegen den sogenannten Kindesraub auf ihre Seite. Direktor Brennicke, Frau Antes, Daniel und vor allem Daniels Vater wurden angefeindet: Übereifrige, herzlose Monster seien sie. Warum sollte der Junge in die große Welt? War denn das kleine Dorf eine falsche Welt, lebten nicht alle zufrieden und glücklich in Heidebunt? Die Atmosphäre im Dorf wurde unerträglich. Daniels Freundin Loretta trennte sich von ihm. Der Fußballklub stellte Daniel nicht mehr auf. Als er beim Training sein Trikot zurückbrachte, sagte der

Trainer: „Na, dann kannst du ja bald American Football spielen, vielleicht ist das besser als unser Fußball.“ Ohne auf die Antwort zu warten, drehte er sich zur Mannschaft um und klatschte in die Hände: „Los Jungs, hopp, hopp, weiter geht’s, hier gibt es nichts mehr zu gucken.“ Daniel und sein Vater sehnten den Tag der Abreise herbei.

Endlich ging es los. Sie mussten früh raus an diesem kühlen Spätsommertag. Daniel hatte die ganze Nacht vor Aufregung kein Auge zugetan. Im Wagen nun übermannte ihn der Schlaf.

Er hörte seine Mutter nicht, die sagte: „Schau doch mal, Daniel, ist das nicht schön hier: Die Ebereschen sind schon rot und in den Flussauen blüht der Weiderich. Der Nebel hängt wie ein Brautschleier über der Landschaft, so wie damals bei deiner Geburt. Ja, in zwei Wochen wirst du achtzehn. Wir können das leider nicht gemeinsam feiern. Loretta und ich hatten eine Überraschung für dich geplant, aber daraus wird nun nichts – schade!“

Am Flughafen verfehlte Benjamin zunächst die Abfahrt. Sie kamen am falschen Terminal an. In letzter Minute erreichten sie dann den richtigen Eingang. Daniel nahm den Koffer und hetzte in die Abflughalle. Er konnte nicht einmal mehr richtig Abschied nehmen. Das war knapp. Als Letzter wurde er eingecheckt.

Benjamin hatte den Wagen im nahen Parkhaus abgestellt. Die Eltern gingen auf die Aussichtsterrasse. Von dort konnten sie das Flugzeug, aber nicht Daniel sehen. Die Passagiere stiegen vom Gebäude aus über einen langen Schlauch in den silbernen Rumpf. Der Schlauch wurde gelöst, das Flugzeug rollte auf die Startbahn und hob ab, bis nur noch ein kleines, silbernes Flugzeug am blauen

Himmel zu erkennen war. Nach kurzer Zeit verschwand es in einer Wolke.

„Vielleicht hat er es nicht mehr geschafft", mutmaßte Elenora hoffnungsfroh. „Sehen wir doch mal in der Abflughalle nach, vielleicht wartet er dort auf uns."

„Na gut", Benjamin willigte ein. „Ich glaube es zwar nicht", sagte er und ging dennoch zur Beruhigung mit Elenora in die Abflughalle. Sie war fast leer – kein Daniel.

Schweigend fuhr das Paar nach Hause. Dort angekommen, ging Elenora sofort in Daniels Zimmer. Sie warf sich weinend auf sein Bett. Da lag ein Brief.

Für meine lieben Eltern Elenora und Benjamin Dornberg, stand auf dem schlichten Kuvert. Sie öffnete es hastig und setzte sich mit dem Schreiben zu Benjamin an den Küchentisch. Gemeinsam lasen sie:

Liebe Eltern,

vielen Dank für alles, was ihr für mich getan habt. Ich behalte euch in meinem Herzen und werde immer an euch denken. Aber nun ist die Zeit gekommen, um aus dem Nest auszufliegen und mein eigenes Leben zu leben. Ich bleibe in Amerika. Natürlich sehen wir uns wieder. Ich werde euch besuchen und ihr mich hoffentlich auch. In unserem Dorf kann ich nicht mehr leben. In den letzten Wochen merkte ich, das hier ist nicht meine Welt, ich habe mich für eine andere Welt entschieden. Lebt wohl, liebe Eltern.

Ganz herzlich, euer Daniel

„Siehst du!" Elenora war außer sich: „Nun haben wir unseren Sohn verloren, er kommt nicht wieder."

„Nun beruhig dich doch, der kommt schon zurück", sagte Benjamin. „Ihr habt ihm in der letzten Zeit das Leben zur Hölle gemacht, da musste er so etwas schreiben, das ist nicht ernst gemeint."

Schon sehr früh morgens klingelte tags darauf das Telefon. Elenore stürzte sofort aus dem Bett.

„Das ist Daniel, das ist Daniel!", rief sie. Benjamin hörte sie danach nur „ja" und „nein", „nein", „ja" und „nein" sagen. Am Ende des Telefonats brach sie in Tränen aus. Als er das Wohnzimmer betrat, lag sie auf dem Sofa, erhob sich langsam und sah ihn mit einer Mischung aus Furcht und Widerwillen an.

„Das war eine Dame vom Bildungsministerium ... Daniels Flugzeug sei nicht in Amerika angekommen. Es sei über dem Atlantik verschollen, keiner wisse etwas Genaues. Heute Nachmittag würde man vielleicht mehr wissen. Ich habe es geahnt. Du hast mir nicht geglaubt!", schrie sie. „Du hast ihn umgebracht!" Sie war wie von Sinnen.

Benjamin rief den Hausarzt an. Der kam und gab ihr eine Beruhigungsspritze. Am späten Nachmittag hielt eine dunkle Limousine aus der Hauptstadt vor dem kleinen Haus in Heidebunt. Pastor Winter und ein Herr im dunklen Anzug stiegen aus und kamen sehr langsam auf die Tür zu. Pastor Winter: Das war Botschaft genug. Daniel war verloren. Der Herr vom Bildungsministerium drückte sein tiefstes Bedauern aus und überbrachte ein Kondolenzschreiben, unterschrieben vom Ministerpräsidenten. Nur vereinzelte Wrackteile seien gesichtet worden. Nur wenige der Opfer konnten geborgen werden. Daniel war nicht darunter. Das Flugzeug sei auf den Grund des Ozeans gesunken. So fanden fast alle ihr Grab in den Untiefen des Atlantiks. Sie konnten ihren Daniel nicht einmal beerdigen.

Zwei Wochen später kam ein Schreiben von der Fluggesellschaft mit Fragen zur Bankverbindung und dem Angebot, an einer besonderen Fahrt mit einem Luxusdampfer teilzunehmen. Man würde über der Unfallstelle einen Gedenkgottesdienst abhalten, bei dieser Gelegenheit könnten Blumen und Kränze dem Meer übergeben werden. Danach seien alle Angehörigen herzlich eingeladen bei einem einwöchigen Urlaub in einem 5-Sterne-Hotel, ein wenig Abstand von dem tragischen Ereignis zu finden. Benjamin und Elenora verzichteten. Die beiden sprachen kaum noch miteinander. Elenora zerfraß der Kummer. Aus dem Kummer wurde Krebs, der fraß schneller und tiefer. Ein Jahr nach dem schrecklichen Verlust lag sie im Sterben. Sie hatte darum gebeten, vom Krankenhaus nach Hause gebracht und in Daniels Bett gelegt zu werden.

„Wo ist mein Daniel!", rief Elenora in ihrer letzten Stunde. „Wo ist er? Ich habe ihm doch frische Sachen hingelegt, warum hat er sie noch nicht angezogen? Ist er noch bei Loretta oder beim Fußballtraining? Aber ich weiß, er wird kommen und seiner Mutter Lebewohl sagen. Daniel ist ein guter Junge."

Sie sah zum Fenster hinaus. Draußen flog gerade ein kleines, silbernes Flugzeug am blauen Himmel.

„Da, da!", rief sie und versuchte die Hand zu heben. „Da fliegt er. Er kommt zurück." Ihr Arm rutschte schlaff von der Bettdecke, sie schloss die Augen und starb mit einem Lächeln auf den Lippen.

***

All das war in Sekundenschnelle vor Benjamins Augen abgelaufen. Acht lange Jahre – oder jetzt acht kurze Jahre im Rückblick. Ein peitschenartiger Knall schreckte ihn aus seinen Gedanken, dann noch einer. Er kannte das

Geräusch aus dem Krieg und wusste sofort, hier wurde mit einem Schalldämpfer geschossen. Der junge Pilot, der auf das Ufer zuging, fiel nach hinten in das flache Wasser. Aus dem Wald kamen drei Männer in Tarnanzügen. Einer sicherte die Gruppe zum Ufer hin mit dem Gewehr in der Hüfte. Die anderen beiden zogen den leblosen Körper aus dem Wasser. Alles war sehr schnell gegangen.

Benjamin konnte das nicht zuordnen, aber er wusste, es drohte Gefahr. Er machte sich klein in seiner Laubhütte. Auf der anderen Seite traf inzwischen der Rettungszug der Feuerwehr ein. Sie brachten ein Schlauchboot zu Wasser, um an das Flugzeug heranzukommen. Die Männer in den Tarnanzügen versteckten sich im Ufergebüsch. Benjamin hörte Grabgeräusche. Vermutlich verscharrten sie den Leichnam des jungen Piloten. Dann kamen sie wieder hervor, getarnt als harmlose Angler, warfen ihre Ruten aus, setzten sich auf Klapphocker und tranken Bier.

Von oberhalb des Wäldchens vernahm Benjamin Motorengeräusche und Schritte.

„Hallo, ist da jemand?“, rief eine Stimme. „Hier ist die Polizei. Was machen Sie dort?“

„Sehen Sie doch, wir angeln!“, rief einer der Männer zurück.

„Können wir mal runterkommen und Ihnen ein paar Fragen stellen?“ Die Polizisten kamen näher und fragten: „Haben Sie den Absturz bemerkt?“

„Nein, welchen Absturz?“, die Männer schüttelten den Kopf.

„Dort das Flugzeug und jetzt die Feuerwehr. Das muss Ihnen doch aufgefallen sein.“ Der Polizist sah die Männer fragend an.

„Ja, das Flugzeug sehen wir“, sagte einer der Männer. „Liegt das nicht schon länger dort? Wir haben an dieser Stelle noch nie geangelt und kennen uns hier nicht so gut aus. Die Feuerwehr, nun ja, ist doch Sonntag heute, wir dachten, die hätten eine Übung.“

Die Polizisten nahmen die Personalien der Männer auf. Sie waren aus der nahen Kreisstadt und hatten gültige Ausweise. Benjamin bekam alles mit und hatte an der Stimme einen der Polizisten erkannt. Es war Heini Schlohgerber aus dem Nachbardorf. Sollte er hingehen und sagen, was sich zugetragen hatte? *Nein, nicht jetzt,* dachte Benjamin, *nicht jetzt, erst morgen.* Es erschien ihm zu gefährlich, solange die Mörder noch da waren. Außerdem hatten die Polizisten die Personalien der Männer festgestellt. Sie konnten immer noch zur Rechenschaft gezogen werden.

Benjamin schlief sehr unruhig. Gleich nach dem Aufstehen schaltete er die Nachrichten ein:

‚In den Heidbergsee ist gestern Morgen ein Kampfjet des Nachbarlandes gestürzt. Von dem Piloten fehlt jede Spur. Das Außenministerium und der Nachrichtendienst sind eingeschaltet. Weitere Informationen gibt es aufgrund der laufenden Ermittlungen noch nicht.‘

Es blieb bei dieser dürren Auskunft. Nicht einmal die Abendnachrichten berichteten über den Vorfall. Am nächsten Tag erschien in der Heidepost ein ganzseitiger Artikel. Er versuchte die Hintergründe zu erläutern. Es blieb jedoch bei Mutmaßungen: Vielleicht eine Provokation? Schließlich gäbe es seit dem letzten Krieg immer noch ungeklärte Grenzfragen. *‚Droht ein Konflikt mit unseren Nachbarn*? war die Schlagzeile. Das Blatt verfüge über Hinweise auf geheime Vorbereitungen einer Invasion. Benjamin fühlte sich unwohl. Er hatte noch lebhafte Erinnerungen an den vergangenen Krieg und gehofft, wenigstens sein Leben in Frieden und Freiheit beenden zu können. Den ewigen Frieden, das wusste er, konnte es nicht geben, das entsprach nicht der menschlichen Begabung.

Am darauffolgenden Tag erschien, wieder in der Heidepost, eine ganzseitige Gegendarstellung des Nachbarlandes. Man verwehre sich entschieden gegen jegliche Unterstellung. Niemand plane eine Invasion. Das besagte Flugzeug wäre auch nicht aus dem Bestand der eigenen Armee. Ein falsches Hoheitszeichen aufpinseln könne doch jeder. Außerdem handele es sich um einen nicht seltenen Flugzeugtyp, davon seien 10 824 gefertigt und in 34 Länder geliefert worden. Dass keine weiteren Angaben gemacht werden könnten, weil es um militärische Geheimnisse gehe, müsse wohl jedem einleuchten. Man vermute die Provokation eines Drittstaates, der in der Region Unfrieden stiften wolle. Ein Krieg zwischen unseren beiden Ländern käme diesem Staat, der hier nicht genannt werden solle, doch sehr entgegen. Das Beste sei, den Vorfall schnell zu vergessen. Die Ära der friedlichen Koexistenz, die nun schon seit über vierzig Jahren andauere, solle nicht durch Gerüchte gefährdet werden. Man verfüge über die richtigen Fakten, unbewiesene Vermutungen seien nicht hilfreich und sollten schnell aus der Welt geschafft werden. Der Nachbarstaat halte weitere Diskussionen und Konsultationen in der Angelegenheit für überflüssig. Sollte jemand die Neigung verspüren, einen Konflikt heraufzubeschwören, müsse er mit entschiedener Gegenwehr in bisher nie gekannter Härte rechnen.

Unter dem Artikel war noch ein redaktioneller Zusatz: *‚Auch die Heidepost hält es für angebracht und folgerichtig die Diskussion zu beenden. Es gibt keine weitere Berichterstattung zu dem Vorfall am Heidbergsee. Leserbriefe in der Sache werden nicht veröffentlicht.‘*

Donnerwetter, das war schweres Geschütz, hätte sein alter Feldwebel gesagt. Benjamin stimmte das nachdenklich. Hier war etwas faul. Er hatte gesehen, wie ein junger Mann förmlich hingerichtet wurde. Das war kaltblütiger Mord. Das konnte er trotz aller Drohungen nicht so stehenlassen. Sollte er zu seinem Freund Theo gehen und überlegen, was zu tun sei? Theobald Brennicke, der Schuldirektor, war seit den Anfeindungen durch die Dorfgemeinschaft sein bester Freund geworden. Nein, er verwarf den Gedanken. Theo hatte einen noch ausgeprägteren Gerechtigkeitssinn als er. Die Sache würde aus dem Ruder laufen. Am besten, er ginge zur Polizei. Heini Lohgerber war in den Fall eingebunden, das hatte er am Sonntag gehört.

Am nächsten Tag sprach Benjamin im Revier vor und schilderte Heini den Fall.

„Lass bloß die Finger davon“, sagte dieser: „Das ist lebensgefährlich. Vielleicht hast du das nicht mitbekommen, sie haben den Flieger abgeschossen, noch auf der anderen Seite der Grenze. Der wollte flüchten, davon hatten die drüben Wind bekommen, deshalb der Abschuss und das schnelle Auftauchen der vermeintlichen Angler. War wohl ein wichtiger Geheimnisträger, der Pilot. Der musste sofort liquidiert werden. Armer Kerl. Unser Geheimdienst bekam das auch mit, allerdings zu spät. Haben nur noch die Leiche gefunden. Die andere Seite hat den Vorfall vehement bestritten. Wenn du die Zeitung gelesen hast, weißt du, dass die Sache brenzlich wurde. Unsere Regierung hat dann klein beigegeben und ebenso getan, als wäre nichts passiert. Uns hat man von den Ermittlungen abgezogen. Wir mussten alle Protokolle löschen und sind zu absolutem Stillschweigen verpflichtet. Allerdings sollen wir, falls vorhanden, eventuelle Augenzeugen benennen. Die werden dann vom Geheimdienst vernommen. Tut mir leid, ich muss dich auch melden. Ich halte dich auf dem Laufenden und gebe dir rechtzeitig Bescheid."

Heini rief schon sehr früh an. „Heute Nachmittag kommt einer vom Nachrichtendienst, der möchte dich sprechen, sei bitte um 16:00 Uhr bei uns auf dem Revier."

Seltsam, es stand kein Auto auf dem Parkplatz vor dem Backsteingebäude der Polizei, nur zwei bunte Einsatzfahrzeuge. War er zu früh? Nein, Heini winkte ihn schon hektisch aus dem Fenster herbei. Benjamin trat ein.

„Wo ist er?", fragte Benjamin.

Heini wies auf das Ende des langen Flurs. Dort stand ein unauffälliger Mann in Jeanshose und Kapuzenjacke. Er nickte nur kurz zur Begrüßung.

„Hier können wir nicht bleiben", sagte er harsch, „folgen Sie mir in den Keller."

Sie gingen in eine der Arrestzellen, sie war für das Gespräch hergerichtet. *Hatte man ihn schon festgenommen? Würde er jetzt eingesperrt?*

„Bitte setzen Sie sich." Der Mann wies auf den Stuhl gegenüber. Die beiden trennte ein schmaler Tisch. Sein Gegenüber fasste in die Jackentasche und zog eine Packung Zigaretten heraus. „Rauchen Sie?", fragte der Mann. Benjamin verneinte. „Umso besser, ich auch nicht", der Mann lachte, „dann haben wir schon eine positive Gemeinsamkeit, das wird uns weiterbringen. Herr Benjamin Dornberg, richtig?“, fragte er.

„Ja, richtig“, Benjamin nickte und stellte eine Gegenfrage: „Und Sie heißen? Sie haben sich noch nicht vorgestellt.“

„Ach so, wenn es Ihnen wichtig ist“, sagte der Mann gedehnt, „manche nennen mich Anton, andere Berthold und wiederum andere Caesar. Ich bin da nicht festgelegt. Suchen Sie sich etwas aus, das ganze Alphabet steht Ihnen zur Verfügung.“

„Dann nehme ich den letzten Buchstaben im Alphabet“, antwortete Benjamin spontan: „Z für Zerberus.“

„Sehr charmant“, der Mann lächelte gequält, „so hat mich noch keiner genannt. Aber Sie haben Humor, das zweite Positive, was wir gemeinsam haben. Und nun zur Dritten, zur allentscheidenden Gemeinsamkeit: Wir sind beide Beamte, haben einen Amtseid abgelegt, der uns dazu verpflichtet, Schaden und Unheil von unserem Volk abzuwenden sowie loyal gegenüber der Obrigkeit zu sein. Gibt es da Zweifel Ihrerseits?“

Benjamin sah den Mann an, beugte sich ein wenig vor, um seinen Worten Nachdruck zu verleihen. „Soweit ich mich erinnere, haben wir doch auch ein Widerstandsrecht. Immer wenn der freiheitlich demokratischen Grundordnung Gefahr droht, sind wir unserem Gewissen verpflichtet und können aufbegehren.“

„Ach, vergessen Sie's.“ Der Mann winkte ab. „Das ist doch alles Auslegungssache, wollen Sie sich auf dieses dünne Eis begeben? Lassen Sie das. Ich kenne den Fall, auch Ihre Aussagen sind mir bekannt, ich rate Ihnen, vergessen Sie einfach, was Sie gesehen haben und leben in

Ruhe und Frieden weiter. In der Öffentlichkeit darf niemand erfahren, was tatsächlich geschehen ist, sonst säßen wir hier doch nicht zusammen – oder? Der Nachbarstaat will in der Angelegenheit nicht weiter behelligt werden. Sie wollen weder den Toten noch das Flugzeug zurück. Für die ist die Maschine über dem Meer verschollen."

Benjamin überlegte lange. Der innere Konflikt war ihm anzusehen. Dann hatte er sich wieder gefasst und sagte: „Vielleicht könnten wir uns auf einen Kompromiss einigen. Ich erzähle Ihnen eine weitere Geschichte, die mit unserem Fall zunächst nichts zu tun hat."

Nachdem Benjamin die Geschichte von Daniel beendet hatte, fragte er nach dem Leichnam des jungen Piloten. „Was wird damit geschehen?"

„Na ja", antwortete Zerberus, „noch ist er bei uns in der Gerichtsmedizin."

Benjamin wurde konkreter. „Wenn der Leichnam freigegeben wird, könnte ich ihn danach haben und auf dem Familiengrab an Daniels Stelle beisetzen? Dafür garantiere ich Ihnen mein Schweigen für alle Zeit."

Zerberus zögerte zunächst. „Gut", sagte er dann, „auch ich habe einen Sohn verloren, durch einen Autounfall. Ich kann Ihre Leiden nachvollziehen. Dieser Schicksalsschlag hat damals meine Seele einfrieren lassen. Ich bin kurz darauf zum Geheimdienst gegangen, da brauchen sie Leute mit eingefrorenen Seelen. Aber Ihr Fall bewegt mich … Ich werde dafür sorgen, dass der tote Pilot an Ihres Sohnes statt auf dem Familiengrab beigesetzt wird, das geht allerdings nur als Urne. Sie müssen sich um nichts kümmern. Reden Sie mit absolut niemandem darüber. Ende nächster Woche wird er da sein – abgemacht."

Er hatte Wort gehalten. Benjamin stocherte zwei Wochen später mit einer Eisenstange auf dem Grab herum. Da war etwas. Er hatte begonnen, vorsichtig zu graben, als er eine Stimme hinter sich hörte. Hinter ihm stand, mit neugierig vorgerecktem Hals, sein ehemaliger Mitschüler Peter Groteflies.

„Na, gräbst du deine Alte wieder aus? Bisschen spät jetzt, hättest dich besser früher um sie gekümmert." Er lachte hämisch. Benjamin ignorierte ihn. „So ist das eben mit unserem Herrn Oberpostmeister, war schon als Schüler arrogant", nörgelte Peter und ging kopfschüttelnd weiter.

Benjamin grub so lange, bis er den Gegenstand freigelegt hatte. Er hob die Urne herauf. Ein schlichtes, rundes Gefäß aus grauschwarzem Granit, auf dem der Name *Daniel Dornberg*, darunter die Geburts- und Sterbedaten standen, wie auf dem Grabstein eingraviert. Als der Stein für Elenore gesetzt wurde, hatte man Daniels Daten hinzugefügt. Benjamin ließ die Urne wieder herunter und füllte Erde nach. Er faltete die sorgfältig gesäuberten Hände und betete ein stilles Vaterunser. Morgen würde er einen Hügel aufschichten und darauf einen Dornbusch pflanzen, denn hier lagen nun die Dornbergs.

Seit dem Tag, an dem Benjamin Direktor Theobald Brennicke stürmisch umarmte, waren mehr als acht Jahre ins Land gegangen, sie verband seitdem eine tiefe Freundschaft, gefestigt durch die Feindschaft der anderen. Sie waren damals vier: Benjamin, Direktor Brennicke, Frau Antes und Daniel. Am Ehrgeiz des jungen Daniels hatte sich der Streit entzündet. Der Junge war auf tragische Weise ums Leben gekommen. Dieses hatte die anderen in ihrem Hass und ihrer Ablehnung nur noch bestärkt. Frau Antes ließ sich versetzen. Und so blieben nur noch Theo und Benni, wie Theo ihn nun nannte. Sie hatten viel gemeinsam durchgemacht und ertragen in den zurückliegenden acht Jahren ihres Lebens, die ihnen vorkamen wie zwanzig. Nun waren beide im Ruhestand. Das verschaffte Abstand zur übrigen Dorfbevölkerung. Es gab nur noch wenig Begegnungen. Anfangs hatten sie hin und wieder im Dorfkrug ein Bier getrunken. Den mieden sie jetzt, nachdem man sie als Bildungspack und Kindesmörder beschimpft hatte. Sie kamen lieber in einem ihrer Häuser zusammen und sprachen über alles, was sie bewegte. Nur die Themen *Flugzeug im See* sowie *Urne auf dem Friedhof* blieben ausgespart. Darüber verlor Benjamin kein Sterbenswörtchen, er hatte Angst, dass Daniel ihm wieder genommen werden könnte. Neben dem Grabstein hatte er eine kleine Bank gebaut, auf der er fast täglich saß.

„Warum das auf einmal?“, hatte Theo gefragt.

„Ach, seitdem ich im Ruhestand bin, habe ich Zeit. Man sitzt dort gut und ich bin bei meiner Elenora“, antwortete Benjamin.

Sehr häufig saßen sie auch im Garten von Theo. Dort gab es eine lauschige Sitzecke mit weitem Blick über die Landschaft, hinunter zum Wäldchen des Heidbergsees und in den Sternenhimmel.

„Kennst du eigentlich viele Sterne?“, fragte Benjamin.

„Nein“, Theo lachte. „Nur wenige kenne ich, zum Beispiel die Venus, die als Abendstern zuerst zu sehen ist. Auch Merkur, Jupiter, Saturn sind gut zu sehen. Und dann sind da noch die Sternzeichen. Sieh mal dort, der große Wagen.“ Theo erklärte Benjamin den großen Wagen, den kleinen Wagen, den großen Bären, die Zwillinge und die Milchstraße. Sie schauten so lange zum Himmel, bis beiden das Genick schmerzte.

„Wie viele Sterne gibt es eigentlich?", fragte Benjamin.

„Das weiß ich nicht", Theo lachte, schüttelte den Kopf. „Das ist alles unendlich, unerklärlich."

„Vielleicht ist Daniel da oben auf einem der Sterne", sagte Benjamin. Seine Gedanken drehten sich bei allem, was er tat und sagte, stets um den Jungen. Obwohl, seit er diesen vermeintlich bestattet hatte, war er etwas ruhiger geworden.

„Schon möglich", Theo zuckte mit den Schultern. „Wir wissen so wenig von dem da oben in der großen Unendlichkeit und auch wenig von den ganz kleinen Dingen, die wir täglich mit unseren Füßen treten. Wir können immer nur einen winzig kleinen Ausschnitt dieser Welt wahrnehmen. Die Lücke unseres Nichtwissens füllen wir mit Wünschen, Hoffnungen, Vermutungen. Ja, vielleicht ist Daniel dort oben. Mit Sicherheit ist er aber noch in dieser Welt und wird es immer sein. Wir bestehen aus chemischen Elementen, die nicht vergehen. Sie werden immer wieder neu zusammengesetzt. Unser Wesen, unsere Gestalt verlieren wir mit dem Tode, aber die kleinsten Bausteine, aus denen wir zusammengesetzt sind, bleiben. Aus ihnen entsteht stets etwas Neues, das ist der Lauf der Dinge – seit Urzeiten. Wir Menschen sitzen in einer dunklen Hütte und blicken durch ein kleines Loch nach draußen. In den letzten zwei Jahrhunderten konnte dieses Loch schon sehr erweitert werden und wir wissen viel mehr als je zuvor. Das gefällt nicht allen, denn ein kleines Guckloch reicht den meisten für ihr Weltbild, den Rest fantasieren sie hinzu. Sollten ihnen dann durch neue

Erkenntnisse ihre selbst gebastelten Gewissheiten abhandenkommen, werden sie aggressiv. Wir haben es selbst erlebt. Denk nur daran, das ganze Dorf war gegen uns, weil wir Daniels Guckloch auf die Welt erweitern wollten."

Benjamin nickte: „Elenora sagte immer, wir sollten uns nicht über die anderen Menschen erheben, ihnen überlegen sein wollen. Gott würde so etwas bestrafen, deshalb hätte Daniel sterben müssen. Sie hätte im Konfirmationsunterricht einen Pastor gehabt, der habe eine Geschichte aus dem alten Griechenland erzählt. Ein Mann und sein Sohn hatten sich Flügel gebaut und waren damit über die Köpfe der Menschen hinweg hoch in den Himmel geflogen. Der Sohn kam der Sonne zu nahe, seine Flügel schmolzen und er stürzte in den Tod. Gott hätte ihn für seinen Hochmut bestraft. Kann Gott so grausam sein, Theo?"

Theo runzelte die Stirn, zeigte erst auf die Sterne, dann zum See. Er überlegte lange und sagte schließlich laut: „Da ist kein Gott. Gott ist hier." Er schlug sich mit der Hand vor den Kopf. „Gott ist in unseren Köpfen. Nicht Gott hat die Menschen, die Menschen haben Gott erschaffen, um damit das Unerklärbare zu erklären. Aber auch, um Gründe zu haben, sich gegenseitig totzuschlagen. Denn glaubst du nicht an meinen Gott, dann lästerst du ihm und ich habe das Recht, dich zu erschlagen. Gott ist die große Fiktion der Selbstgerechten, die sich damit rechtfertigen und entlasten. Ich bin viel in der Welt herumgekommen, ich habe Gott immer nur in der Vorstellung der Menschen erlebt."

„Du warst doch U-Boot-Kommandant?", fragte Benjamin. „Wie sieht es eigentlich da unten aus, in der Tiefe des Meeres, dort, wo Daniel jetzt liegt."

„Leider habe ich das auch nicht sehen können, obwohl ich gerade deswegen zur Marine gegangen bin", seufzte Theo. „Als Junge las ich mit Begeisterung den Roman ‚20.000 Meilen unter dem Meer' von Jules Verne. Die Beschreibungen waren so fantastisch, dass ich sogar nachts davon träumte. Doch unser U-Boot war leider keine Nautilus mit Fenstern. Dennoch, so schön wie im Buch, wird es dort wohl auch wirklich sein. Die Tiefsee ist ein schöner Platz für die letzte Ruhe. Wir, lieber Benni, werden eines Tages hier sterben und im Heidesand vergraben. Aber ist uns das dann nicht egal?" Theo lächelte. „Ach ja, eines vergaß ich zum Thema Gott noch hinzuzufügen: Wir mögen Gott vor allem wegen der Gerechtigkeit. Gott sorgt dafür, dass keiner entkommt mit seiner Schuld. Denn wir ertragen das einfach nicht, wenn jemand mit Schuld ohne Sühne bleibt. Wenn es uns nicht gelingt zu strafen, dann glauben wir, Gott würde das für uns erledigen." Theo lachte. „Und für den endgültigen Trost haben wir das Jüngste Gericht, dem wir uns irgendwann alle stellen müssen. Der Glaube daran verschafft seelisches Gleichgewicht, lässt uns mit dem Verbrechen leben. Benni, mein Freund, ich bin müde." Theo stand auf, sie umarmten sich herzlicher als sonst. „Nun geh", sagte er, „vielleicht sehen wir uns wieder beim Jüngsten Gericht." Er lachte laut, als er die Gartenpforte schloss.

Sie winkten sich noch lange zu, bis die Dunkelheit sie verschluckte. Benjamin wählte für den Heimweg die Abkürzung quer durch die Feldmark. Dort würde er keinem mehr begegnen. Über ihm war nur noch der klare Sternenhimmel. Er sah deutlich den großen Wagen, den Theo ihm so genau beschrieben hatte. *Seltsam*, dachte Benjamin, *dass niemand weiß, wie viele Sterne es gibt.*

Daniel hätte das sicher herausgefunden. Er hätte eine Formel zum Sternezählen entwickelt, die wäre dann als Dornberg'sche Gleichung in die Wissenschaft eingegangen. Nun ja, es müssen dieser Welt auch nicht unbedingt alle Geheimnisse entrissen werden. Ein paar Geheimnisse zum Träumen und Spekulieren könnten schon bleiben.

Zu Hause angekommen, ging er in Daniels Zimmer. Er legte sich auf dessen Bett, das – wie das übrige Zimmer – die ganzen Jahre unberührt geblieben war. Das Zimmer lag unter dem Dach und hatte nach oben ein schräges Fenster. Es bildete einen perfekten Rahmen für den großen Wagen, der zu dieser Jahreszeit und dieser Stunde da genau hineinpasste. Benjamin konnte sich nicht sattsehen an dem Bild und schlief darüber ein.

Er hatte einen seltsamen Traum in dieser Nacht: An der Deichsel des ‚Großen Wagens' war Rex, der Haflinger Wallach, eingespannt. Benjamins Vater führte ihn am Zaumzeug. Selten dachte er an seinen Vater, aber nun erschien er ihm im Traum. Sein Vater war ein armer Bauersmann gewesen. Besaß wenig: eine kleine Hütte, Rex das Pferd, eine Kuh, etwas Kleinvieh, eine feuchte, schmale Wiese am See. Um die Hütte und die erbärmlichen Stallungen herum gab es ein wenig sandiges Ackerland, auf dem bestenfalls Kartoffeln, Hafer und Roggen wuchsen. Die Mutter war bei seiner Geburt gestorben. Ihm kam es deswegen oftmals so vor, als hätte ihn sein Vater aus diesem Grunde gehasst. Der Sohn hatte sich seinen Weg ins Leben freigeboxt und die geliebte Frau musste ihr Leben lassen. Aber das war nur eine Vermutung. Nie wurde darüber gesprochen. Sein Vater war ein wortkarger Mann, der seine Gefühle nicht zeigen konnte. Vielleicht hatte Benjamin ihn deshalb aus seinem Leben verdrängt.

Nun tauchte er im Traum auf, führte Pferd und Wagen, winkte und lächelte ihm zu.

„Komm herauf!", rief er und zeigte dabei auf den Wagen, in dem schon Benjamins Mutter, seine Frau Elenora, Daniel und Theo saßen. Auch sie lachten, winkten und riefen: „Komm, komm rüber zu uns! Hier ist es schön."

Ein seltsamer Traum, aber trotzdem angenehm. Er hatte sie alle wiedergesehen und alle waren fröhlich.

Theo Brennicke verstarb in dieser Nacht. Er hatte sich in seiner Kapitänsuniform aufs Bett gelegt, die Mütze auf der Brust und darüber die Hände gefaltet. Unter den Daumen war ein Zettel geklemmt: „Bitte alles so lassen! So beerdigen! Danke!"

Eine große Trauergemeinde begleitete Theobald Brennicke, den Schuldirektor, auf seinem letzten Gang. Der Sarg wurde offen getragen. Da lag er nun, der Kapitän in seiner Uniform, bereit zum letzten Tauchgang. Nur der Zettel fehlte, dafür war ihm eine weiße Seerose in die Hand gelegt worden. Sie kamen an der Grabstelle der Dornbergs vorbei. Wie immer saß Benjamin auf der Bank. Der Tod des Freundes hatte ihn erschüttert. Die Beerdigung interessierte ihn jedoch nicht, er mochte nicht dabei sein, sich nicht wieder den Gehässigkeiten der Leute aussetzen müssen. Er wollte warten, bis der Zug vorüber war, dann würde er hingehen und allein, in aller Stille Abschied nehmen. Schon früh am Morgen machte er sich auf den Weg. Das Gehen war ihm schwergefallen. Der Gedanke, Theo nie wiederzusehen, lastete auf Benjamin. Auch war es mit seiner Gesundheit nicht zum Besten bestellt, sein Alter setzte ihm zu. In letzter Zeit häuften sich die Schwindelanfälle.

Pastor Winter sah den alten Dornberg einsam vor dem Grabstein sitzen. „Komm mit, dein Freund Theo wird beigesetzt, du solltest ihm die letzte Ehre erweisen! Außerdem bist du ein guter Sänger. Los, komm!“ Benjamin rührte sich nicht. „Geh und weck Opa Dornberg auf!“, bat der Pastor ein kleines Mädchen, das neben ihm ging.

Sie lief hin, berührte sanft die Schulter des alten Mannes. Da sackte er in sich zusammen und fiel vor den Grabstein. Pastor Winter erschrak, mit schnellen Schritten eilte er hinzu. In seinem langen, schwarzen Talar und den hastigen Schritten wirkte er wie ein großer Vogel, der sich auf Beute stürzt. Der Pastor kniete nieder und sah dem alten Mann ins Gesicht. „Der ist nun auch tot.“ Der Geistliche legte ihm die Hand auf den Kopf, segnete ihn und ging nachdenklich zum Trauerzug zurück.

In der kommenden Woche folgte eine kleinere Trauergemeinde der schlichten Holzkiste des Benjamin Dornberg. Dornbusch und Hügel hatten der neuen Grube weichen müssen. Der Friedhofsgärtner war neu im Ort, er kannte die Geschichte der Dornbergs nicht, und so wunderte er sich nicht über die Urne, die er nun ein wenig zur Seite rückte. Es war ein herrlicher Tag im Mai. Das Häuflein der Trauernden – oder der Neugierigen – stand dort und hörte Pastor Winter zu, der kaum etwas anderes sagte als letzte Woche. Vermutlich hatte er nur die Namen ausgetauscht.

Ein kleiner Junge blickte gelangweilt in den Himmel, an dem ein Flugzeug silbrig in der Sonne glänzte.

„Oh, guck mal Mama, dort oben das Flugzeug, wie es glänzt und glitzert! Ist das nicht schön? Wenn ich groß bin, möchte ich Pilot werden.“

„Nein!“, rief die Mutter entsetzt. Sie rief sehr laut, sodass alle aufschreckten. „Nein, du wirst kein Pilot, du bleibst hier!“ Sie drückte ihn fest an sich.

Als der Junge wieder aufblickte, war das silberne Flugzeug bereits in einer Wolke verschwunden.

Bad Sperlingssprech

Am Kreisverkehr endet die freie Landschaft. Hier beginnt das Urbane, so urban, wie eine Stadt dieser Größenordnung nur beginnen kann: Tankstelle mit Werkstatt und Gebrauchtwagenhandel, daneben ein Baumarkt. Gegenüber, mit riesigem Parkplatz davor, zwei Lebensmittel-Discounter, an die sich Drogeriemarkt und Billigklamotten-Laden anschließen. Ein Gewerbegebiet wie tausend andere an den Einfallstraßen tausend anderer Städte. Kübel mit vertrockneten Pflanzen am Straßenrand weisen in die Stadt, die den Ankömmling mit einer großen Tafel begrüßt. *Willkommen in Bad Sperlingssprech* steht über einem blauen Schild mit gelben Streifen, zwischen denen Spatzen abgebildet sind. Der mittelalterliche Schild ist umrahmt von Werbung für das Besondere in dieser Stadt.

Hier soll ich nun meine Depressionen auskurieren? Der Arzt im Berufsgenossenschafts-Krankenhaus hatte mir den Ort sehr empfohlen. Vermutlich mehr aus Kosten- denn aus medizinischen Gründen. Allein der Name *Bad Sperlingssprech* ist ein Zungenbrecher. Vielleicht gehört das bereits zur Therapie. Fünfmal gesprochen, könnte es ein Aufnahmetest sein. Wer es nicht fehlerfrei schafft, kommt schon gleich in die Gruppe der Schwierigen. Na gut, immerhin thront über dem Tal, in das sich die kleine Stadt zwängt, eine respektable Burg mit einem mächtigen Turm. Ich stelle meinen Wagen auf dem Cityparkplatz P1, direkt neben dem Schwimmbad, ab. Ich bin früh dran, zu früh, um schon in die Kurklinik zu fahren. Der Fußweg zur Innenstadt ist flankiert von gläsernen Schaukästen, die Auskunft über Bad Sperlingssprech geben. Einige sind der Geschichte der Stadt gewidmet.

Und so erfahre ich, dass sich an dem kleinen Fluss Reste der Glockenbecherkultur fanden. Später siedelten hier keltische Volksstämme, die vermutlichen Namensgeber des Gewässers: *Wedrunstra* nannten sie das im Sommer nur mühsam dahinplätschernde Rinnsal. Daraus wurde *Wedrune*, der heutige Name. Die Römer schätzten offensichtlich das Wasser und leiteten es per Viadukt, die Reste sind noch zu sehen, in ihre größeren Siedlungen, die ihnen verständlicherweise besser gefielen als das zugige Tal, aus dem sie die Kelten vertrieben. Während der Völkerwanderung zogen die Völker des Nordens in Scharen hier hindurch – jedoch, sie blieben nicht. Zu windig, zu kalt, vermute ich, denn dann hätten sie auch in ihrer Heimat bleiben können. Soweit Schaukasten eins. Bei Schaukasten zwei beginnt das frühe Mittelalter: Ein bärtiger, grimmig blickender Mann mit Rauschebart und Ritterhelm, auf dem ein Spatz sitzt, ist zu sehen. Dieses Mannsbild eines Fieslings errichtete die Trutzburg, die das Tal dominiert, in dem zu jener Zeit die erste dauerhafte Besiedlung entstand. Cunicalf, so sein Name, war ein Raubritter, der es offensichtlich zu erheblichem Wohlstand brachte, denn seine Gemahlin Adelaude, das Bildnis neben ihm, ist behängt mit gold- und purpurfarbigen Tüchern. Golden auch das üppige Collier. War es der Maler, der sich aus welchen Gründen auch immer in der Pflicht sah, oder war es tatsächlich Reichtum? Wer weiß! Adelaudes Augen, klein und stechend, sowie ihre langen Zähne hatte er offensichtlich nicht beschönigt. Aber vielleicht sollte das auch nur die Wehrhaftigkeit der

Familie hervorheben. So weit, so üblich für diese Zeit. Etwas weniger zeitgemäß war das Hobby des Burgherrn: Während andere seines Standes Falken, Adler und sonstige Greifvögel zu Jagdzwecken abrichteten, befasste sich Cunicalf mit Sperlingen. Der Sage nach brachte er diesen unscheinbaren Vögeln die menschliche Sprache bei. Sie waren seine Kundschafter und erjagten für ihn wichtige Informationen. So erfuhr er stets zeitnah etwas zu Unbotmäßigkeiten seiner Untertanen oder über lukrative Beuteobjekte. Cunicalf wurde alles zugetragen. Wer argwöhnte schon den emsig herumschwirrenden Spatzen? Sie gehörten zum Tal wie der Wind.

Über dreißig Jahre, für das Mittelalter eine lange Zeit, währte die Herrschaft des Raubritters. Einer seiner Spatzen, der sich nicht hinreichend wertgeschätzt fühlte, so wiederum die Sage, war ein hinterhältiger Verräter. Dieser Vogel verpfiff seinen Herrn beim Landgrafen von Kerbholzheim, den Cunicalf über Jahrzehnte hinweg immer wieder überfallen und ausgeraubt hatte. Am Tag vor Allerheiligen des Jahres 1192 gelangte die Streitmacht des Landgrafen mit Hilfe des abtrünnigen Spatzens in die Burg und trieb Cunicalf, Adelaude und deren engsten Getreuen auf den höchsten Turm und stürzte sie hinab.

Und nun der Sage dritter Teil: Angeblich habe sich Cunicalf – nur Cunicalf – in einen Spatzen verwandelt und sei davongeflogen. Bei Grabungen in den Herrschaftsgräbern der Kirche im Jahre 1875 fanden sich unter anderem die zerschmetterten Überreste des Raubritters, durchaus Menschen- und keine Vogelgebeine.

Das Gotteshaus ist eher unspektakulär. Hingeduckt liegt es in der Stadtmitte. Ein Haufen grauer Steine im romanischen Stil. Da ist das Café und Weinhaus zum

Frechen Spatzen gegenüber schon ansprechender. Ich kehre dort ein, um mir einen Kaffee und eine Waldfruchttorte zu gönnen. Leider wird mir diese von vielen Wespen streitig gemacht. *Überall das gleiche Problem im Spätsommer*, denke ich. Doch offensichtlich nicht in Bad Sperlingssprech, denn es kommt ein Spatz und vertreibt mit kräftigem Flügelschlag die Störenfriede. Nach getaner Arbeit setzt er sich hin und nickt mir zu. Sein Blick ist fragend, so als wolle er um Erlaubnis bitten, die Reste meines Kuchens aufpicken zu dürfen.

„Na los", sage ich, „bediene dich, du hast es dir redlich verdient."

Im Nu sind Tisch und Teller blitzeblank. Der Spatz kommt näher, er ist absolut furchtlos. „Was wünschst du dir?", fragt er.

Ich mache das Spiel mit. *Clevere Idee des Tourismusbüros*, denke ich, *ein ferngesteuerter Spatz*, und antworte ganz unbescheiden: „Ich möchte eine schöne Burg wie die da oben besitzen. In den Rittersaal stellte ich eine große Bibliothek und könnte in Ruhe gute Bücher lesen. Das Kellergewölbe füllte ich mit kostbaren Weinen, die mir des Abends vor dem prasselnden Kaminfeuer vortrefflich mundeten, und im Innenhof wäre ein schöner Garten, in dem ich prachtvolle Pflanzen züchtete. Ja, das wäre schön." Ich lache.

„Nichts leichter als das", sagt der Spatz, „wenn du mutig bist, könnte das gelingen. Folge mir zur Burg."

Er fliegt voraus. An jeder Straßenecke wartet er, um mir den Weg zu weisen. Wir kommen im Innenhof der Burg an. Der Spatz deutet auf die Treppen, die hoch zum Turm führen.

„Nun nach oben!", ruft er vergnügt.

Im Aufgang hängen viele Gemälde, auch von Cunicalf und Adelaude, sie blicken noch unfreundlicher als in den Schaukästen. Adelaudes Blick ist nahezu angsteinflößend – wie eine letzte todernste Warnung: ‚Halt, geh nicht weiter!'

„Komm schon!", sagt der Spatz, er treibt zur Eile. Als wir oben angelangt sind, sagt er: „Nun steige auf die Zinnen und springe."

Ich sehe ihn entsetzt an. „Nein!", rufe ich: „Ich kann doch nicht fliegen!"

„Doch, du kannst", entgegnet der Spatz. „Ich mache es dir vor." Er fliegt dreimal um den Turm. „Und nun du."

Ich schüttele den Kopf.

„Mach schon", sagt er jovial, „ich bin ein Spatz, der sprechen kann, und du bist ein Mensch, der fliegen kann. Na los, spring und flieg!"

Ich springe. Ich kann nicht fliegen. Am Boden zerschmettert liegend wie einst Cunicalf huscht der Schatten des Spatzen über mich hinweg. Er setzt sich neben mein Ohr und ruft laut:

„War's recht? Wünschen Sie noch etwas?"

Ich schrecke auf – ich muss eingenickt sein. Ist es Adelaude, die da spricht? Nein, es ist die Serviererin. Sie könnte die Zwillingsschwester sein, nur ihre Zähne sind noch etwas länger, aber ihr Blick ist viel freundlicher. Nachdem ich mich vom ersten Schreck erholt habe, sage ich noch benommen: „Nein danke, das war mehr, als ich erwarten konnte, sehr speziell und außergewöhnlich gut. Aber nun reicht es!"

Das ist er

„Geh mal langsamer, dann blicke unauffällig in die offenstehende Tür auf der rechten Seite!"

Mein Kollege Henry hält mich ein wenig an der Schulter zurück. Wir gehen über einen langen Flur im Gebäude der Generaldirektion Landwirtschaft der EU-Kommission in Brüssel. Ein nüchterner Zweckbau aus den Siebzigerjahren. Das ganze Europaviertel besteht aus diesen Glas-Beton-Komplexen. Erst das neue Parlamentsgebäude zeigt Charakter und Stil. Das *Berlaymont* der Europäischen Kommission indes ist noch verhüllt. Auf der Rue de Loi, an der das Gebäude liegt, brandet der Verkehr sechsspurig in die Stadt, einige Häuserblocks weiter in westlicher Richtung auf der Rue Belliard wieder hinaus. Das, was Henry mir zeigen will, scheint ein besonderes Phänomen zu sein. Muss er jedem zeigen. Da sitzt ein Mann hinter seinem Schreibtisch. Ja, es muss ein Mann sein. Ein schütterer Haarschopf, vom schwarzen Brillengestell ist nur der obere Rand zu sehen. Von dort steigt eine gewaltige Stirn, blässlich und gerunzelt bis zum Haaransatz, auf. Der Mann ist hier nicht nur angestellt, er ist buchstäblich zugestellt mit Akten. Unzählige Aktendeckel oder sonstige flexible Einbände umfassen das, was dieser Mann zu bearbeiten hat. Es türmt sich auf seinem Schreibtisch und auf dem Fußboden. Schränke oder ordentlich aufgereihte Aktenordner sind nirgends zu sehen. Lediglich ein schmaler Gang von der Tür zu seinem Platz ist ihm geblieben. Dahinter ein Fenster, auf dessen Bank ein Philodendron steht, der ihn mit Drohgebärde überragt. Es riecht nach trockenem Papier und kaltem Rauch. Ein Brüsseler Biotop.

Eines, das beispielhaft ist? Oder eher eine schrullige Besonderheit? Schwer zu beurteilen. Aber insbesondere hier ist ein solcher Exzentriker möglich – sowie auf seine Weise produktiv und hilfreich.

Eine Woche darauf gehen Henry und ich zur Pressekonferenz des Agrarministerrats. Die Sprecherin der Kommission trägt die aus ihrer Sicht wichtigen Ergebnisse vor und stellt sich den Fragen der Journalisten. Neben ihr ein graues Männlein mit wohlgeordneten Aktendeckeln rechts und links neben ihm auf dem Tisch, zu seinen Füßen ein schwarzer Pilotenkoffer.

„Das ist er", sagt Henry, „der Mann, den ich dir kürzlich in seinem Büro hinter den Aktenstapeln zeigte."

Ich kann ihn kaum wiedererkennen und halte deshalb meinen Schreibblock so, dass es der Bürosituation entspricht. Nun sehe ich nur noch den Brillenrand sowie den Kopf darüber.

„Ja, er ist es", ich nicke Henry zu.

Fleißig reicht der Mann seiner Chefin Papiere rüber, nimmt welche zurück und weist gegebenenfalls mit einem dünnen Bleistift auf besondere Passagen hin. Das Team ist eingespielt. Sie lächelt, nickt, ist offenkundig sehr zufrieden mit seiner Assistenz. Am Ende der Konferenz sortiert er alles in seinen Pilotenkoffer ein. Sie plaudert noch ein wenig mit den Journalisten. Er geht schon mal, grau, gebückt mit schwerer Tasche – wohl zurück in seine Aktenhöhle.

Es ist ein sonniger Tag, Anfang Mai. Samstagmorgen nach dem Einkaufen gehe ich noch ein wenig in den Parc de Woluwe. Dort herrscht ein fröhliches Treiben. Viele Menschen genießen den Tag in der Sonne und im Grünen. Eine Familie mit kleinen Kindern sitzt auf Decken, macht Picknick. Die Kinder toben auf dem Rasen. Dazwischen ein älterer Herr im Jogginganzug. Er wirft den Kindern die Bälle zu, fängt sie auf, lacht und gibt Anweisungen wie ein Fußballtrainer. Eine grauhaarige Frau sitzt mit den jungen Eltern auf dem Rasen, verteilt Getränke und Brote.

„Kommt Ihr?", ruft sie.

Der ältere Herr nimmt einen Ball, winkt die Kinder zu sich. Gehorsam folgen sie ihm. Jetzt erkenne ich ihn: Es ist er! Der graue Bürokrat hat sich befreit. Die Larve ist aus der Aktenhöhle gekrochen und entpuppt sich als bunter Schmetterling, der über die Frühlingswiese flattert. Auch das ist er. Ja, natürlich. Er ist wie wir alle.

Am darauffolgenden Wochenende kommt meine Freundin nach Brüssel. Ich will ihr etwas Besonderes bieten. Wir gehen am Samstagabend in die *Monnaie*, in die Oper. Der Platz war teuer, ist aber gut. Wir sitzen im oberen Rang rechts, gleich hinter der Balustrade. Ich sehe mich um, der Saal ist nahezu bis auf den letzten Platz gefüllt – bürgerliches Beamtentum. Da fällt mir auf der Seite gegenüber eine Frau auf. Kurzes graues Haar und extravagantes grün-blaues Brillengestell. Ist das nicht die Frau aus dem Park vom letzten Wochenende? Und nun sehe ich auch ihren Mann. Beide ebenfalls auf teuren Plätzen direkt hinter der Balustrade oben links. Von ihm sehe ich nur den Brillenrand, die Stirn, das schüttere Haar. Das ist er wieder. Versteckt wie im Büro. Aber hier ist er wieder Schmetterling, ist entlarvt.

Wochen später, nach der Sommerpause, müssen Henry und ich auf Dienstreise. Der Zubringerbus auf dem Flughafen fährt gerade an, da kommt noch in letzter Minute ein graues Männlein mit Rucksack und schwarzem Pilotenkoffer aus der Abfertigungshalle gerannt und winkt dem Fahrer zu. Der stoppt, öffnet die Tür, grüßt ihn lächelnd, die Mütze schwenkend, als sei es ein alter Bekannter.

Ja, auch wir kennen ihn: Das ist er wieder.

Atemlos im Bus angekommen ruft er: „Dank u wel, Marten!"

Allmählich beginnt es weihnachtlich zu werden. Die Supermärkte sind voll mit dem Zeug, das man Weihnachtsgebäck nennt, und die Straßen werden herausgeputzt. Henry kommt heute schon sehr früh in meinem Büro vorbei. Er legt mit bedeutender Miene eine Zeitung auf den Tisch. Die Seite mit den Todesanzeigen obenauf. Eine ist rot umrandet.

Mit dünnem Bleistift tippt Henry darauf: „Das ist er – oder besser das war er."

Der Mann in der Metro

Aus Schlesien, Ostpreußen oder Pommern waren sie gekommen, hatten nach dem Krieg dort keine Heimat mehr. In den kleinen, uniformen Siedlungshäusern, eigens für die Ostflüchtlinge am Stadtrand errichtet, fanden sie ein neues Zuhause. Zwischen den bescheidenen Häuschen und den Ackerflächen des Dorfes lag unsere Gärtnerei. Mein Vater kam ohne rechten Arm aus dem Krieg zurück. Die Heimat war ihm jedoch geblieben. Auf dem Ackerland seines Vaters, meines Großvaters, standen die Gewächshäuser. Alle, die dort am Stadtrand siedelten, hatten im Krieg etwas verloren und ein gemeinsames Ziel: das Alte vergessen, das Neue beginnen!

In diesem Spannungsfeld von unbegrenzter Weite im Norden und dem geordneten Kleinbürgertum im Süden wuchs ich auf. Insbesondere an langen Sommerabenden wurde mir dieses bewusst: Auf der einen Seite versank die Sonne weit draußen hinter den Kornfeldern mit magischem Farbenspiel am Abendhimmel, auf der anderen Seite sah ich die von Schicksal und Arbeit gezeichneten Vertriebenen. Vom frühen Morgen bis zum späten Nachmittag hatten sie in den Fabriken der nahen Stadt und hernach in ihren Gärten gearbeitet. Nun saßen sie müde auf einfachen Holzbänken hinter ihren Häusern; Abendsonne und Zufriedenheit lagen nach vollendetem Tagewerk auf den Gesichtern. Ich fragte mich: *Sieht so Glück, sieht so erfülltes Leben aus – oder ist die andere Seite das wahre Leben, die Weite des Westens, dort, wo die Sonne untergeht? Was ist Schicksal, und was liegt in unserer Hand?*

Jede Idylle ist endlich, vielleicht nicht mehr als eine Momentaufnahme. Sie ist zerbrechlich und flüchtig. Seit Urzeiten wissen die Menschen das. Keinem ist das Glück auf ewig hold. Aber warum Heinrich Salnow und seine Frau Hildegard? Warum traf es diese rechtschaffenen Leute? Sie hatten den weitesten Weg hinter sich. Ganz aus dem Kurland waren sie gekommen. In der zweiten Hälfte ihres Lebens hatten sie sich hier eingerichtet, lebten ihr neues Leben. Heinrich ging etwas krumm, leicht nach vorn gebeugt wie viele der älteren Männer hier. Seine Frau Hildegard hingegen, eine kleine, zierliche Person, pflegte einen aufrechten Gang.

An einem stillen Sonntagmorgen im Sommer klopfte die Polizei schon sehr früh an die Tür der Eheleute Salnow. Nicht dass Heinrich etwas Unrechtes getan hätte – nein! Es ging um Lisa, ihre Tochter. Lisa war während der Flucht zur Welt gekommen. Eine komplizierte Geburt unter diesen Umständen. Sie blieb deshalb auch ihr einziges Kind. Seitdem Lisa einen Freund hatte, kam sie hin und wieder so spät nach Hause, dass sie es nicht einmal vor dem ersten Hahnenschrei schaffte. Hildegard und Heinrich hatten sie noch nicht vermisst. Am Abend zuvor hatte ihr Freund Friedrich Lisa mit dem Motorrad zum Tanzen abgeholt. Sie tanzten bis Mitternacht. Auf dem Weg nach Hause kam Friedrich von der Straße ab. Keiner der beiden überlebte.

Nach diesem Schicksalsschlag sah man Heinrich nur noch kerzengerade gehen, Hildegard aber sackte in sich zusammen und ging fortan gekrümmt.

Dem langen Sommer folgte ein schöner Herbst. Ich mochte diese Herbsttage. Besonders die Zeit der Kartoffelernte, wenn feine Nebelschwaden über das Land zogen. Dann lag ein Geruch von aufgebrochener Erde, frisch geernteten Kartoffeln und schwelenden Kartoffelfeuern in der Luft. Es war der Abend eines solchen Tages, an dem ich nur ungern ins Haus zurückging. Wir hatten das Feld abgeerntet. Ich bewachte die Reste des Feuers, nahm das glimmende Laub noch einmal mit der Forke auf, um es neu zu entfachen. Ein Funkenregen legte sich über den Haufen. Da sah ich im Feuerschein Heinrich Salnow. Ich hatte sein Kommen nicht bemerkt. Plötzlich stand er da, kerzengerade und freundlich lächelnd. Er sagte nichts. Ich war ein wenig verlegen. Das mit Lisa lag noch nicht lange zurück. Was sollte ich, ein neunjähriger Junge, mit solch einem Mann reden?

Ich blickte in die Glut und sagte: „Die Funken auf dem Haufen sehen aus wie die Lichter einer Großstadt, wenn man mit dem Flugzeug im Dunkeln darüber fliegt."

„Bist du denn schon mal mit einem Flugzeug bei Nacht über eine große Stadt geflogen?" Heinrich sah mich erstaunt an.

„Nein", sagte ich, „noch nie, habe ich mir nur gerade ausgedacht, möchte ich aber gerne einmal."

„Mann!", rief Heinrich. „Du hast aber eine Fantasie! Was willst du denn später mal werden?"

„Na, Gärtner, wie mein Vater", antwortete ich spontan.

Die prompte Antwort schien ihn zu überraschen. „Vielleicht solltest du dir das noch mal überlegen – Gärtner? Mit deiner Fantasie?" Heinrich sah mich zweifelnd an, drehte sich um und ging. Am Feldrand sah er noch einmal zu mir herüber. „Mach nicht mehr so lange, du hast doch morgen Schule", rief er, „und – überleg dir das noch mal, das mit dem Gärtner."

Später erlernte ich dann doch den Beruf des Gärtners. Vaters Wort war stärker als jede Fantasie. Ein guter Gärtner wurde ich jedoch nicht. Die Gärtnerei, mein Vater, das alles engte mein Leben ein. Ich folgte dem Ruf des Westens, der Weite und des Abenteuers. Lernte mal dieses, mal jenes, um eines Tages beim Journalismus zu landen. Nun sah ich viele Städte und Landschaften von oben, aus der Ferne, aus der Nähe und von ganz unten. Was ich in der Welt sah und erlebte, entsprach nicht unbedingt der Fantasie eines Neunjährigen. Denn – sobald etwas real wird, bekommt es eine andere Dimension, selbst Großstädte bei Nacht aus dem Flugzeugfenster.

Daran denke ich jetzt, da wir zur Landung auf den JFK-Airport in New York ansetzen. Wir sind spät dran, eine Bombenwarnung in Houston hatte uns aufgehalten. Beim endlosen Kreisen, es gab aufgrund der Verspätung zunächst keine Landeerlaubnis, sehe ich die Stadt mit ihren zahllosen Lichtern immer und immer wieder aus der Höhe. Ein imposantes Bild. Als wir schließlich zur Landung ansetzen, ändert sich die Perspektive. Nahe Lichter zucken und huschen vorbei. Hektik weicht der Ruhe. Alle wollen schnell ans Ziel. Die Verspätung hatte an den Nerven gezerrt.

Ich habe nur leichtes Gepäck, nehme die Metro. Das geht schneller als mit dem Taxi, selbst um diese Uhrzeit. An der *Broadway Junction* steigt ein älterer Mann zu. Eine graue Gestalt, groß, hager, aufrecht gehend. Etwas ungelenk nimmt er mir gegenüber Platz. Seine Kleidung passt nicht in diese Zeit, nicht an diesen Ort: graue Arbeitsjacke, dazu passend die Hose aus Drillich und die derben Schuhe. Eine seltsame, fast surreale Erscheinung, wie von Edward Hopper in die Reihe gemalt: das Bildnis eines

Landarbeiters aus dem Mittleren Westen der USA in den Fünfzigerjahren des letzten Jahrhunderts. Ich muss ihn immer wieder ansehen. Er hat etwas Vertrautes. Meine Erinnerung versucht anzudocken, hat eine Ahnung, so wie bei manchen Namen, die einem auf der Zunge liegen, dann aber doch nicht einfallen. Mein Gedächtnis arbeitet angestrengt, ich erwäge ihn anzusprechen und zu fragen.

Nun ist es zu spät, der Mann von gegenüber steht auf, die nächste Station ist wohl seine. Da kommt er nah an mich heran und fragt leise, fast beiläufig, auf Deutsch: „Na, hast du nun die Lichter der Großstadt in der Nacht von oben gesehen? War es so wie damals beim Kartoffelfeuer?“ Ohne eine Antwort abzuwarten, wendet er sich dem Ausgang zu. Die Bahn hält, zischend öffnen die Türen. Auf der Schwelle bleibt er noch mal stehen, dreht sich zu mir um und ruft: „Ach übrigens, grüß Lisa von mir.“ Dann verschwindet er in der Menge.

Der Zug ruckelt und reißt mich aus dem Schlaf. Noch gerade rechtzeitig, an der nächsten Station muss ich aussteigen. Ich blicke in die Reihen. Ist er vielleicht noch da? Nein, es sind nur noch fünf weitere Menschen in dem Wagen, kein Landarbeiter dabei. Ich steige aus, folge dem Strom der Menschen die Treppe hinauf.

QR – Qeine Ruhe

Ich bin auf dem Friedhof, will entspannen, mein Smartphone in der Tasche lassen, nur den Frühlingstag genießen. Auf Friedhöfen geht das immer. Hier herrscht Ruhe abseits vom Stadtgewühl. Parks können das nicht leisten. Da toben Hunde, da schreien Kinder, da verlangen Jogger und Radfahrer höchste Aufmerksamkeit. Auf Friedhöfen ist das anders, dort werden fast alle still, gehen in sich. Hier gibt nur die Natur Laut. Na ja, manchmal die Friedhofsgärtner. Ich bin deshalb auch gegen die Aufhebung des Bestattungszwangs. Wo sollten wir hin, wenn die Zwei-Zimmer-Wohnung sehr klein und der nächste Flecken Natur weit weg ist? Friedhöfe sind zudem Zeitzeugen. Grabsteine überdauern Jahrhunderte und geben Einblicke in den Umgang mit dem Abschied für immer. So ein Stein liegt nun an meinem Weg, gleich vorn auf dem neu angelegten Urnenfeld. Ein rechteckiger, unpolierter Granit, ganz schlicht, ohne jegliche Inschrift. In der Tat ein Meilenstein der Friedhofskultur. Im oberen Drittel ist, erst bei näherem Hinsehen sichtbar, ein QR-Code, der mich herausfordert, nun doch mein Smartphone zu zücken.

ZZZiiiPPP!!!! Ein greller, ultravioletter Flash lässt das Display nahezu explodieren. Dann Absturz – schwarz – mehrere Sekunden. Dann wieder: Flash, diesmal mit mehr Rottönen, begleitet von Lachen, Donnergrollen, Orgelmusik – und wieder schwarz. Es erscheint ein greller Punkt in der Mitte wie ein Laser. Aus ihm entwickeln sich spiralig exzentrische Strukturen. Plötzlich wieder schwarz. Ich zögere. *Ausschalten? Ist das ein Virus, das mein System zerstört?* Ich zögere – zu lange. Das Bild eines Kameraverschlusses erscheint: ZZZZ-Klack. Er öffnet sich. Wurde ich fotografiert? Aus der Tiefe, wie der Löwe bei Goldwyn Mayer, kommt ein Bild – nicht meins. Es erscheint ein rotgesichtiger, älterer Herr, so sechzig plus. Schütteres Haar, rundliches Gesicht, pausbackig mit Knollennase. Durchaus eine gesunde Erscheinung, wenngleich mit Anzeichen von Bluthochdruck und Herzproblemen, an der Gesichtsfarbe und an den bläulichen Lippen unschwer zu erkennen.

„Halloo", sagt er. Und nochmal gedehnter: „Halloooo!" Er lächelt geschäftsmäßig, als wolle er mir ein Wunderheilmittel, eine Versicherung oder einen Treppenlift verkaufen.

Glück gehabt, kein Virus, nur Werbung. Mal ein ganz neuer Trick. Wegklicken, denke ich, bleibe dann aber doch dran. Die Neugier siegt. Gesicht und Stimme verschwinden, das Display bleibt wieder dunkel, nur noch Ton: Glockengeläut und Vogelgezwitscher klingen wie Abschied. Dann aber wieder die Stimme.

„Dranbleiben, dranbleiben!", ruft mein neuer Freund mit dem Rotgesicht. Ich nenne ihn einfach Max. Ich finde, das passt zu ihm. „Du willst also wissen, wer ich bin?", fragt er: „Oder besser – wer ich war? Wenn wir uns jetzt austauschen, dann bin ich nach menschlichem Ermessen schon tot. Austauschen, das mag seltsam klingen, geht eigentlich nicht. Wie ich schon sagte, nach menschlichem Ermessen. Du wirst ja ganz bleich. Nein, keine Angst, ich bin kein Zombie, der gleich aus dem Grab springt und nach dir greift. – Du musst also nicht so ängstlich über den Rand deines Smartphones blicken. Kann auch nicht sein. Die sollten mich einäschern. Jedoch, man weiß nie. Kaum ist man weg, machen die hinter unserem Rücken, was sie wollen. Wirf doch bitte mal einen Blick auf das Grab. Ja, na los, ganz stressfrei, einfach nur prüfen. Ist doch ein Urnengrab? Oder? Ja, siehst du, haben mir doch diesen Wunsch erfüllt." Max lächelt zufrieden. „So buddelt mich wenigstens keiner mehr aus und treibt Schabernack mit meinen Knochen. Was sagst du? Dafür treibe ich Schabernack mit dir. Nein, nein, du musst nicht." Er schüttelt den Kopf und guckt ein wenig traurig. Dann sieht er mich trotzig herausfordernd an: „Mach aus und geh nach Haus!"

Ich zögere, will nun aber doch mehr wissen.

„Wusste ich doch, dass du bleibst. Schön, freut mich." Max lächelt wieder. „Ich finde dich inzwischen ganz sympathisch, wie du dort stehst, voller Zweifel und Neugier. Ich war mal Lehrer, so mochte ich meine Schüler immer am liebsten, so konnten die am besten lernen. Aber setz dich erst mal hin. Du stehst da so verkrampft herum. Wenige Schritte hinter dir ist eine Bank. Da sitzt meine Erbin auch immer. Meist telefoniert sie mit ihrer Freundin. In der Kapelle dahinten gibt es freies WLAN, das reicht bis hier. Aber das hast du selbst schon gemerkt. Du wirst doch deine Inklusiv-Einheiten nicht für mich verplempern. Tut sie auch nicht. Obwohl, eigentlich müsste das Erbe reichen. Aber frau hat eben Ansprüche, insbesondere wenn man weg ist. Ach, die Bank ist noch nass. O. k. – wisch kurz mit der flachen Hand drüber. Ist nur Plastik, das trocknet ganz schnell. So. Bequem? Tut doch gut, der erste Sonnenschein im März. Genieß ihn, Alter, solange es noch geht. Wieso respektlos? Ich denke, du bist schon etwas älter. Die Generation unter vierzig hätte sich längst von mir verabschiedet. Also, du bist noch da und damit auch älter. Keine Widerrede. Ich mach mal aus“, sagt Max. „Dieses Licht und das angestrengte Blicken in die Kamera sind mir lästig. Es geht doch auch nur mit Ton? Danke! So, nun zu dir, alter Junge, leg los!“

Ich sage ihm, er höre doch eh nichts, es sei deshalb egal, was ich sage, für Selbstgespräche sei ich dann doch noch zu jung.

Max schweigt.

Nach zehn Minuten finde ich, es reicht. *Netter Spuk*, ich stehe auf und gehe. *Vielleicht gibt es weitere Grabsteine mit QR. Mal sehen, was die zu bieten haben.* Als ich aufstehe, kommt Max wieder.

„Haalt!“, ruft er. Ich sehe nur seine vorgestreckte Innenhand auf dem Display. Auf dem Daumen hat er ein Tattoo. Sieht aus wie ein Dollarzeichen oder ein Äskulap-Stab. *Aha, also Banker oder Arzt*, denke ich. *Mit Lehrer wollte er sich nur harmlos machen.* „Halt!“, ruft Max jetzt lauter. Für mich zu laut. Ich versuche die Lautstärke herunterzuregeln. „Geht nicht“, lacht Max, „habe ich manipuliert, kannst du nicht leiser machen. Vielleicht setzt du Kopfhörer auf, die stelle ich dir gleich altersgerecht ein. So, nun wandere ruhig herum, mit Sicherheit findest du noch weitere QR-Codes auf Grabsteinen. Habe ich damals schon alles recherchiert, bin nicht der Erste mit dieser Idee, aber der mit der besten Ausführung. Sozusagen der Gold-Standard unter den Grabstein-QRs. – Die meisten anderen erzählen das Übliche: Wie heißt er? Wer war er? Von wann bis wann hat er gelebt? Die Hinterbliebenen stellen einfach eine Seite mit Lebenslauf und Bild ein. Meist Jugendfotos, da denken die Leute, ‚mein Gott, so jung und schon tot.‘ Als ob Mitleid unsereins noch helfen würde. Am geschmacklosesten fand ich die Gemeinschaftswerbung von Bestatter, Friedhofsgärtner und Steinmetz, die über den QR-Code aktiviert wurde. Es kann gleich ein Formular für einen Grabpflegevertrag heruntergeladen und online abgeschlossen werden. Ich habe in meinem Testament verfügt, dass keiner dieser schrecklichen drei je an mir verdienen solle. Apropos verdienen: Weißt du, womit wir richtig Kohle gemacht haben, mein Kollege, der Mathelehrer, und ich, der Deutschlehrer, als wir den nervigen Lehrerjob drangegeben haben? Wir haben automatische Anrufbeantworter für Firmen programmiert. Du rufst da an und denkst, mit einem richtigen Menschen zu sprechen. Spricht auch sofort deinen Dialekt, wenn er hört, dass du einen hast. Ist aber eine Maschine, gefüttert mit Wahrscheinlichkeitsantworten. Gelingt in neunzig Prozent aller Fälle. Haben wir jahrelang empirisch ermittelt. Ging dann aber letztlich auf die Gesundheit. Wir konnten der Nachfrage nicht mehr Herr werden. Als ich merkte, dass meine Pumpe immer schwächer wurde, habe ich sozusagen pro-posthum diesen kleinen Video-Clip mit QR-Auslöser gebastelt. Gefällt dir? Möchtest du auch? Ich habe da eine gute Adresse. Kleiner Geheimtipp unter Kumpels im Vor-Verabschiedungsstand."

Obwohl ich skeptisch bin, überwältigt mich die Neugier. Telefonisch verabrede ich mich mit einem Herrn Schnüttes.

Das Haus zu der Adresse befindet sich an einer Ausfallstraße am Rande der Stadt. Die Einfahrt führt auf einen Hinterhof. Fahrräder, Mülltonnen, ein Auto vor einer halb offenen Garage, in der sich Kartons stapeln und Wertstoffsäcke mit leeren Katzenfutterdosen herumliegen. Daneben ein Hauseingang mit Überdach. Links neben der Tür ein Klingelknopf mit Messingschild: *Schnüttes & Sohn. Erd- und Feuerbestattungen, Predigerservice, Erledigung aller Formalitäten.* Ich klingele. Die Tür öffnet sich und vor mir steht Max. Nein – jemand, der so aussieht. Er reicht mir die Hand.

„Guten Tag, Gerhard Schnüttes, ich bin hier der Seniorchef."

„Guten Tag, das freut mich. Und ich bin Willi Kornemann", antworte ich.

„Ach ja, Herr Kornemann, wir hatten heute Morgen telefoniert, kommen Sie doch herein." Herr Schnüttes lächelt, weist mir den Weg. Urplötzlich ein Höllenlärm im Hintergrund. Geschirr scheppert und zerbricht. „Max!", ruft Herr Schnüttes entsetzt, „Maax!"

Ein fetter, rötlicher Kater stolziert mit hoch erhobenem Schwanz über einen Scherbenhaufen im Besucherzimmer und verschwindet, mir einen verächtlichen Seitenblick zuwerfend, im Büro.

„Schade", sagt Herr Schnüttes, „gerne hätte ich Ihnen den Ayurveda-Tee ‚Seelenfrieden' angeboten, aber nun hat Max alles zerstört."

Seifried

Nie hätte er irgendjemandem irgendwelche Umstände machen mögen. Nie wollte er auf die Hilfe anderer angewiesen sein. Keiner sollte sich seinetwegen mühen. Keiner sollte gestört oder sonst wie beeinträchtigt werden, nur weil es Seifried gab, ihn, Seifried, der seine eigenen Bedürfnisse haben könnte. Seine Geburt war schwierig gewesen. Nein, eigentlich nicht. Er kam nur zu früh und damit zu jenem Zeitpunkt unerwartet zur Welt. Einen Monat hatte es eigentlich noch dauern sollen. Durch seine Eile bereitete er anderen Menschen Unannehmlichkeiten. Dieses Geburtstrauma begleitete ihn zeitlebens. Was war geschehen? Ungeduldig und viel zu früh strampelte der kleine Mann im Bauch seiner Mutter so kräftig, dass die Fruchtblase platzte. Der Mutter lief das Wasser an den Beinen herunter, auf den Teppich und ins Bett, in das sie sich mit einem Schwächeanfall legte. Sie konnte noch den Notarzt rufen, dann ging alles ganz schnell. Als der Krankenwagen kam, waren schon die pechschwarzen Haare zu sehen, die, wie sich schnell herausstellen sollte, einen kleinen Jungen schmückten.

Der Notarzt holte den Kleinen mit wenigen, gekonnten Griffen auf die Welt, der aber öffnete nicht einmal die Augen. Er schrie wie am Spieß und lief rot an, als wolle ihm der Kopf platzen.

„Nun mal langsam, langsam, psst, ist ja schon gut, junger Mann! Wir finden auch nicht alles so großartig auf dieser Welt“, sagte der Arzt, „aber bitte halt mal inne, die Lungen sind nun ordnungsgemäß entfaltet und wir hätten es gern etwas ruhiger.“ Es schien zu wirken; das schrumpelige Menschlein schluckte zweimal und seufzte tief. „Schön, geht doch“, der Arzt war zufrieden. Es war alles in Ordnung mit unserem Schreihals und seiner Mutter. Dem Leben auf die Welt zu helfen, war immer angenehmer, als den Tod zu bestätigen. Das Rettungsteam hatte einen guten Einsatz.

Den Vater erreichte die Nachricht bei der Arbeit. Eigentlich hatte er bei der Geburt dabei sein wollen, aber jetzt war es zu spät. *Was für ein Rabauke!*, dachte er auf dem Weg zum Krankenhaus. Unpünktliche Menschen mochte er nicht, und nun hatte er so einen im Haus, einen überpünktlichen, denn zu früh ist auch neben dem Punkt und damit unpünktlich. Weitere Gründe zur Sorge gab es vorerst jedoch nicht. Die Krankenschwester sagte ihm am Telefon, dass alles in Ordnung sei.

Seine Frau lächelte erschöpft, aber glücklich, als er ins Zimmer trat. Der Kleine wurde geholt und ihr in den Arm gelegt. Er riss die Augen auf, sah den Vater und fing wieder fürchterlich an zu schreien.

„Mal langsam“, sagte der Vater: „Sei doch fried…“, weiter kam er nicht.

„Ja, Seifried!“, rief die Mutter. „Seifried soll er heißen. Ein guter Name, ist doch so?“

Seifried schien auch Seifried zu gefallen, denn kaum hatte die Mutter diesen Namen ausgesprochen, gab er Ruhe, und so blieb es, von jetzt an und für den Rest seines Lebens.

Seifried war sein Leben lang ein Bleibefried. Wie viele Jahre mochten seit seiner Geburt vergangen sein? Sehr viele, das war Seifried bewusst. Ein überdurchschnittlich langes Menschenleben war er schon auf dieser Welt, die er so spektakulär betreten hatte. Wie das wohl enden würde? Manchmal wurde er sehr nachdenklich, eine innere Unruhe überkam ihn. Sein Geburtstrauma machte ihm immer noch zu schaffen. Wie sollte er nur von dieser Erde scheiden, ohne solche Unannehmlichkeiten zu bereiten wie bei seiner Geburt?

Seifried saß oft auf einer Bank in dem Park nahe seiner Wohnung und dachte hin und wieder über das Ende nach. Vor fast sechzig Jahren war er hier eingezogen. Nach seiner Ausbildung zum Tierpfleger erhielt er eine Festanstellung im Zoo und hatte ein auskömmliches Gehalt. Seine Eltern waren einverstanden, als er auszog. Nicht dass er unangenehm gewesen wäre, nein, nein, das war Seifried niemals. Aber nun konnten sie sich eine kleinere, kostengünstige Wohnung nehmen, und außerdem hatte Seifrieds Sammlung ausgestopfter Tiere nicht mehr so gut in die Wohnung gepasst.

Geschwister hatte Seifried nicht, seine Eltern waren längst verstorben. Weder hatte Seifried geheiratet, noch hatte er je eine Freundin gehabt. Er wäre damit einem anderen Menschen doch sehr nahegetreten und hätte diesen Menschen vielleicht sogar belästigt. In seiner Arbeit als Tierpfleger ging er voll auf. Die Tiere, ja, das waren Geschöpfe, die er mochte, die er nicht belästigte, denen er nur Gutes tat. Und er spürte, dass auch die Tiere ihn mochten. Das Leben mit den Tieren, das war ein Leben in einer anderen Welt, in der nicht zu viele Menschen, denen er Unannehmlichkeiten bereiten konnte, vorkamen. Seifried fuhr kein Auto, nie hatte er Urlaub gemacht, er war Veganer, rauchte nicht und trank keinen Alkohol. Aber das alles wollte er niemandem vorschreiben. Sein Leben war sein Leben. Er sah sich nicht als Vorbild und wollte keinen reglementieren, denn das hätte von Seifried verursachte Mühsal über die Menschen gebracht. Den Löwen, Tigern und Wölfen sah er nach, dass sie Fleisch fraßen. Sie bekamen von ihm die Schlachthofabfälle ins Gehege gebracht, das war sein Job. Sollte er sich weigern? Dann müsste es ein anderer tun und wäre ihm deswegen gram.

Obwohl, manchmal dachte er an einen Tierpark für Veganer.

Die Elefanten waren seine Lieblingstiere. Groß und stark, mit dicker Haut, sie nahmen nur pflanzliche Nahrung zu sich. In der freien Natur hatten sie, außer den Menschen, kaum Feinde. Er tätschelte und verhätschelte seine dickhäutigen Freunde. Die spürten das und gaben ihm Liebkosungen zurück. Wenn sie mit dem weichen Ende ihres Rüssels auf Seifrieds Nase stupsten, waren das Küsse voller Dankbarkeit und Zuneigung. Sie erfüllten Seifrieds Bedürfnis nach Zärtlichkeit, was Menschen nicht konnten, weil er es nicht wollte.

Nach Feierabend saß Seifried oft in seiner kleinen Wohnung entspannt im Sessel und las Bücher über Elefanten. Kommunikations- oder Unterhaltungselektronik gab es bei ihm nicht. In seinen Träumen sah er sich selbst als Elefant, rannte mit seiner Herde über die weite Steppe, die Sonne brannte vom Himmel, rötlicher Staub erfüllte die Luft. Dabei wurde ihm wohlig warm und er schlief ein. Am Tag darauf ging er dann gleich zum Elefantengehege: „War richtig schön mit euch gestern!“, rief er laut. Und? – Nickten die Elefanten ihm nicht sogar lächelnd zu?

Seifried, obwohl schon seit über zwölf Jahren im Ruhestand, ging immer noch jeden Tag in den Zoo. Jeden Tag musste er seine Tiere sehen. Bei den Elefanten blieb er stets am längsten. Gestern war er zum ersten Mal nicht dort gewesen. Ihm ging es nicht gut. Nie zuvor hatte er sich so schlecht gefühlt. Aber trotzdem ging er aus dem Haus. Wenigstens zur Bank im Park nebenan wollte er gehen. Die frische Luft würde ihm guttun. Nächste Woche wäre es wieder besser und er könnte wie gewohnt den Zoo besuchen. Seifried machte sich Hoffnung und Mut. Jedoch sein Schritt war unsicher, die Welt um ihn herum drehte sich. Mit Mühe erreichte er die Bank, beinahe wäre er beim Draufsetzen wieder heruntergerutscht. Er atmete schwer – würde er bald sterben? Er fürchtete, ja. Aber wie? Ach, könnte er sich doch einfach in Luft auflösen! Das würde niemandem Mühe und Ärger bereiten. Kein Krankenwagen mit Arzt wie bei seiner Geburt müsste kommen. Kein Bestatter hätte ihn herzurichten. Kein Totengräber müsste eine Grube graben.

Ach ja, in Luft auflösen, dachte Seifried, als ein starker Regen einsetzte. Es regnete ohne Unterlass in Strömen. Seifried war durchtränkt von der Nässe, ja er löste sich im wahrsten Sinne des Wortes auf, bis nur noch ein gräulich weißer Klumpen von ihm blieb, der klebte wie Schmierseife zwischen den Holzsprossen der alten Bank. So plötzlich wie der Regen eingesetzt hatte, hörte er auch wieder auf. Die Sonne kam heraus, sie schien ungewöhnlich hell. Wind kam auf, erst säuselnd und warm, dann heftiger werdend und heiß wie ein Wüstensturm. Der Wind fuhr unter die Bank, er blähte den gräulich weißen Klumpen zu einer großen, durchsichtigen Blase, hob sie in die Luft, einer von Kindermund geblasenen Seifenblase gleich. Unter der Blase hing ein kleiner Tropfen, der aussah wie ein Auge. Ja, es war ein Auge, Seifrieds Auge. Im Aufstieg sah

Seifried die Welt noch einmal von oben. Er sah die ganze Stadt mit den unzähligen roten Dächern und dem Spinnennetz der Straßen. Hinten rechts lag die große, grüne Fläche des Stadtparks mit dem Zoo. Seifried schien, als ob die Elefanten mit ihren Rüsseln ihm zuwinkten. Er stieg höher und höher, bald hatte er nahezu die ganze Welt im Blick. Sehr deutlich war Afrika zu erkennen.

Was war das? Seifried traute seinen Augen kaum. Ja, tatsächlich, alle Elefanten Afrikas reckten ihre Rüssel, sie winkten ihm zu.

Er schloss das Auge, ein Wohlgefühl, wie nie zuvor in seinem Leben, bebte durch Seifrieds Seifenblase, die unhörbar im Wind zerstob. Die Blase war zerplatzt, so wie einst die Fruchtblase der Mutter bei seiner Geburt. Seifried hatte sich in Luft aufgelöst.

Seifried war von dieser Welt in eine andere gegangen, ohne jemandem Mühe bereitet zu haben. Nein, nicht ganz – eine Woche später stand auf der Lokalseite der örtlichen Zeitung eine Suchmeldung: *Gesucht wird der 78-jährige Rentner Seifried Müller, wohnhaft in der Parkstraße 19. Dort zuletzt gesehen am 12. Juni. Der ca. 1,85 Meter große Mann hat schüttere, graue Haare. Es ist anzunehmen, dass Herr Müller mit einem blauen Sweatshirt sowie einer grauen Hose bekleidet ist. Vermutlich braucht er dringend ärztliche Hilfe. Wer hat Seifried Müller gesehen oder kann sachdienliche Angaben zu seinem Verbleib machen? Hinweise nimmt jede Polizeidienststelle oder der örtliche Zoo entgegen.* Drei Wochen lang erschien dieser Text jeweils mittwochs. Nach vier Wochen noch einmal in der Wochenendausgabe – dann nicht mehr.

Tante Tulipa

Bei jedem Schritt knirscht der Kies unter ihren Füßen – kaum vernehmbar. Es stört sie dennoch, sie will sich konzentrieren. Jetzt bleibt sie stehen. *Hier muss es sein.* Der Stein des kleinen Urnengrabes liegt schräg im Gras, die Inschrift ist nur noch zu erahnen. Sie beugt sich nieder. Wie ein Vorhang fällt der weite Mantel zu beiden Seiten herab, so als müsse diese persönliche Angelegenheit vor den Augen der Welt verborgen bleiben. Vorsichtig ertastet sie die Inschrift im Stein, kratzt das Moos aus den Fugen. *Ja, hier ist es.* Sie hält inne, beugt sich zurück und steht kerzengerade. Eine kleine, schmale Gestalt. Zittert sie oder ist es der Wind, der jetzt etwas auffrischt und Regenwolken aus Westen herantreibt?

Wie lange ist es her? Über fünfzig Jahre – gar sechzig? Der Sommertag damals war wie aus der Zeit gefallen, nicht mehr im Koordinatensystem von Tagen, Wochen, Monaten und Jahren festzumachen. Die Grabstelle hatte sie für fünfzig Jahre im Voraus bezahlt. Also doch fünfzig. Seitdem ist sie nicht mehr hier gewesen. Hat überall gelebt, die Welt gesehen. Hat aufgebaut und abgebrochen, zwei Kinder großgezogen. Die sind jetzt irgendwo im Süden, nicht hier im Norden. Im Norden ist sie allein.

Mit kleinen Schritten geht sie weiter wie ein schwarzer Vogel auf der Suche – vorsichtig und bedächtig. Die anderen Vögel singen. Die Amseln künden mit ihrem kehlig rollenden Gesang von der Jahreszeit und vom heranziehenden Regen. Sie biegt auf den Hauptweg ein, zurück zum Parkplatz, auf dem ihr Großneffe mit dem Auto wartet. Der Weg ist lang. Er ist gesäumt von niedrigen Buchsbaumhecken, aus denen spitz geschnittene Koniferen ragen. Sie vermitteln den Eindruck von Wehrhaftigkeit, so als müsse Gott die ihm hier Anvertrauten vor Angriffen schützen. Sie hört das Stampfen eines Schiffsmotors vom nahen Fluss: dumpf und schwer; es geht stromauf. Sie hört den Trecker vor dem Pflug, der die Erde bricht und wendet. Er tuckert gemächlich. Keine schwere Erde, nicht bindig, anmooriger Sandboden: Arme-Leute-Boden. Kreischende Möwen folgen der Furche, sorgen für die höheren Töne in diesem Konzert, in dem die Vögel des Friedhofs die wahren Meistersinger sind. Die Möwen vermitteln die Illusion von Meer und Horizont, so wie die langen Reihen scholliger Erde – erstarrte Wellen in schmutzigem Beige, über die ein Geruch von Moder geht.

Sie hat schon fast alles gesehen, mal hier, mal dort. Sie hat alles gegeben, mal hier, mal dort. Und sie hat alles vergeben, mal hier, mal dort. Jetzt ist sie hier. Der Regen kommt mit den Tränen, die sie für jemanden und jemand für sie da oben weint.

***

Langsam werde ich ungeduldig, ich, der Großneffe, der schon über eine halbe Stunde auf die Tante wartet. Sie wollte auf dem Friedhof allein sein. Hoffentlich ist sie nicht gestürzt. Passt mir gar nicht, dass ich mich nun um die Großtante kümmern muss. Hat sich auch nie um uns, ja nicht mal um ihre eigenen Kinder gekümmert.

Mama hatte ihr im vergangenen Jahr einen Platz im Seniorenheim hier in der Nähe besorgt. Ist kostengünstiger im ländlichen Norden, will sonst eh keiner hin. Tante wollte aber, warum auch immer. Viel Geld hatte sie nie. Hat immer von der Hand in den Mund gelebt, und ihre beiden verstorbenen Ehemänner waren in finanzieller Hinsicht kein Gewinn. Die Kinder? Die leisten wohl ihren Beitrag, mehr auch nicht. Wohnen jetzt auf anderen Kontinenten. Ihr Bruder, mein Großvater, lebt nicht mehr. War ein starker Raucher. Schade, ich habe ihn sehr gemocht. Seit seiner Beerdigung vor zwei Jahren habe ich die Tante nicht mehr gesehen. Sie hatte uns gebeten, ihr ein wenig behilflich zu sein, da sie einiges erledigen müsse. Vielleicht könne ich das übernehmen? Sie hätte gehört, dass ich kürzlich zum Studium in die Gegend gezogen sei. Meine Mutter bat mich, ihr den Gefallen zu tun, sie müsse dafür sonst über 600 km hin- und zurückfahren; ich bekäme auch das Spritgeld, das sie nun spare. Nach einigem Zögern sagte ich zu. Ich kenne die Altenbetreuung noch aus meiner Zivi-Zeit.

Heute Morgen bin ich mit ihr den ganzen Tag bei verschiedenen Ämtern gewesen. Weiß der Teufel, was sie da wollte. Durfte nie mit rein. Nun sehe ich sie den Hauptweg des Friedhofs hinunterkommen. Sie beugt sich gegen den Wind, der Regen tropft aus ihren Haaren. Ich steige aus und halte die Tür auf.

„Steig schnell ein“, sage ich. „Du wirst dir noch den Tod holen in Wind und Regen.“

„Den Tod?“ Sie sieht mich fragend an. „Den Tod holt sich keiner, der holt uns.“ Sie macht eine weit ausladende Armbewegung in Richtung des hinter ihr liegenden Friedhofs. „Da!“, ruft sie unwirsch: „Da hinten liegen sie alle, die er schon geholt hat. Ist auch gut so, wenn die Zeit gekommen ist“, sagt sie mit einem unbeholfenen Grinsen.

Ich starte den Wagen, stelle die Heizung hoch und sehe sie an: „Nun wieder zurück ins Seniorenheim?“

„Nein, fahr mich bitte noch zur alten Gärtnerei", sie zeigt nach rechts.

„Welche alte Gärtnerei?", frage ich.

„Zu der, auf der sie zunächst einen Kindergarten bauten, der jedoch später mangels Kinder in ein Seniorenheim umgewandelt wurde. War aber nichts für mich – zu teuer", erläutert sie.

„Nein, ich weiß weder von einer Gärtnerei noch von einem Seniorenheim", wende ich ein. „Ich wohne hier erst seit einem halben Jahr."

„Schon gut, ich erkläre dir das." Zielsicher dirigiert sie mich zu einem schäbigen, gelb verputzten zweistöckigen Bau an der Bundesstraße am Ortsausgang. „Hier kannst du halten, ich gehe nur flugs den Weg hinunter, der am Gebäude vorbeiführt."

Zum Glück hat der Regen aufgehört, als Tante den Feldweg entlangstakst, der zu einem alten Denkmal führt. Am Sockel des Denkmals kratzt sie ein wenig herum und füllt einen Klumpen Erde in eine Plastiktüte.

„So, da wären wir wieder." Sie stellt die Plastiktüte in den Fußraum. Ich sehe sie fragend an. „Ja, ja, du bist wie mein Bruder, dein Großvater: Immer habt ihr Angst, dass euer kostbares Auto dreckig wird. Du bist ihm sehr ähnlich. Auch das mit der Glatze geht bei dir schon los."

Verwirrt blicke ich in den Rückspiegel. „Hm", mehr fällt mir dazu nicht ein und streiche mit der flachen Hand über den Kopf, während ich frage: „So, nun aber zurück ins Seniorenheim?"

„Nein, könntest du bitte noch mal zum Friedhof fahren?"

Sie fragt betont freundlich und ich antworte ebenso freundlich: „Gerne, den Weg kenne ich ja schon. Aber was ist mit dem Denkmal? Bist du geschichtlich interessiert?"

Sie gibt bereitwillig Auskunft: „Nur zum Teil. Das Denkmal ist schon interessant. Es erinnert an eine wichtige Schlacht, die hier während des Siebenjährigen Krieges stattfand. Es war dem Ausbau der Bundesstraße im Wege, und da hat man es, als der Kindergarten gebaut wurde, auf das Fundament des alten Kesselhauses der Gärtnerei gesetzt, die hier mal stand. Gerissene Leute, die von der Stadt, im Sparen ganz groß: nicht abräumen, nicht neu aufbauen, gleich weniger Kosten. Ich habe das in meinem Leben immer anders gemacht, deshalb bin ich auch zu nichts gekommen. Aber die haben beim Sparen auch beschissen. Der Gärtner, von dem sie das Grundstück damals kauften, bekam gleich zwanzig Prozent vom Kaufpreis abgezogen, wegen angeblicher Kosten für die Entsorgung von Altlasten. Die Altlasten gab es jedoch nicht und damit auch nicht die Kosten. Außerdem wurde der Kaufpreis auf fünf Jahresraten verteilt, die gesamte Steuer war aber schon im ersten Jahr fällig. Eigentlich hätten sie dem Gärtner noch zusätzlich ein Denkmal setzen müssen, weil er sich nicht gewehrt hat, hätte er gekonnt. Nun gut, Preußen waren sie alle – irgendwie."

Am Friedhof angekommen, bin ich ihr beim Aussteigen behilflich.

„Soll ich mitkommen?"

Sie winkt ab: „Nein, lass nur, es wird nicht lange dauern."

Tatsächlich, dieses Mal ist sie schneller zurück. An ihren faltigen Händen kleben noch nass glänzende Erdreste. Die Rückfahrt zu ihrer Seniorenresidenz verläuft sehr schweigsam. Ich vermute, sie ist müde. Sie sitzt neben mir: klein, schwarz, unscheinbar, nachdenklich; ihre Augen sind starr, ja ein wenig trotzig nach vorne gerichtet. Zum Abschied drückt sie mir einen 50-Euro-Schein in die Hand.

„Nein Tante, nicht dafür“, ich halte ihr den Schein hin.

„Doch, doch!“, sie wirkt bestimmt: „Gerade dafür. Ich brauch nicht mehr viel. Lebe wohl!“

„Ja, auf Wiedersehen Tante!“, murmele ich und stecke den Schein in die Tasche.

„Nein, lebe wohl!“, sagt sie nun noch bestimmter, ja sogar ein wenig trotzig.

Na, dann eben Lebewohl, störrische Alte, denke ich.

Knapp ein Jahr später kommt ein Anruf meiner Mutter: Die Großtante sei gestorben.

„Fährst du zur Beerdigung und vertrittst die Familie? Wir können leider nicht.“ *O. k., ist dann in den fünfzig Euro vom letzten Jahr noch drin*, räume ich gedanklich ein, zögere aber trotzdem. Mutter legt nach: „Gut, es gibt wieder das Kilometergeld für 600 Kilometer hin und zurück.“

Ich bin einverstanden: „Abgemacht, ich berichte, wenn ich Ostern zu Hause bin.“

Auf dem Parkplatz vor dem mir bekannten Friedhof steht kein Auto. Habe ich was falsch gemacht? Der falsche Ort, die falsche Zeit? Nein, stimmt alles mit der Traueranzeige überein – also los. Auf dem Weg zur Kapelle erregt ein kleines Urnengrab mit verwittertem Stein meine Aufmerksamkeit. Es ist Mitte Februar, auf ihm steht eine leuchtend gelb-rot gestreifte Tulpe – wie eine Flamme über dem Schnee. Ist die echt? Ich trete näher, ja, kein Plastik, kein Papier, keine Seide, und sie kommt direkt aus der Erde. Ich bin so fasziniert, dass ich nicht einmal den alten Mann bemerke, der nun an meiner Seite steht. Er muss schon über achtzig Jahre alt sein, leicht gebeugt mit schlohweißem Haar. Der abgewetzte, schwarze Mantel ist ihm zu groß. Aus seinen runden Brillengläsern blickt er mich schweigend, aber freundlich an.

„Gehen Sie auch zur Beerdigung?“, frage ich ihn.

„Nein, nein, ich bin hier der Gärtner“, antwortet er und zeigt auf die Blüte: „Beeindruckend, nicht wahr? Mitten im Winter. Es ist jetzt noch nicht die Zeit für die Tulpenblüte. Selbst frühe Sorten, wie es sie mal in der Gärtnerei an der Bundesstraße gab, dürften jetzt noch nicht blühen. Glauben Sie mir, ich bin Fachmann. Und – halten Sie mal die Nase dran. Wie die duftet!“ Der alte Mann bekommt ein Leuchten ins Gesicht.

Ich beuge mich runter, und da springt mich ihr Duft an – Tantes Parfüm. Es sei von den Niederländischen Antillen, hatte sie gesagt. Es sei der Duft von Limetten, Passionsfrucht, Pfeffer und etwas Geheimnisvollem. Ich habe einen Kloß im Hals, es dauert bis ich etwas sagen kann.

„Ja, außergewöhnlich, so etwas habe ich noch nie gerochen“, ich will mich nicht erklären.

Er hält mir ein Messer hin. „Sie gehen doch zur Beerdigung. Sie können die Blüte gerne schneiden und ins Grab geben. Ich glaube, es wäre ihr recht. Sie zerstören nichts, die Blätter sind noch unter dem Schnee. Das Leben geht weiter – im Sommer legt die Tulpe Brutzwiebeln an, die setze ich im Herbst rüber.“ Der alte Mann macht eine Kopfbewegung in Richtung auf das vorbereitete Grab. „Ich glaube, es wäre ihr recht.“

Sokki

„Nein, nicht doch!“ Meine Frau schlägt mit der flachen Hand auf den Tisch. Nun springt es noch höher. Das Smartphone nähert sich brummend und vibrierend meiner Kaffeetasse, das erinnert mich an Sokki, unseren Rauhaardackel.

Sokki war im vorigen Jahr zu Weihnachten von uns gegangen. Ausgerechnet an Weihnachten! Es gibt keinen Nachfolger, dafür sind wir zu alt. Der Hund würde uns überleben. Unzumutbar für den Hund und unsere Erben. Sokki saß stets im Kinderstuhl, der irgendwann nicht mehr gebraucht wurde, mit am Frühstückstisch. Jeden Morgen das gleiche Spiel: Kaum hatte ich ein Croissant aus dem Korb auf meinen Teller gelegt, kam er mit seiner Schnauze meiner Kaffeetasse immer ein Stück näher. Jedoch brummte und vibrierte er nicht, es war mehr ein freundlich verlegenes Knurren. Sokki liebte Croissants und Camembert. Unser deutscher Rauhaardackel war ein richtiger französischer Gourmet, sozusagen die Inkarnation alles Europäischen.

Nun war er tot. Das Europäische auch? Jetzt, im zweiten Jahrzehnt des einundzwanzigsten Jahrhunderts, machen Windhunde das Rennen, sind bereit, die Macht zu übernehmen. Macht über was? Macht über die Wahrheit, die ihnen gefügig wird? Gefügig wie das Volk, für das zu sprechen sie vollmundig vorgeben. Die Windhunde lügen und betrügen. Was soll's? Die Mehrheit zählt – ‚The winner takes it all‘. Dickbäuchig und bräsig zieht das Volk über die Uferpromenaden, zeigt seine Teufels-Tattoos und sieht nicht, dass das Wasser steigt. Ist Gott schon tot? Vielleicht – tot wie die alten Dackel. Die neuen Windhunde mögen weder Croissants noch Camembert. Sie sind die Orks aus Tolkiens ‚Herr der Ringe'.

„Woran denkst du?" Meine Frau legt ihre Hand auf meine Schulter. Ich schrecke auf. „Früher", sagt sie, „früher konnten wir in Ruhe frühstücken. Sokki bekam von mir seine Diät-Öko-Hundekekse, damit er sich nicht an deinen Croissants mit Camembert dickfressen konnte. Hat er dann aber doch, deshalb ist er so früh gestorben."

Ja, ja, ich bin an allem schuld. Ich mache das Smartphone aus und stecke es in die Jackentasche – mit Sokki ging das nicht.

„Früher", ergänzt meine Frau, „als du noch im Dienst warst, hast du die Zeitung später im Büro gelesen, da konnten wir beim Frühstück zumindest miteinander reden."

Ja, sie hat recht. Wir öffentlich Bediensteten saßen in unseren nicht öffentlichen Büros und haben in aller Ruhe die Zeitung gelesen. Das Telefon wurde ins Vorzimmer umgestellt. „Herr Schnittlich ist derzeit in einer Besprechung, versuchen Sie es bitte um fünfzehn Uhr noch einmal", war die Auskunft für die Anrufer. Ab fünfzehn Uhr dann die Mitteilung, man sei im Außendienst. So hatten wir unsere Ruhe. Die brauchten wir auch, denn nach der Zeitungslektüre trafen wir uns in der Kantine, kommentierten das aktuelle Tagesgeschehen, empörten uns über unfähige Vorgesetzte, den Wegfall des Weihnachtsgeldes und die Geringschätzung des aufopferungsvollen Sich-zur-Verfügung-Stellens.

Jetzt im Ruhestand sind uns Büro und Kantine genommen, dafür gibt es das Ruhegehalt, um dem Ruhestand standzuhalten. Die neue Technik hatten wir im

Dienst stets abgelehnt. Am Computer selbst schreiben? Wir fühlten uns ob dieses Ansinnens geradezu degradiert. Wofür gab es denn Schreibkräfte? Jetzt jedoch half uns die neue Technik, im Kontakt zu bleiben. Wir gründeten eine WhatsApp-Gruppe. Nur für uns, keine öffentlichen Blogs – sollte alles unter uns bleiben. Vielleicht lasen die Geheimdienste, Mobilfunk- oder sonstige Dienstanbieter dann doch mit. Egal – interessieren die sich für uns? Ich glaub nicht. Selbst für die sind wir so unwichtig, wie wir es immer waren.

Nun echauffieren wir uns per Messenger-Dienst über junge Emporkömmlinge, Partei-Protegés, Marionetten-Minister, die Gender-Debatte und den Verfall der guten Sitten so wie Generationen von Pensionären vor uns. Wir retten die Welt nicht mehr in der Kantine, sondern mittels WhatsApp, und jeder kümmert in seinem Kämmerlein still vor sich hin.

„Mach endlich das Ding aus!"

Meine Frau unterbricht mich in meinen Gedanken. Das Smartphone hatte in meiner Tasche weitergebrummt. Sie hört das sogar. Ich höre nicht mehr viel, bin aber für das unterschwellig Vorwurfsvolle sehr empfänglich. „Seit dem Ruhestand bist du unerträglich", setzt sie nach.

Recht hat sie – schon wieder; eigentlich immer. Ich möchte ihr meine weitere Gegenwart an diesem Morgen ersparen, nehme die restlichen Croissants und gehe in den Park zum Entenfüttern. Für mich heißen sie alle Sokki. Ihnen ist das egal, solange sie zerbröselte Croissants bekommen. Enten sind Veganer, mögen keinen Camembert. Über mir die ersten Schwalben. Der Frühling wird flügge. Schwalben sind keine Veganer. Nun gut, jeder ist, was er frisst; und manchmal auch in sich hinein.

Arri

Sie nannten ihn Arri. Arri für *Arrival – Ankunft.* Depi hätte nicht gepasst, so und anders nicht, hätte für *Departure – Abflug* – gestanden. Bisher war Arri aber nur angekommen und noch nicht wieder abgeflogen. Ihn Checki zu nennen, für Check-in, wäre gemein gewesen. Am Check-in hatte ihn seine Frau vor ein paar Jahren nach einem heftigen Streit bei der Abreise verlassen. Arri konnte sein Flugticket nicht finden. Sie ließ ihn einfach stehen, nahm Kinder und Koffer, und weg war sie. Arri blieb sprachlos zurück. Ja, sprachlos. Arri war vor Schreck oder aus Kummer verstummt.

Seitdem kam kein Wort mehr über seine Lippen. Er lebte nun im Wortsinn wortlos auf dem kleinen Flughafen. Jedoch was Arri an Sprache verlor, gewann er an Liebenswürdigkeit hinzu. Alle, die auf dem Flughafen arbeiteten, mochten Arri. Der große, schwere Mann hatte sich in den vielen Jahren als sehr nützlich erwiesen. Er half Reisenden mit schwerem Gepäck, beseitigte Unrat, sorgte für Ordnung am Taxistand – und das Wichtigste: Er scherzte und spielte mit den Kindern, wenn diese vor dem Check-in gefühlt endlos warten mussten. Dieser lustige Mann, der nicht sprechen konnte, nahm den Kindern die Langeweile und ersparte den Eltern das Gequengel.

Arri schlief auf den Wartebänken, sein Badezimmer waren die Sanitarios, aus den Cafés und Snackbars bekam er zu essen und zu trinken. Er gehörte einfach dazu, ganz selbstverständlich.

Dann jedoch geriet Arri völlig unverschuldet zwischen die Mühlsteine der großen Politik. Das Land, aus dem Arri stammte, hatte sich von der europäischen Staatengemeinschaft losgesagt und ihn damit seiner europäischen Heimat beraubt. Ab sofort hätte er für das Leben auf der Insel eine offizielle Aufenthaltsgenehmigung benötigt. Aber konnte die Irrationalität der Politiker Arri zur Last gelegt werden, sollte diese dumme Entscheidung ihm unnötig Mühsal bereiten? Sollte Arri ohne Aufenthaltsgenehmigung nun ein Illegaler sein, nur weil irgendwelche Schwindler und Schreihälse an die Macht gekommen waren? Nein! Arri gehörte zu dem kleinen Flughafen wie die Vulkanberge zur Insel.

Es war Hauptsaison, die Abflughalle rappelvoll, als ein Bombenalarm Chaos auslöste. In der Mitte der Halle lag ein herrenloser Koffer. Alles rannte zu den Ausgängen, die waren jedoch blockiert. Teil einer perfiden Anschlagstrategie? Arri blieb besonnen, behielt den Überblick. Er kannte sich hier aus, sorgte dafür, dass die verzweifelten Menschen hinter Tischen, Stühlen und den Abfertigungsschaltern Schutz fanden. Wortlos – das ging sehr gut, das brachte Ruhe in die Panik. Wie ein Fels in der Brandung stand Arri dort, dirigierte mit seinen langen Armen die aufgebrachte Menge. Nur ein kleiner Junge, der offenkundig seine Eltern in dem Durcheinander verloren hatte, tanzte aus der Reihe. Er ging arglos auf den Koffer zu, hielt ihn wohl für den seinen. Die Menschen riefen entsetzt durcheinander: „Zurück! Zurück!" Der Junge glaubte nicht gemeint zu sein, unbeirrt ging er weiter. Arri nahm, ohne zu zögern, einen Gepäck-Trolley und rannte auf das Kind zu, das inzwischen den Koffer erreicht hatte. Er setzte den Kleinen auf den Wagen, entsperrte die Bremse und schob das Gefährt mit mächtigem Schwung zu den Barrikaden, wo man es auffing und den Jungen in Sicherheit brachte. Arri starrte auf den Koffer. So böse und entschlossen blickend hatte Arri noch keiner gesehen! Im nächsten Augenblick warf sich der Koloss mit seinem massigen Körper auf den Koffer und schlug dabei mit dem Kopf auf den Steinboden. Er wollte sich opfern, wollte der Bombe die Sprengkraft nehmen. *Wozu sonst*, dachte er, *hat Gott meinen Körper so mächtig gemacht?* Das war jetzt seine Bestimmung, sein Lebenszweck.

Als Arri wieder zu sich kam, blickte er in das Gesicht der Flughafenchefin. Im Schein der zuckenden Blaulichter sah sie geisterhaft aus. War er schon tot? War er bereits im Jenseits? Sie nahm seine Hand.

„Arri", sagte sie mit stockender Stimme, „Arri, du bist ein Held. Unter dem Gewicht deines Körpers ist der Zündmechanismus zerbrochen. Das hat sehr vielen Menschen das Leben gerettet. Wir sind dir unendlich dankbar."

Arris Geschichte ging durch die Medien.

Nun wurde es problematisch. Der Polizeipräsident der Insel tobte: „Ein Illegaler auf dem Flughafen meiner Insel. Das geht gar nicht! Warum wusste ich nicht davon?"

Arri wurde aufs Präsidium gebracht. Die Inselpolitiker hatten Rat gehalten. Bis zum Innenminister in Madrid war der Fall gegangen. Sollten sie Arri, den stummen Helden, ausweisen? Das würde eine öffentliche Empörung, einen Shitstorm, auslösen, das wäre ganz schlecht für das Image der Ferieninsel. Arri bekam ein Angebot: Ob er sich vorstellen könne, als Wachmann auf dem Flughafen zu arbeiten? Als öffentlich Bediensteter würde er dann eingebürgert, damit wären alle Probleme gelöst.

Nein, konnte er sich nicht vorstellen. Arri schüttelte energisch den Kopf. In Uniform auf dem Flughafen herumlaufen? Die Kinder, die er so liebte, würden sich vor ihm fürchten. Unvorstellbar für Arri.

Die Inselpolitiker berieten nochmals, machten ein neues Angebot. Ob es denn denkbar wäre, dass Arri zu Weihnachten als Weihnachtsmann auf dem Flughafen kleine Geschenke verteile?

Wieder eine Uniform! Arri starrte zweifelnd aus dem Fenster.

***

Reisende, kommt ihr zufällig um die Weihnachtszeit auf den kleinen Flughafen einer kleinen Insel im Süden Europas und seht einen Weihnachtsmann Geschenke verteilen, dann ist es vielleicht Arri. Wenn nicht, dann seid ihr möglicherweise auf der falschen Insel oder Arri hat auch dieses Angebot abgelehnt.

Zu spät – zu ebenbürtig

Er blickt auf die Uhr. *So viel zu spät war sie sonst nie! Da muss was passiert sein*, denkt er, *denn sie geht nicht einmal ans Telefon. Ist es denn so schlimm, dass sie nicht mal mehr ans Telefon geht?* Ihm ist unwohl, er versucht es immer und immer wieder – ohne Erfolg. Nicht einmal der Anrufbeantworter meldet sich. Selbst ein Besetztzeichen wäre ihm recht gewesen, hätte es doch auf Aktivität hingewiesen, allerdings auch auf die Ablehnung seiner Person. Egal, es geht nicht um ihn, es geht um sie, alles andere ist zweitrangig.

In der Fußgängerzone hatten sie sich kennengelernt. Dort versuchte er als Kleinkünstler seinen Lebensunterhalt zu bestreiten. Mit Kunst hatte er schon vorher indirekt zu tun gehabt. Der Aufbau von Bühnen mit Licht und Sound war sein Geschäft gewesen. Für den gelernten Elektriker der richtige Schritt in die Selbständigkeit. Das Geschäft lief gut. Dann kam das Virus. Die großen Bühnen gab es nicht mehr. Ihm blieb nur noch die Fußgängerzone als Bühne. Bälle, bunte Bälle, warf er in die Luft: sechs, sieben, acht oder mehr. Eine schwierige Darbietung. Es gelang ihm selten, die Gummikugeln fliegend in Bewegung zu halten. Wieder einmal entglitten sie ihm. Die Zuschauer lachten, einige warfen Almosen in die Keksdose.

Ein bunter Ball rollte ihr vor die Füße. Sie hob ihn auf, gab ihm den Ball, einen Kuss auf die Wange und ihre Visitenkarte: *Vivian Kallkamp – Chief Executive Officer/IT-Solutions* stand darauf. Das klang bedeutend. Erst traute er sich nicht, sie anzurufen – dann doch. Sie trafen sich im Café am Flussufer. Ein netter Nachmittag, ein schöner Abend. Es wurde mehr daraus. Das war vor einem Jahr und nun keine Verbindung.

Noch ein Blick auf das Telefon – wieder nichts. Er steckt es ein und geht mit gesenktem Kopf seine Fußgängerzone hinunter. Ein bunter Ball rollt ihm vor die Füße, er nimmt ihn auf, blickt hoch. Da steht sie, an seinem Platz, spielt sein Spiel. Den Ball in der Hand, geht er auf sie zu, will ihr einen Kuss auf die Wange geben. Sie dreht den Kopf weg.

„Hast du keine Karte?", zischt sie. „Verschwinde! Ich mag keine Männer, die mir ebenbürtig sind."

Diktafonie

„Sie müssen doch etwas essen!“, sie sieht ihn vorwurfsvoll an.

Der alte Mann sitzt aufrecht am Schreibtisch, hat sie nicht bemerkt. Das Diktiergerät in der rechten Hand, die linke umklammert Halt suchend die Stuhllehne. Die Pflegerin nimmt das unberührte Tablett mit dem kalten Essen vom Tisch und verlässt das Zimmer. Sie will gerade die Tür schließen, als er mit einem leisen „Oje!“ vom Stuhl rutscht.

Vor zwei Monaten war seine Frau gestorben, seitdem lebt Herr Hörchle im Seniorenheim. Der gebrechliche Mann sitzt unentwegt am Schreibtisch und spricht in ein Diktiergerät – Diktafon, wie er es nennt. Ein sehr altes Modell mit Magnetbändern – nahezu ein halbes Jahrhundert alt. Nun liegt Hörchle am Boden, das Gerät noch in der Hand.

Der Defibrillator holte ihn wieder ins Leben zurück. Als sie ihn in den Rettungswagen schieben, versucht der Sanitäter ihm das Diktiergerät aus der Hand zu nehmen.

„Lassen sie nur“, der Notarzt hebt die Hand, „das stresst ihn vielleicht. Diese Museumstechnik wird unsere moderne Elektronik schon nicht stören.“

Selbst auf der Intensivstation kann sich der Schwerkranke nicht von seinem Diktafon trennen. Der rechte Arm liegt angewinkelt auf der Bettdecke, so dass das Gerät in seiner Hand nahe dem Mund zu liegen kommt. Die linke Hand hält ein Taschentuch, bemüht dem Speichelfluss Herr zu werden. Er versucht weiterzusprechen. Manchmal gelingt das sogar.

„Ich habe doch noch so viel zu sagen und es ist nur noch so wenig Zeit." Hörchle spricht langsam und bedächtig, aber mit Nachdruck. Er hatte bemerkt, dass der Pfleger erkennbar belustigt einen Kollegen auf das Gerät in der Hand des Patienten hinwies.

Es war eine verregnete, aber ruhige Nacht. Nur das Wasser floss murmelnd durch die Rinnen, stürzte gurgelnd in den Fallrohren nach unten. Gegen Morgen schreckt ein oszillierender Signalton den Nachtdienst auf: die Intensivstation mit dem Notfall von gestern. Diensthabender Arzt und Nachtpfleger erreichen den Risikopatienten gleichzeitig, sehen den zitternden Strich auf dem Monitor. Der Arzt fühlt den Puls, leuchtet Hörchle in die Augen.

„Zu spät, das war's."

Der Mann im weißen Kittel steht auf, zuckt mit den Schultern und verlässt das Zimmer. Der Pfleger blickt auf die Uhr, nimmt dem Verstorbenen das Diktiergerät aus der rechten Hand, das Taschentuch aus der linken. Beides kommt in einen blauen Müllsack. Danach faltet er Hörchle die Hände über der Brust und zieht ihm die Bettdecke über das Gesicht, öffnet das Fenster, löscht das Licht, schließt die Tür und stellt den Müllsack auf den Flur.

Es ist immer so langweilig bei Opa

Die Ampel schaltet auf Grün. Langsam biegt der Wagen nach rechts ab. Rudolf steht am Gartentor, winkt zögernd, unbeholfen. Gitta drückt das Gesicht an die Scheibe, lächelt und winkt zurück.

„Warum müssen wir jeden Sonntag zu Opa und Oma fahren? Es ist dort immer so langweilig“, fragend blickt sie nach vorne.

Fredo, ihr Vater, dreht sich beim nächsten Ampelstopp um: „Na ja, Opa Rudolf und Oma Britta freuen sich doch, wenn wir zu ihnen kommen. Die zwei, drei Stunden zum Kaffeetrinken sind doch noch okay – oder?“ Er tauscht mit seiner Frau Sonja auf dem Beifahrersitz einen kurzen Blick, dann wieder zu Gitta: „Vielleicht fragen deine Kinder später auch mal, warum müssen wir zu Oma Sonja und Opa Fredo fahren, wenn ihr uns besucht.“

Gitta lächelt gequält. Für sie ist das noch nicht vorstellbar. Sonja blickt in den Rückspiegel, Jonas ist inzwischen im Kindersitz eingeschlafen und Gitta spielt auf dem Nintendo.

„Ja, Fredo“, sagt Sonja, „du hast recht. Wie wird das später bei uns sein? Aber ach, lassen wir das, Sonntagnachmittage nach Familienbesuchen sind immer so ätzend melancholisch … Freuen wir uns auf morgen und reden nicht immer wie bei deinen Eltern von vor-vorgestern. Über-übermorgen ist für uns noch so weit weg, kein Grund sich bereits jetzt zu sorgen.“

Rudolf schließt das Gartentor. Britta ist schon vorgegangen, wartet an der Haustür.

„Geh nicht so krumm, das macht alt", sie lächelt aufmunternd.

„Aber ich bin doch alt. Können wir nicht ändern, die Uhr tickt unaufhaltsam." Rudolf hebt resignierend die Schultern. Er zeigt nach oben: „Ich geh mal hoch und mach das Fenster zu, es zieht."

Auf der Treppe versucht Rudolf aufrecht zu gehen. Er nimmt zwei, drei Stufen auf einmal und vermeidet, Halt am Geländer zu suchen. Mit einem Anflug von Dynamik geht er in Fredos ehemaliges Zimmer. Dort hinten stand das Kinderbett. Jeden Abend hatte er Fredo eine Geschichte vorgelesen und sein Haar gekrault, Fredo schlief dann zufrieden ein. Schon damals ahnte Rudolf, dass es ein Morgen geben würde ohne diese seligen Momente. Jedoch war das nur ein Anflug von Wehmut, nur für einen Augenblick. Aber jetzt, Jahrzehnte später, bleierne Wehmut im Blick zurück. Was kommt noch, wenn schon alles war?

An der Wand hängt noch das alte Poster von James Dean. Fredo hatte die Verehrung für den Filmstar der Fünfziger von seinem Vater übernommen. Wer weiß warum? Das vergilbte Poster zeigte den jungen James vor seinem silberfarbenen Porsche, es war um viele Jahrzehnte älter, als der Abgebildete jemals wurde. *Ja, jung gestorben, intensiv gelebt und den frühen Tod weder erahnt noch richtig wahrgenommen. Eine solche Gnade wird nur wenigen Menschen zuteil. So quälen wir uns bis zum Ende*, dachte Rudolf, *ab Siebzig ziehen wir Bilanz. Das Leben ist ein einziger Konkurs/Concours, auf Deutsch wie auf Französisch.* Rudolf war bis zur Pensionierung Lehrer für Deutsch,

Englisch und Französisch gewesen. Die Doppeldeutigkeit von Wörtern und Redewendungen, das Missverstehen, das falsche Übersetzen waren seine Leidenschaft. Viele Jahrgänge von Lernenden hatte er damit zur Verzweiflung getrieben. Eigentlich wollte er nur verdeutlichen, dass Sprache mehr ist als ein formales Regelwerk. Wollte darauf hinweisen, dass die Verständigung mit Wörtern in einem kulturhistorischen Kontext ein besonderes Wir-Gefühl vermittelt. Nur jene, deren Sprache wesentlich und nicht nur nützlich ist, könne man als Muttersprachler bezeichnen. Alle anderen seien Imitatoren.

In seiner Doktorarbeit hatte sich Rudolf mit den *Grundfragen der allgemeinen Sprachwissenschaft* von Ferdinand de Saussure befasst. Der Originaltext in Französisch und die jeweiligen Übersetzungen in Englisch und Deutsch waren Gegenstand seiner wissenschaftlichen Arbeit gewesen. Der Titel dementsprechend: *Die kulturhistorischen Bedingungen der syntagmatischen Beziehungen bei Ferdinand de Saussure.* Mit *summa cum laude* schloss er ab, ging in den Schuldienst und reüssierte in der zweiten Staatsprüfung mit *Sehr gut.*

Der Schulleiter übernahm ihn sofort nach dem Referendariat. Er sagte: „Männer wie Sie brauchen wir an einem humanistischen Gymnasium, und Sie, Herr Dr. Möller, sind ein wahrer Humanist."

Rudolf fühlte sich geehrt. Jedoch Ehrgeiz und Ehre verheerten seinen Unterricht.

„Warum ist es bei Opa immer so langweilig?", hörte man oftmals die Schüler hinter seinem Rücken sagen.

Als Humanist an einem humanistischen Gymnasium, in einer sozialistischen Stadt war Rudolf ein wenig aus der Zeit gefallen. Die Zeit, so wie alles andere, gingen an ihm vorbei. Auch die Beförderungen. Mühsam wurde er Oberstudienrat und als solcher pensioniert. Die seinerzeit aktuelle Schulleiterin sagte bei Rudolfs Verabschiedung: „Rudolf war ein toller Kollege. Immer hatte er zur rechten Zeit das richtige Zitat. Manchmal haben wir es auch verstanden. Aber immer haben wir ihn verstanden. Er hat sein Leben gelebt, wie er es musste. Wir wünschen Rudi das auch für seinen Ruhestand."

Nein, Ansprüche oder Wünsche hatte Rudolf nur wenige. Dieses Mal allerdings hätte es was gegeben, was er sich wünschte: Zum Abschied wäre er gerne als Oberstudienrat Dr. Möller tituliert mit einer Urkunde und einem Blumenstrauß in der Hand von der Aula hinunter durch das klassizistische Schulportal auf die Straße getreten. Das hätte sich so gehört, wäre seiner würdig gewesen. Stattdessen trug das Primaner-Ruderteam den Pensionär in einer blumengeschmückten Zinkbadewanne, auf der *Zitate-Rudi* stand, hinaus. Diesen stillosen Abgang konnte er der Schule nicht verzeihen, niemals mehr hat er deren Räumlichkeiten betreten. Auch die Straße, in der das Gymnasium lag, mied er, wann immer das möglich war. Zum Abschied bekam er Rotwein – französischen: Grand Cru aus dem Saint Emilion. Der konnte nichts dafür. Er versteckte ihn im Keller. Er würde ihn trinken, wenn die Zeit heran war.

Wie konnte er wissen, wann die Zeit heran war?

Sein Kollege Klaus-Gerhardt, Lehrer für Biologie und Chemie, hatte es gewusst. Klaus-Gerhardt war sein bester Freund gewesen. Vor fünfundzwanzig Jahren hatten sie im Chemielabor heimlich ein sogenanntes „Ablebens-Elixier" hergestellt. Eine Lösung für das Problem des vielleicht nicht würdevollen Ablebens, wie sie scherzhaft sagten. Sie lachten und waren vergnügt, sie hatten ja noch viel Zeit damals. Ob die Mixtur tatsächlich wirkte, schnell und schmerzlos, wie Klaus-Gerhardt behauptete, wussten sie nicht. Der Beweis kam später. Klaus-Gerhardt erkrankte an Krebs. Nach einem Jahr gab er die Hoffnung auf und griff zur Lösung. Sie wirkte schnell und schmerzlos. *Im Schlaf still von uns gegangen*, so stand es in der Todesanzeige. Seine Witwe bestätigte das bei der Beerdigung. Am Abend zuvor habe Klaus-Gerhardt noch fröhlich ein Glas Rotwein getrunken und hatte sich nach ihr schlafen gelegt. Am nächsten Morgen habe er regungslos im Bett gelegen. Sie hätte den Todeskampf sicher bemerkt, wäre da einer gewesen. Nein, davon sei nicht auszugehen, ganz friedlich habe er dagelegen.

Rudolf ging in den Keller, vielleicht war jetzt die Zeit, den Rotwein zumindest mal anzusehen. Die Flasche stand ganz hinten bei den Farben und Lösungsmitteln, neben einer alten Farbdose, die ein ideales Versteck für das Fläschchen mit dem *Ablebens-Elixier* war.

„Rudi!“ Britta rief die Kellertreppe hinunter. „Rudi, gleich kommt eine Talkrunde mit dem Thema *Zerbricht Europa vom westlichen oder vom östlichen Rand?* Das interessiert dich doch bestimmt.“

„Ach nee, lass mal, ich sehe mir lieber was von James Dean an: *East of Eden* oder *Rebel without a cause.*“

„Zum wie vielten Male?“, rief Britta spöttisch die Kellertreppe hinunter. „Na gut, tu, was dir Spaß macht. Ich gehe später dann schon ins Bett. Denk daran: Mach bitte das Licht an, es stört mich nicht. Mich stört nur, wenn du im Dunkeln wieder etwas umstößt.“

Der Lichtschein huschte die Treppe hinauf, als sie die Tür schloss.

Sollte er sich wirklich *East of Eden* oder *Rebel without a cause* ansehen? Beide Filme hatte Rudolf immer wieder im Unterricht behandelt, sie entsprachen dem Lebensgefühl seiner Generation. Er bemerkte nicht, dass er Generationen entfernt war von denen, die vor ihm saßen. Sie interessierten sich weder für die Bibel noch für James Dean. Das war Opas Welt. Das Lukas-Evangelium und die Genesis für die Herleitung der jeweiligen deutschen Übersetzungen zu zitieren, ging dann selbst dem Schulrat im Unterrichtsbesuch zu weit. So musste Rudolf noch eine weitere Runde drehen, bis er nach sechsundzwanzig Dienstjahren erst- und letztmalig befördert wurde.

Jedoch was kümmerten ihn die anderen? Jetzt erst recht nicht mehr. Er war frei von der Meinung und dem Wohlwollen anderer; das tat gut. Wenn er wollte, könnte er den Porsche nehmen und über die Bahn brettern bis an sein seliges Ende.

Vorsichtig nahm Rudolf die Schutzdecke von der Carrera-Bahn. Staub wirbelte auf. Lang war es her, dass er sich mit Fredo auf dieser Bahn spannende Rennen lieferte. Fredo fuhr einen roten Ford Mustang und Rudolf natürlich einen silberfarbenen Porsche 356. Jetzt setzte er nur den Porsche in die Spur. Er drehte Runde für Runde, sah im Geiste den roten Mustang, der ihm dicht auf den Fersen war, hörte Fredo rufen: „Gleich in der nächsten Kurve, dann habe ich dich!"

Die Tür ging auf, der Lichtschein wanderte die Stufen hinunter und Britta rief: „Ich geh dann schon mal, du weißt Bescheid."

„Ja, ist recht", antwortete Rudolf.

Der Lichtschein wanderte hoch. Er schaltete die Rennbahn aus, nahm die Flaschen, entkorkte die große und drehte die kleine auf. Vorsichtig goss er die Flüssigkeiten in ein Marmeladenglas. Rudolf handelte spontan, unvorbereitet. Das Glas hatte irgendwo im Keller gestanden. Behutsam, um nichts zu verschütten, setzte er sich mit dem Getränk in seinen Lieblingssessel neben der Rennbahn und betätigte den Schalter. Der Porsche nahm Fahrt auf, Rudolf nippte am Glas, der Porsche wurde schneller, Rudolf nahm einen großen Schluck. In der S-Kurve flog der silberfarbene 356er aus der Bahn, fiel scheppernd auf den Kellerboden, blieb auf dem Dach liegen.

Rudolf glitt aus dem Sessel, kroch bäuchlings auf das Spielzeug zu, umklammerte es, wollte es zu sich nehmen.

Auf dem Bauch liegend, den Arm ausgestreckt, das Auto in der verkrampften Hand, so fand ihn Britta am nächsten Morgen. Er habe ganz entspannt dagelegen mit einem zufriedenen Gesichtsausdruck, wird sie später bei der Beerdigung sagen.

Theodor und Tiger spielen Russisch Roulette

Er hoffte, Tiger nähme den richtigen Fressnapf, wenn es so weit wäre. Die Kontrolle darüber hätte Theodor dann allerdings nicht mehr. Jedoch, sorgfältig geplant und präzise vorbereitet, so müsste es gelingen. Tiger sollte mit ihm gehen. Den Hund zurückzulassen nach all den Jahren, ihn perspektivlos in fremde Hände zu geben: Nein, unmöglich! Also: Es musste gelingen!

Vor zwei Jahren war Theodor in den Ruhestand gegangen. Tiger ging mit ihm, das war bei der Polizei so üblich. Dass nun bereits zwölf Jahre vergangen waren, als Tiger der tapsige Welpe in die Staffel kam, Theodor konnte es kaum glauben. Er war seinerzeit stellvertretender Leiter der Hundestaffel, hatte ihn ausgewählt und danach ausgebildet. Tiger war sein Hund, sein Kumpel, und da er mit Sybille keine Kinder hatte, vielleicht sogar ein wenig Kindersatz.

Mit zehn Jahren war Tiger dann zu alt für den aktiven Dienst – so wie Theodor mit dreiundsechzig. Sie gingen zusammen. Beide bezogen Pension, denn selbst für Tiger gab es eine Futter- und Tierarztpauschale pro Jahr. Tiger hatte Sybille noch kennengelernt, bevor sie an den Folgen einer Krebserkrankung qualvoll starb. Manchmal suchte Tiger in dem schmalen Reihenhaus mit dem kleinen Garten nach ihr, schnüffelte im Keller an ihren Gartenschuhen, die dort unberührt in der Ecke standen. Theodor hatte dabei das Empfinden, Tiger blicke ihn fragend an.

„Ja, tot, ist nicht mehr", Theodor schüttelte den Kopf.

Es war, als verstünde Tiger das. Er schlich danach auf seine Hundedecke im Flur und zog seufzend den Kopf ein.

Eines Morgens, Tiger hatte wieder an den Gartenschuhen geschnuppert, ging er auf Theodor zu, nicht mit fragendem Blick, sondern leise fiepend.

Das wiederholte sich in den kommenden Wochen. Theodor fand keine Erklärung für Tigers Verhalten. Plötzlich, bei der morgendlichen Zeitungslektüre, schlug eine Überschrift wie ein Blitz in seine bescheiden heitere Welt ein. *Hunde werden zur Krebsfrüherkennung eingesetzt*, stand da – und: *Hunde können die Erkrankung schon im Anfangsstadium riechen*.

Theodor las nicht weiter.

Die Krankheitsgeschichte von Sybille lief vor seinem geistigen Auge ab: die ersten Arztbesuche, der Schock, die Therapie, die Hoffnung, der Rückfall und das qualvolle Ende. Er sah sie vor sich auf der Intensivstation. Sie konnte nicht mehr sprechen, sich nicht mehr bewegen. Nur noch ihre Augen sahen ihn hilfesuchend an, flehentlich, durchdringend, ja vielleicht sogar vorwurfsvoll. Theodor fühlte sich sehr elend damals, er konnte nichts für sie tun. Gerne hätte er etwas von dem Morphium bekommen, das man ihr gab. Er beneidete sie ein wenig darum, wenn nach der Injektion ihre Züge ruhiger und zufriedener wurden. Ihm aber blieben Trauer, Schmerz und Hilflosigkeit, die er bei vollem Bewusstsein ertragen musste.

Tiger war in dieser schweren Zeit eine Hilfe gewesen. Sein Lebensmut, seine einfühlende Anhänglichkeit hatten Abwechslung und Trost gespendet. Und nun war es ausgerechnet Tiger, der vielleicht eine neue, eine andere schwere Zeit ankündigte. Sollte Theodor zum Arzt gehen?

Nein, war vielleicht doch nur alles Zufall. Obwohl – die Schluckbeschwerden, das Stechen in der rechten Brusthälfte, waren sie nicht Vorboten dessen, was da kommen könnte? Theodor wollte das alles nicht wissen, nicht zum Arzt gehen, nicht leiden wie seine Frau.

Theodor hatte eine Idee.

Als er damals nach dem Tode seines Vaters das Haus aufräumte, fand er einen alten Revolver der US-Armee mit zwanzig Schuss Munition. Sein Vater hatte lange Jahre als Zivilangestellter bei den Amerikanern gearbeitet, aus dieser Zeit musste die Waffe stammen. Theodor wusste nichts davon. Der Revolver mochte schon Jahrzehnte im Keller gelegen haben. Erst als Theodor einen Karton mit alten Putzlappen in den Müllcontainer warf, fielen Waffe und Munition heraus.

Das Einfachste wäre jetzt gewesen, den Revolver zu laden, erst Tiger und dann sich selbst zu erschießen. Wenn schon der Tod unvermeidbar war, dann sollte er ohne lange Leidenszeit für beide kommen, denn Tiger sollte mit ihm gehen. Theodor mochte ihm nicht zumuten, vielleicht in einem Tierheim zu enden. Jedoch der Gedanke, Tiger sterben zu sehen und dann die Waffe gegen sich selbst zu richten, zu wissen, jetzt würde es geschehen, ließ ihm das Blut in den Adern gefrieren. Nein, das konnte er nicht.

Theodor plante, *Russisch Roulette* zu spielen. Die Wahrscheinlichkeit des Todes lag jeweils bei eins zu fünf. Irgendwann würde es geschehen. Nie wusste man, wann.

Schon am ersten Tag – oder irgendwann später. Der Wahrscheinlichkeit nach spätestens am sechsten Tag.

Theodor hätte Gott das Schicksal nicht aus der Hand genommen. Der Zufall wäre weiterhin Herr über Tod oder Leben geblieben. Für Tiger würde er vergiftetes Futter zubereiten. Theodor müsste Tiger trainieren, sodass dieser erst das Futter nahm, wenn sich ein Schuss gelöst hatte und Herrchen auf den Boden fiel. Einem Polizeihund könnte so etwas antrainiert werden.

Jeden Morgen setzte sich Theodor die Waffe an die Stirn – klick. Tiger sah ihn zunächst fragend an, dann aber begriff er das neue Spiel. Nach dem Klick gab es zu fressen, danach konnte er die Leine vom Flur holen für den ausgiebigen Morgenspaziergang.

Als das saß, baute Theodor eine Variante ein, denn nur so würde sein Plan aufgehen. Hin und wieder legte er eine schwache Platzpatrone ein, stöpselte sich die Ohren zu und hielt den Revolver etwas neben den Kopf. *Peng!* Danach ließ er sich vom Stuhl auf den Boden fallen. Wenn das geschah, musste Tiger aus einem anderen Napf fressen, der etwas abseits, rechts in der Ecke stand.

Wochenlang wurde dieses Verfahren geprobt. Tiger hatte die Lektion schnell gelernt und das Verhalten verinnerlicht. Nun konnte Theodor konkret werden. Eine scharfe Patrone wurde geladen und der rechte Napf mit giftigem Futter versehen. Vielleicht schon heute? Theodor stand der Schweiß auf der Stirn – klick! Nein, heute noch nicht.

Zwei weitere Wochen blieben die beiden vom Schicksal verschont. Theodor kamen Zweifel. Nach der Wahrscheinlichkeit hätten schon beide tot sein müssen. Er machte Schießübungen im Keller und stellte fest, an den Patronen lag es nicht. Vielleicht wollte ihn der Allmächtige noch nicht. Sogar die Schmerzen beim Schlucken und in der rechten Brusthälfte ließen nach. Konnte es vielleicht sein, dass der ständige Stress mit nachfolgender Entspannung den Krebs zurückdrängte?

Theodor machte weiter, aber er nahm die scharfen Kugeln aus der Trommel und stellte kein vergiftetes Futter mehr hin. Nur noch *Klick*, und um in Übung zu bleiben, manchmal ein *Peng*, alles ohne Angst. Danach fröhliches Gassigehen.

Dann jedoch kehrten die Schmerzen zurück. Die Hoffnung schwand, die scharfen Patronen kamen erneut in die Trommel. Theodor spürte, der erwartete Morgen würde bald kommen. Er sah dem Ende gelassener entgegen als noch zuvor. Die Anspannung und das Zittern waren nicht mehr da. Dennoch, jeder Tag war ein gewonnener Tag, aber oftmals auch ein qualvoller, die Schmerzen nahmen zu.

Eines Morgens spuckte Theodor nach dem Aufstehen Blut. Vielleicht hatte der Zufall nur darauf gewartet. An diesem Morgen geschah es. Der Tod kam einfach so, mit einem lauten Knall, ohne Stress.

Tiger schreckte auf, der Knall war diesmal sehr viel lauter gewesen. Theodor war schneller vom Stuhl gefallen und auf dem Boden hart aufgeschlagen. Um den Kopf herum bildete sich eine große Blutlache. Tiger war nicht nach fressen zumute. Er rannte in den Garten und bellte den Nachbarn herbei.

Für Theodor kam jede Hilfe zu spät. Tiger jedoch blieb das Tierheim erspart, eine Senioreneinrichtung übernahm ihn als Therapiehund. Eines hatte der kluge Tiger allerdings begriffen und setzte es konsequent um: Er durfte nicht mehr fiepen, auch wenn er etwas Verdächtiges roch. Noch einmal wollte er eine solche Prozedur mit dem schrecklichen Ende wie bei Theodor nicht miterleben.

September 2015 – auf der anderen Seite

Sie stehen in langen Reihen. Ausgemergelte Gestalten vor Containern und Zelten im Staub. Längst vergessene Bilder aus Schulbüchern, aus Filmen kommen hoch. Unsere Vergangenheit, unsere Schuld. Diese Bilder hatten uns verändert. Nun stehen wir wieder da, erneut auf der anderen Seite. Niemals mehr sollten Menschen unter oder durch uns leiden. Unsere Schuld ist umgemünzt in Großmut. Ist der Mut tatsächlich groß? Der Zweck ist gegeben. Doch gibt es auch einen Sinn? Nicht nur ein Ansinnen. Vielleicht liegt in der Würde der Sinn. Die Würde der anderen, die aus dem Spiegel blicken, wenn wir uns den Scheitel gerade ziehen. Es ist nicht nur ein Spiegel, es ist ein Kabinett. Gesichter spiegeln einander in nicht endender Reflexion. Wir sehen alle, dennoch, wir sehen nichts.

Ich stehe auf der anderen Seite, sortiere des Kaisers alte Kleider, die Altkleider des Wohlstands, um die Armut zu kleiden. Ist das St. Martins halber Mantel oder ist das die Mode von gestern, für die kein Platz mehr ist in den Schränken, die bergen, was Eindruck macht? Helfen ist die neue Mode. Kleidsam für jeden Diskurs. Wir sind schwach im Ermessen, doch unser Urteil ist stark. Jeder auf seine Weise ist dafür oder dagegen, ist hilfreich oder hilflos.

Ein warmer Spätsommertag im September 2015. Ich stehe auf der anderen Seite, habe Durst, greife in die Kiste mit dem Wasser, sehe die Binde an meinem Arm, die zeigt, warum und für wen ich hier stehe. Da sind sie wieder, die Bilder aus Schulbüchern und Filmen. Ich schrecke zurück. Ein Kreuz, rot auf weißem Grund. Dem Himmel sei Dank, keins mit den Haken, schwarz auf Rot. Ein kleines Mädchen, schwarze Locken, große, dunkle Augen im müden Gesicht, kommt auf mich zu. Den Arm ausgestreckt. Ein Schrei, eine andere Sprache, aber ich verstehe, sie hat Durst so wie ich. Noch ein Griff in die Kiste, noch eine Flasche, wir haben genug.

Er hält mich zurück, der in meiner Reihe auf der anderen Seite, der neben mir. Der mit dem größeren roten Kreuz auf dem Arm. Er ruft: „Bist du verrückt! Wenn du dem Mädchen jetzt Wasser gibst, dann werden sie uns überrennen. Es reicht nicht für alle, wir haben nicht genug."

Die letzte Fähre

Kaum etwas wirkt trister und trauriger als ein englisches Seebad im Regen. Seit einer halben Stunde sitze ich in *Harveys Oyster Bar* und blicke aus dem Fenster. Der stete Regen beginnt, die salzverkrusteten Scheiben durchsichtiger zu machen. Indes: Der Ausblick ist wenig reizvoll. Eine weite, graue Fläche liegt vor dem Fenster, ohne erkennbare Grenze zwischen Regen und Meer. Lediglich das grün-weiße Geländer am Hafen mit seinen rostbraunen Flecken lockert das Bild ein wenig auf. Die Ödnis bietet der Fantasie gestalterischen Freiraum.

„Wir hatten keinen guten Sommer dieses Jahr", unterbricht Harvey die Stille. Er ist mit den üblichen Verrichtungen eines gelangweilten Wirtes beschäftigt und fühlt sich verpflichtet, seinem Gast etwas mehr als nur eine warme, trockene Bleibe und einen heißen Tee zu bieten. „Macht aber nichts", ergänzt er, als er bemerkt, dass ich zuhöre. „Es kommen immer die gleichen Leute hierher, sie lassen sich durch nichts abschrecken und bei einem Wetter wie heute sitzen sie lieber bei mir drin, anstatt auf der Promenade zu flanieren."

Mein Blick wandert langsam durch das Lokal – menschenleer. Harvey muss meine Gedanken erraten haben.

„Jetzt, mitten in der Woche, sind sie natürlich wieder dahinten – zuhause", er bewegt seinen Kopf in die Richtung, in der London liegen muss. „Einige kommen hin und wieder an den Wochenenden auch außerhalb der Saison, aber unter der Woche kommen bestenfalls ein paar Europäer vom Kontinent und setzen ihre letzten

Pennys in Bier und Chips um, bevor sie auf die Fähre gehen."

„Ich bin nicht hier, um mein Geld loszuwerden", erwidere ich, „das wird vermutlich in die Kasse von Kendalls Autowerkstatt fließen; habe Probleme mit meinem Wagen, hoffentlich bekommen sie ihn wieder hin bis zur letzten Fähre."

Harvey antwortet zunächst nicht, er wird nachdenklicher, offensichtlich haben wir die Grenze des Small Talks überschritten. Mir kommen schon Zweifel an der Qualität der Autowerkstatt. Immerhin hat mir der Mann von der Straßenwacht Kendall sehr empfohlen. Umständlich trocknet Harvey eines der großen Biergläser ab, hebt es bedächtig gegen das schwache Licht, das durch die gläserne Eingangstür fällt.

„Kendall", sagt er langsam, „der arme George Kendall, vor zwei Jahren ..." Er macht eine Pause und holt tief Luft: „Vor zwei Jahren ging sein einziger Sohn Mike ins Wasser, dort draußen am Ende der Mole, wollte nicht mehr leben. Aber sein Schwiegersohn versteht auch was von Autos, der bringt den Wagen schon zum Laufen", ergänzt Harvey beflissen. Seine Nachdenklichkeit weicht nur kurz einem freundlichen Kopfnicken. Dann hält er das Glas unter den Zapfhahn und lässt dunkles Bier hineinlaufen. „Ihr Haar war so schwarz wie das Guinness hier. Ja, Mike liebte eine Irin. Ich habe ihm gleich gesagt: ‚Irisch – das geht nicht gut.' Aber die Liebe hatte ihn fest im Griff, er hörte auf niemanden. Sie ist jetzt in Frankreich und der arme Mike liegt irgendwo dazwischen. Wurde nie gefunden, der arme Kerl." Harvey setzt das Glas an die Lippen, nimmt einen großen Schluck und hält es am ausgestreckten Arm in Richtung Hafen: „Cheers, Mike!"

In diesem Augenblick stürmen zwei Jugendliche ins Lokal. „Mensch", sagt der eine auf Deutsch mit bayerischer Färbung, „nichts los hier, komm weiter."

„Was wollten die denn?" Harvey sieht mich fragend an.

„Die suchen den Rest ihrer Schulklasse", antworte ich nicht ganz wahrheitsgemäß.

„Na, die sind sicher bei McDonalds in der Church Road und schmieren sich den Ketchup in ihre Milchbärte. Ich bleibe bei meinem Guinness." Zur Bestätigung nimmt Harvey einen großen Schluck. Beim Absetzen fragt er mich: „Ach so, möchtest du auch ein Guinness?"

„Nein danke", sage ich, „lieber nehme ich noch einen Tee."

„Wieder ohne Zucker?", fragt er ungläubig. Ohne die Antwort abzuwarten, geht er in die Küche und kommt mit der aktuellen Ausgabe der *Sun*, dem englischen Boulevardblatt, zurück. „Hier", sagt er und schlägt mit der Hand auf die Titelseite: „Die Franzosen haben mit dem Tunnelbau schon begonnen. Wenn der erst mal fertig ist, wird's still hier bei uns, dann können die Fährhäfen dicht machen." Er lässt die Zeitung sinken: „Aber ich vertraue unseren Leuten. Wir können doch nicht beginnen, ohne dass wir uns im Klaren darüber sind, welche Gewerkschaft für die Arbeiter zuständig ist! Eigentlich wäre es die Bergarbeitergewerkschaft, wegen der Buddelei. Aber wegen des Meeres dann wieder doch die der Seeleute. Kompliziert wird es jenseits der Drei-Meilen-Zone." Er lacht in sich hinein. „Wird jedenfalls noch 'ne Weile dauern, bis der erste Zug rollt. Bis dahin kotzt sich noch mancher Europäer bei so einem Wetter wie heute die Seele aus dem Leib."

Mein Blick muss wohl ein wenig ängstlich oder ratlos gewesen sein.

„Nein, ich habe nichts gegen euch vom Kontinent", sagt er, „nicht nur, weil ihr mindestens dreißig Prozent meines Umsatzes bringt. Eigentlich sind wir Briten ja auch Europäer." Dann schweigt er lange. „Aber Mikes Freundin ist mit einem Franzosen auf und davon. Der hatte wie du Ärger mit seinem Wagen, sprach aber kein Wort Englisch oder wollte es nicht. Mike jedenfalls holte Sheila, sie sprach ein wenig Französisch. Das war sein erster Fehler. Dann hat er die Kiste vor der Abfahrt der letzten Fähre nicht mehr hinbekommen, das war sein zweiter Fehler. Der Franzose blieb über Nacht. Zwei Monate später war er wieder da. Mit der Elf-Uhr-Fähre morgens – zurück mit der Zwei-Uhr-Fähre und Sheila am Nachmittag. Na ja, den Rest kennst du ja." Er wirft das Handtuch, mit dem er sich langsam die Hände trocknet, unwirsch in die Ecke.

„Was ist mit dem Tee?", frage ich.

„Ja, natürlich", Harvey verschwindet wieder in der Küche und kommt mit einem glänzenden Metallkännchen und einer Milchtüte auf dem Tablett zurück.

Erneut wird die Tür ungestüm aufgestoßen. Ein Lehrling aus Kendalls Werkstatt kommt in ölverschmierter Kluft herein. Fast so, als würde ihn der Wind direkt vor die Theke wehen.

„Sir, Ihr Wagen ist fertig, vielleicht schaffen Sie die Sechs-Uhr-Fähre noch. Der Boss hat beim Terminal angerufen, wenn Sie in zwanzig Minuten da sind, werden Sie noch mitgenommen." Der Junge ist ganz atemlos, der Wind und die Eile machen ihm zu schaffen.

Ich bin ziemlich überrascht angesichts dieser unbritischen Eile und der persönlichen Eskorte. Tief greife ich in meine Hosentaschen und verteile die harten Reste meiner britischen Währung gleichmäßig auf Harvey und den Jungen.

„Nicht für mich“, brummt Harvey und hält mir seine Handrücken hin. Ich lege ihm das Geld auf die Theke.

„Ist schon gut“, sage ich, „drüben kann ich damit nichts anfangen. Bye, Harvey – so long!“

Es ist nicht weit zu Kendalls Werkstatt, es müsste zu schaffen sein. Der Wind treibt mir den feinen Regen ins Gesicht. Ich bin sogar ein wenig traurig, dass ich so schnell Abschied nehmen muss.

Mein Wagen steht schon auf dem Hof. Ich gehe ins Büro und bezahle mit einem Scheck. An der Wand hängt das Bild eines bärtigen jungen Mannes, vermutlich Mike. Am Fährterminal werde ich schon erwartet. Der Zöllner im Glashäuschen zeigt kein Interesse an meinem Pass. Vor der offenen Heckklappe des Fährschiffes stehen zwei Männer mit Funksprechgeräten und winken mich heran. Mit einem schnellen Griff reißt einer den Fahrschein aus dem Heftchen. Ich bin der Letzte. Die Metallklappen scheppern beim Hereinfahren. Die Fähre ist nur halbvoll.

Kaum steige ich aus dem Wagen, da ruft einer der Männer: „Handbremse?!“ Ich beuge mich in den Wagen und reiße den Hebel hoch. Der Mann quittiert das Ratschen mit freundlichem Augenzwinkern und hoch erhobenem Daumen.

Die große Heckklappe schließt mit dumpfem Dröhnen. Das ganze Schiff zittert, die Dieselmotoren werden lauter, wir haben schon abgelegt. Ich beeile mich, an Deck zu kommen, damit ich noch einen letzten Blick auf England werfen kann. Ich komme gut voran, die meisten

Passagiere haben sich bereits mit Keksen, Cola und Zeitungen auf die klebrigen Kunstledersitze zurückgezogen. Meine Schritte werden schneller: die erste Treppe – noch nicht hoch genug. Die zweite Treppe endet am hell erleuchteten Duty-free-Shop, daneben führt eine Tür ins Freie. Der Wind reißt mir beinahe die Tür aus der Hand und wirft mich ins Schiff zurück. Erst der dritte Versuch gelingt. Krampfhaft umklammere ich die Reling. Die Lichter an der Küste sind schwach und glanzlos. Wir passieren gerade das Ende der Hafenmole. Ich höre Möwengeschrei über mir. Eine Möwe löst sich aus der Gruppe und stürzt senkrecht ins Meer. Ich fixiere die Stelle, an der sie verschwunden ist, ich will sie noch mal auftauchen sehen, als gutes Omen für eine baldige Wiederkehr. Vergebens – die Fähre nimmt Fahrt auf und der Regen mir die Sicht. Alles ist wieder eins: der Himmel, der Regen, das Wasser. Aber irgendwann scheint wieder die Sonne und ich kehre zurück.

Walter Odd

Odd mit *O* und Doppel-*D*. O liegt etwas über der Mitte des Alphabets. In dem kleinen Telefonverzeichnis des Ministeriums jedoch genau in der Mitte der Heftung, wegen der vielen ‚Sch' im hinteren Teil. *Odd, Walter*; dann das Laufzeichen, Zimmernummer und Telefonnummer stehen da in einer Reihe in dem kleinen DIN-A5-Heft. Im Organigramm findet man ihn nicht, dort sind ausschließlich die Wichtigen vertreten. Odd ist jedoch nur weniger wichtig. Diese Subalternen kommen erst in den hausinternen Aufgabenbeschreibungen groß heraus. Je unwichtiger, umso zahlreicher und detaillierter die Aufgaben und deren Beschreibung. Die Oberhäuptlinge brauchen keine Beschreibung der Aufgaben. *Minister*. Das reicht, das sagt alles.

Odd ist zuständig für die Lebensmittelüberwachung. Tabakwaren und alkoholische Getränke zählen auch dazu. Odd weiß alles über Käse, Kartoffeln, Marzipan, Mineralwasser sowie Bier und Wein. Obwohl – in dem Land, in dem Odd seinen Dienst tut, gibt es keinen Weinbau, nur Weinhandel und Weintrinker; davon aber reichlich. Das gehört überwacht, keine Frage. Insbesondere über Wein weiß Odd alles. Er ist der absolute Weinexperte. Über Tabak weiß er nichts. Das ginge nicht, behauptet Odd, Tabak verderbe den Geschmack, und gerade der Geschmack, der wäre unbedingt vonnöten für den Wein, sonst könne man doch gleich Bier trinken.

Odd kommt gerade von der kleinen Toilette im Keller. Er geht für besondere Geschäfte nur in den Keller. Die großen Sanitärräumlichkeiten in den oberen Geschossen meidet er. Undenkbar für ihn, in Achterreihen zu pinkeln oder in einer der fünf Kabinen nebeneinander Sitzung zu halten. Viel zu laut und zu geruchsintensiv. Außerdem kann ein Besuch dort dem dienstlichen Fortkommen schaden. Hat doch erst kürzlich ein despektierliches Gespräch von zwei Herren am Urinal mit dem Thema *Leistungsfähigkeit des Ministers* genau zu dem Zeitpunkt stattgefunden, als dieser in einer der fünf Kabinen zu tun hatte.

Nun gut. Odd hastet die Treppe hoch, denn eilig hat er es immer. Da sieht er drei Polizisten, die es noch eiliger haben, ins Foyer stürmen.

„Halt, Halt! Bleiben Sie stehen!", rufen die Uniformierten. „In dem Paket dort ist eine Bombe." Sie zeigen auf ein graues Paket, das auf dem Empfangstresen steht.

Pakete dieser Art sind Odd wohlbekannt. Prüfend zieht er die Luft durch die Nase.

„Das ist keine Bombe, da ist ein guter Tropfen drin", sagt er: „Ein Superior Château Lafitte, Jahrgang 1998, der kostet was."

Die Polizisten sehen ihn ratlos bis entsetzt an. „Bleiben Sie stehen!", rufen sie erneut. „Bringen Sie sich in Sicherheit!" Ihre Stimmen überschlagen sich.

Doch Odd hält das Paket schon in beiden Händen. Ein Polizist will es ihm entreißen. Odd hält es fest umklammert, er lässt sich die Kostbarkeit nicht nehmen und taumelt zurück. Die Polizisten springen hinter die Säulen der Halle, einer wirft sich lang auf den Boden und hält die Hände über den Kopf.

Das Paket entgleitet Odd. Der schwere Karton schlägt mit einem dumpfen Geräusch und verhaltenen Klirren auf, Flüssigkeit tritt aus, eine dunkelrote Lache zeigt sich auf dem weißen Marmorboden. Odd geht in die Hocke und stippt einen Zeigefinger hinein, leckt daran, schüttelt ungläubig den Kopf.

„Nein", sagt er, „nein, doch kein 98er Lafitte, nur ein ganz normaler Bordeaux aus dem Saint Emilion, wenn auch ein Rothschild, aber bestenfalls ein 2012er, nicht so hochpreisig. Da habe ich mich wohl geirrt."

So ist Odd, immer ehrlich. Für das Ministerium dann aber doch zu *odd*, zu seltsam, denn zuzugeben, dass man sich geirrt habe, ist alles andere als selbstverständlich in diesem Haus.

Im Keller fast vergessen

Der Abschied kam – nun ja – nicht unerwartet. Am Ende ging es jedoch sehr schnell: freundliche Worte, eine Urkunde. Die Reste aus dem Schreibtisch in zwei Plastiktüten gefüllt. Die eine für den Müll, die andere für zu Hause. Am Ausgang noch ein Blick zurück durch die Glastür. Fast lautlos schob sie sich zwischen das Gestern und das Morgen.

Eine lange Zeit seines Lebens hatte Norbert Krauske hier verbracht. Nun war das Büro aufgeräumt, hergerichtet für die nächsten, die da kommen. Der Kopf war es noch nicht, für das, was jetzt noch kommen mochte. Ein ‚Weiter so' wie bisher? Nein, bloß nicht. Menschen in seiner Nähe und deren Probleme? Nein, sie zählten schon im Dienst nicht zu Norberts Favoriten. Menschen wären ihm allenfalls auf Abstand noch recht, ohne physische Präsenz.

Norbert hatte ab jetzt keine Zuständigkeiten, keine Verantwortung mehr für andere und deren Anliegen. Wie angenehm. So verblieben die anderen nur noch als *Nicht-mehr-mein-Problem* in der Wahrnehmung und in den Gedanken. Verschwunden waren sie damit nicht. Sie befanden sich aber auf einer anderen Ebene.

Norbert legte viel Wert darauf, mit großem Interesse zu verfolgen, was in seinem engeren Umfeld und in der großen Welt geschah. Allein schon zur Pflege der geistigen Regsamkeit. Dem maß er eine hohe Priorität bei. Sich selbst einbringen müsse man nun nicht mehr. Manche lesen aus diesem Grunde viel, bewegen sich virtuell in einer medialen Welt. Durchaus ein probates Mittel, selbst im Ruhestand noch dabei zu sein. Aber nicht nur – Norbert stand der Sinn nach Selbstgestalten, die Figuren selbst zu setzen auf seinem Schachbrett. Er wollte nicht nur nachlesen, welche Züge die anderen machten. Er könnte zu Hause an seinem Schreibtisch das Leben simulieren, das Erlebte, das Erdachte zusammenfügen. Kompositionen seiner Fantasie fertigen. Keiner müsste das lesen, kommentieren oder rückmelden. Nein, das täte nun nicht mehr not.

Schon im Dienst hatte Norbert stets gerne formuliert und aufgeschrieben: Protokolle, Referentenentwürfe, Reden, Gruß- und Vorworte. Das waren jedoch lediglich Auftragsarbeiten gewesen: sachbezogen, terminbedrängt, von anderen kritisiert, korrigiert, mühsam abgestimmt. Nicht ausschließlich sein Wille, sein Werk. Es war bestenfalls nach einer gewissen Zeit noch aktenrelevant. Verstreute dienstliche Werke, verteilt und eingeklemmt in Hunderten Aktenordnern sowie digital abgespeichert. Sie gingen disloziert im historischen Fundus unter. Jetzt im Ruhestand könnte Norbert endlich ohne Rücksichtnahme aufschreiben, was ihn bewegte und berührte. Er könnte Zeugnis ablegen, von dem, was er war und ist. Diese Eigenleistung des Denkens vielleicht eines Tages in einem Buch zusammenzufassen, eröffnete eine andere Kategorie der Selbstdarstellung. Norbert richtete sich in einer stillen Ecke zu Hause einen Schreibtisch ein. Dort konnte er sitzen, denken und schreiben. Der Geist hatte Auslauf wie ein Wanderer in der freien Natur.

Die Tage gingen dahin, die Blätter füllten sich. Aber mit der Zeit kam immer etwas dazwischen. Privat und keinem formalen Dienst mehr verpflichtet, bestand dennoch die Verpflichtung, stets und ständig zu reagieren. Man habe doch Zeit, und jeder meinte, man könne doch mal gerade das eine oder das andere für ihn tun … Und wenn es nur die Katze war, die Hunger hatte; der Paketbote, der klingelte; der Nachbar, der sich langweilte. Die Blumen im Garten brauchten Wasser und der Kaffee kam nicht mehr aus der Kantine.

Selbst ein Alleinstehender lebt nicht allein und muss sich den zeitraubenden Widerwärtigkeiten des Alltäglichen stellen.

Im Dienst war das nicht so, der Dienst bot eine formale Rüstung, an der die banalen Ansprüche des Alltags abprallten. Hier der Dienst und dort das Leben; eine gute Abgrenzung, die gab Struktur. Aber im Ruhestand war alles miteinander verwoben, alles geschah gleichzeitig: hier und jetzt. Wie konnte ein kreativer Mensch seine Gedanken ordnen, wenn es keinen denkgeeigneten Schutzraum gab? Vielleicht … Da kam ihm so eine Idee. Im Ministerium herrschte Sparzwang. Das Sparpotential hieß *Manpower*. Viele Büroräume waren nun verwaist. Vielleicht könnte dort, wo er einst saß, ein Raum angemietet werden? Er würde dafür auch Miete zahlen.

Er fragte nach – es ging tatsächlich. Für 150 Euro im Monat war er wieder drin – nicht dabei –, sondern nur ein interner Externer. Sogar die Chipkarte für den Zugang wurde ihm erneut zugebilligt. Darüber hinaus standen ihm jeweils ein PC, die Drucker und ein Telefon zur freien Verfügung. Der Tag konnte ohne störende Einflüsse autonom gestaltet werden. Es gab auch die Möglichkeit der Teilhabe an Pausen und am Small Talk auf den Fluren – alles so wie früher. Dienstliches und der subversive

Flurfunk ausgenommen, da war man raus. Jedoch: Wetter, Urlaub, Sport, das reichte stets für eine freundliche, unverbindliche Konversation – wie gehabt.

Anfangs hörte er noch hin und wieder die Frage, warum man denn wieder hier sei? Die Antwort traf in der Regel auf wohlwollende Zustimmung. Selbstredend sollte dieses ein absoluter Einzelfall bleiben. Natürlich durfte die für Norbert gemachte Ausnahme nicht als allgemeines Freizeitangebot für gelangweilte Pensionäre missverstanden werden. Bloß keinen Präzedenzfall schaffen. Es sollte lediglich ein exklusives Gnadenbrot für einen schrulligen Ex-Mitarbeiter sein. Doch die Dinge nahmen ihren Lauf. Norbert war wieder dabei, ganz normal, der Sonderstatus geriet in Vergessenheit und schon kamen die ersten kleinen Begehrlichkeiten: Wenn man schon gerne schreibe, ob man denn nicht unter Umständen vielleicht auch kleine Beiträge für die Weihnachtsfeier oder die monatliche Hauspostille anfertigen könne? Ja, gerne – sah er darin doch eine Möglichkeit, sich erkenntlich zu zeigen, Dankbarkeit zum Ausdruck zu bringen und die Akzeptanz des Dortseins noch zu vertiefen.

An einem heißen Sommertag, kurz nach der Mittagspause, unterbrach mit eiligen Schritten und lautem Klopfen der Pressesprecher die Ruhe des kleinen Kellerflurs. Er stand plötzlich, ohne auf ein ‚Herein' zu warten, mit eingezogenem Kopf in dem niedrigen Zimmer. Ja, er hatte es offensichtlich sehr eilig. Dennoch gab er sich zunächst ausnehmend jovial, fragte dieses und jenes, machte Scherze. Dann blickte er hektisch auf die Uhr und kam zur Sache. Er habe völlig übersehen, dass er bis sechzehn Uhr Interviewfragen eines Handwerkerverbandes für den

Minister beantworten müsse. Ob man nicht? Man habe doch noch eine gewisse Erfahrung – vielleicht ginge das ja mal ausnahmsweise? Und schon legte er eine rote Mappe, aus der eine Fahne mit ‚sofort!' heraushing, auf den Tisch. Es ging und wurde gut. Das sprach sich schnell herum. Es war ein Dammbruch. Nun kamen auch die anderen mit kleinen Anliegen, denn unter Termindruck litten alle.

Insbesondere belanglose Bundesratsdrucksachen, die nach der Methode *Copy-and-paste* bearbeitet werden konnten, oder unverfängliche Grußworte. Diese ganzen Pille-Palle-Angelegenheiten – eigentlich waren sie unwichtig, aber dennoch termingerecht abzuliefern.

Nun ja, man fühlte sich geehrt, ob dieser wiedergewonnenen Bedeutung. Nicht zuletzt wegen des neuen Spitznamens: Aus Norbert Krauske wurde *Nobbi der Notnagel.* Ein Ritterschlag des Kollegiums! Die Eitelkeit führte dann geradewegs in eine gewisse Abhängigkeit, der zu entgehen doch das Ziel gewesen war. Auch aus einem anderen Grund sah Norbert sich in der Pflicht. Die monatliche Miete konnte nicht eingezogen werden. Es gab keinen Einnahmetitel, auf den die Zahlung hätte verbucht werden können. So wurden ihm die Mietkosten von der Hand gehalten. Die eigenen Angelegenheiten gerieten dabei leider ins Hintertreffen. Misslich, denn Nobbi beabsichtigte, bereits vor Weihnachten sein erstes Buch herauszugeben. Jeder im Haus sollte es als Geschenk von ihm erhalten. Die Zeit drängte.

An einem grauen Tag im November arbeitete Nobbi zu Hause bis in die späte Nacht hinein. Um drei Uhr morgens ging dann der Entwurf per Mail an den Verlag. Viel Schlaf blieb nun nicht mehr. Nobbi verschlief, kam zu spät zum Dienst. Im Prinzip konnte es egal sein, wann er kam. Aber es war ihm ein Bedürfnis, stets vor neun Uhr im Büro zu sein. Das gelang heute nicht. Er hetzte durch die Tür, vergaß sich einzuchecken und rannte die Kellertreppe hinunter. Die Dame am Empfang, die er sonst immer freundlich grüßte, ignorierte er. Sie schüttelte den Kopf.

„Was ist denn los, Herr Notna…, äh, Herr Krauske. Wohin so eilig?"

Er hörte sie nicht mehr, lief eilig den langen Kellerflur hinunter, schloss sein Büro auf, legte den müden Kopf auf die Tischplatte und schlief ein. So tief, dass er später nicht einmal mehr die Unruhe im Haus, die eiligen Schritte mitbekam. Er hörte auch nicht die Alarmsirene. Im Keller gab es zudem keine. In der ersten Etage war ein Feuer ausgebrochen. Alle Mitarbeiterinnen und Mitarbeiter trafen sich abteilungsweise am Sammelpunkt. Der Brandschutzbeauftragte schritt die Reihe ab, in der Hand hielt er die Liste mit den Eingecheckten. Er rief sie einzeln auf, machte einen Haken hinter jeden Namen.

„Alle da!", rief er schließlich. „Alle da!", kam das Echo aus der Menge. Er atmete erleichtert auf.

„Nein, nein!", rief aufgeregt die Dame vom Empfang. „Nein, es sind nicht alle da. Wo ist denn Nobbi? Ich meine, Herr Krauske, er fehlt noch."

„Der ist nicht auf meiner Liste", sagte der Brandschutzbeauftragte irritiert.

„Aber ich habe ihn heute Morgen um Viertel nach neun noch gesehen, er ist ganz eilig in den Keller gerannt." Die Dame vom Empfang widersprach energisch: „Er hat wohl vergessen sich einzuchecken."

Alle riefen laut: „Nobbi, Nobbi!" Aber Nobbi antwortete nicht.

„Wo ist denn sein Büro?", fragte der Einsatzleiter der Feuerwehr. Dann schickte er zwei seiner Leute mit schweren Atemschutzgeräten in den Keller.

Nach weniger als zehn Minuten kamen sie zurück. Einer hatte den schmächtigen Nobbi über seine Schulter gelegt, die Arme baumelten schlaff herunter. Im Laufschritt ging es in den Rettungswagen. Entsetzen und Betroffenheit in den Gesichtern der Versammelten.

Als der Rettungswagen mit Sirene und Blaulicht durch das stumme Spalier des Kollegiums fuhr, sagte einer: „So viel Bedeutung hat er während seiner ganzen Dienstzeit nie gehabt." Ein verlegener, hilfloser Scherz. Vielleicht sollte er den Schrecken erträglicher machen. „Ob er wohl durchkommt?", fragte eine andere in den nebligen Morgen.

Ein anderer Abschied

Nur noch ein schwaches Glimmen. Die Zigarette zwischen seinen Fingern schob eine graue Wurst vor sich her. An der Grenze zwischen Feuer und Asche brach sie ab, fiel auf das Papier, das vor ihm auf dem Tisch lag. Er wischte sie weg und las weiter: „Wir bitten Sie, zum 31. dieses Monats Ihre Amtsgeschäfte Ihrem Nachfolger, Herrn Solveign, zu übertragen."

Der 31., das war ja schon nächste Woche. War das besprochen? Er konnte sich nicht so recht erinnern. Und über den würdigen Abschied hatte noch keiner mit ihm gesprochen. Nun gut, Franz F. machte das nur ehrenamtlich, seit über acht Jahren schon. In diesem Jahr sollte altersbedingt Schluss sein, so die Vereinbarung. Bei der Weihnachtsfeier hatten sie das besprochen, ganz beiläufig, nebenher. Die Angelegenheit sollte wohl im Rahmen der privaten Gemütlichkeit etwas abgemildert werden. Denn gerne ging er nicht, das wussten alle. Aber der Abschied, wann, wie, wo und mit wem? Das musste doch geregelt werden. Solche Abschiede waren ihm immer wichtig gewesen. Alle aus seinem Team in der Auslandsvertretung wurden nach ihrer Zeit würdevoll, in einem festlichen Rahmen verabschiedet. Ein gutes Lokal, gutes Essen, guter Wein. Erlesen die Gäste, wohlwollend die Lobreden. Darauf hatte er stets Wert gelegt. Sollte das für ihn nicht gelten? War das der neue Stil in der Vertretung, der neue Umgang miteinander in der Zeit nach ihm? Er konnte es kaum glauben.

Als er die Angelegenheit in der Dienstleiterrunde am Montag ansprach, sah man ihn verständnislos und kopfschüttelnd an. Nein, ein Abschied im festlichen Rahmen wäre nicht vorgesehen. Wie er denn darauf käme? Am Freitag hätte er seine Dienstgeschäfte und sein Büro zu übergeben.

Er ging an diesem Freitag schon früher als gewöhnlich den allmorgendlichen Weg. Grüßte wie immer die Müllkehrer im Park. Die wunderten sich, so früh hatten sie ihn noch nie gesehen. Das Büro war bereits aufgeräumt. Es war nicht mehr viel zu tun. Zwölf Aktenordner und das Passwort des Rechners lagen für den Nachfolger bereit. Er nahm die persönlichen Bilder vom Schreibtisch, packte sie mit Nasenspray und Kopfschmerztabletten aus der obersten Schublade in die Tasche. Ach ja, da hing noch seine alte Gitarre an der Wand. Lange hatte er nicht mehr darauf gespielt. Franz nahm sie gedankenverloren in die Hand, strich mit der anderen vorsichtig über die Saiten. Eigentlich hing sie hier, weil in seiner Wohnung wenig Platz war und – wichtiger noch – er die Nachbarn nicht mit seinem Spiel belästigen wollte. Jetzt bereitete ihm das Spielen auf einmal wieder Freude. Er vergaß die Zeit. Es klopfte zaghaft.

Herr Solveign kam herein. „Störe ich?“, fragte er.

„Nein, ganz und gar nicht, kommen Sie nur.“ Franz legte das Instrument beiseite und bat ihn Platz zu nehmen.

Sie besprachen kurz das Wichtigste. Franz stand auf: „Nun gut, viel Erfolg.“ Er gab seinem Nachfolger die Hand und ging.

Der Park war fast menschenleer. Eine Bank in der hintersten Ecke schien ihm geeignet. Er setzte sich und spielte dort weiter, wo Herr Solveign ihn unterbrochen hatte. Ihm fiel nicht auf, dass einige Parkbesucher stehen blieben. Einige klatschten sogar, ein fernes Geräusch. Wie früher, als er noch Reden hielt. Reden, die keiner hören wollte, die aber höflich zu beklatschen waren. Weil – man war wer, obwohl man eigentlich nichts zu sagen hatte. So war das im Ehrenamt. Die Leute hier mussten nicht klatschen, sie meinten es ernst.

Es war ein kalter Tag. Seine Finger fühlten sich klamm an. Aus der Dämmerung wurde Dunkelheit. Als er sich, mit der Aktentasche in der linken und der Gitarre in der rechten Hand erhob, trat er auf einen Haufen mit Kleingeld. Die Leute hatten ihn tatsächlich für einen bettelnden Parkmusikanten gehalten! Es waren nicht wenige Münzen, sie wogen schwer in der Hosentasche. Das Geld wollte er für einen guten Zweck spenden.

Der Zufall zeigte ihm wofür: Sein Weg führte zufällig an einem Tierheim vorbei. Nie zuvor war er diese Straße gegangen. Er hatte sich verlaufen, verlaufen am letzten Tag seiner Dienstzeit! Im Tierheim brannte noch Licht.

Sein Klopfen wurde mit „Gleich hab' ich Feierabend. Was gibt's?“ beantwortet. Ein Tierpfleger schaltete gerade von zentraler Stelle die Lampen aus und fuhr den Computer herunter.

„Kann ich was spenden?“, fragte Franz. „Tierheime können doch immer Geld gebrauchen.“

„Ja, gerne.“ Der Mann hinter dem Computer blickte hoch, verschob seinen Feierabend noch.

Franz legte den Inhalt seiner Hosentasche auf den Tisch. „Habe ich mit der Gitarre verdient“, sagte er. „War rein zufällig, ohne Absicht. Deshalb dachte ich, es könnte Ihnen hier vielleicht helfen.“

„Sie sehen müde aus und scheinen traurig zu sein“, sagte der Pfleger. „Sind sie einsam? Ich glaube, ein Hund wäre das Richtige für Sie. Warten Sie, kommen Sie mit." Er schaltete das Licht wieder ein.

Sie gingen an einer Reihe von Käfigen mit Hunden und Katzen vorbei. Die Tiere waren auffallend ruhig und musterten die beiden neugierig.

„Hier, sagte der Pfleger, der hier ist, glaube ich, der Richtige für Sie."

In dem Käfig lag ein weißbrauner Basset. Er stand tapsig auf und trat dabei fast auf seine Ohren. Sein Blick war traurig und leer, so als wisse er aus langer Erfahrung, dass immer wieder Leute vor seinem Käfig Halt machten, dann aber kopfschüttelnd weitergingen. Franz spürte das.

„Den nehme ich", sagte er.

Der Hund veränderte sein Leben. Er zog aus der Stadt fort, kaufte ein kleines Ferienhaus am Meer. Jeden Tag machten sie ausgedehnte Strandspaziergänge. Beiden tat das gut. Den Basset nannte er Hurry, weil er eigentlich genau das Gegenteil davon war. Er trottete nur gemächlich, war schon alt. An diesem Abend hatte er es jedoch sehr eilig. Von der Flut war ein kleines Motorboot an den Strand gespült worden. Der Motor lief noch, aber es war leer. Kein Mensch zu sehen.

Doch! In der Ferne sah er Norman, den alten Fischer durch die Dünen in Richtung Hafen wanken. Es musste sein Boot sein. Vielleicht hatte er die Orientierung verloren und es nicht mehr in den Hafen geschafft.

„Hey, Norman!", rief Franz. Der Fischer drehte sich nur kurz um, winkte ab und torkelte weiter in Richtung Hafen. *Na gut*, dachte Franz, *dann bringen wir es ihm eben hinterher.* „Komm Hurry! Na los, spring!" Das ließ sich der Hund nicht zweimal sagen. Schwups war er drin. Franz folgte ihm etwas ungelenk, setzte sich auf die schmale Bank und bewegte die Stange am Außenborder hin und her.

Plötzlich kam das Boot frei und glitt mit beachtlicher Geschwindigkeit auf's offene Meer. Hurry lag vorne, die Schnauze neben dem Vordersteven. Es schien ihm zu gefallen. Franz streckte die Beine aus und hielt den Außenborder auf Kurs. Zur Entspannung gönnte er sich eine Zigarette. Es wehte eine leichte Brise vom Meer herüber, die Sonne ging in einem Schäfchenwolkenfeld unter. Der Horizont verfärbte sich, zunächst orangerot, dann entstanden kupferrote Muster wie geschmolzenes Eisenerz, das aus dem Hochofen fließt. Ein besonderer Abend. Franz hatte ein wohliges Gefühl von Unbeschwertheit.

Leider war ihm die Technik nicht so wohlgesonnen wie die Natur. Der Motor begann zu stottern. Franz beugte sich über die Maschine. Die graue Wurst fiel von seiner Zigarette, dann noch etwas Glut: eine Stichflamme, eine Explosion. Jene, die aus weiter Ferne vom Strand herübersahen, glaubten, es sei ein Wetterleuchten, denn es wurde niemand erwartet und keiner vermisst.

Der Sohn war da

Breitbeinig, mit den Händen wild fuchtelnd, steht er da und hält alle davon ab, dort zu parken, wo er steht. Es gelingt ihm. Die meisten drehen ab. *Es hat wohl seinen Grund, dass der Alte in dem abgeschabten schwarzen Anzug dort steht und den Parkplatz vor dem Kirchenportal mit solcher Vehemenz verteidigt*, denken sie. Nur einer lässt die Scheibe herunter, bittet um Auskunft. Warum dieser Parkplatz denn nicht verfügbar sei? Als Gehbehinderter habe er doch wohl das Recht, an dieser Stelle, in der Nähe des Eingangs, zu parken. Der Alte sagt, der Platz sei für seinen Sohn reserviert, auch der wäre behindert. Außerdem würde heute die Mutter des Sohnes, seine Frau, beerdigt.

Jonny, der Alte im schwarzen Anzug, weiß, wenn sein Sohn nicht bald kommt, ist der Platz nicht mehr lange freizuhalten. Der Pastor winkt schon vom Eingang zu ihm herüber und zeigt auf die Uhr. Die Trauerfeier werde in Kürze beginnen. Man warte nur noch auf ihn, den Ehemann der Verstorbenen. *Nein*, denkt Jonny, *Sohn Gerald fehlt auch noch*, aber das mag er keinem sagen. Nur dem Friedhofsgärtner sagt er es: Dieser möge bitte den Parkplatz freihalten für seinen Sohn, Gerald Wismuth. Käme einer mit diesem Namen, dann solle er ihm diesen Platz zuweisen. Alle anderen möge er abweisen. Er bittet den Gärtner um diesen Gefallen, greift in sein verbeultes Jackett und zieht einen 50-Euro-Schein hervor.

„Hier“, sagt er, „für Ihre Dienste.“

Der Mann blickt zunächst ungläubig, dann nickt er und steckt den Schein in die Hosentasche.

Jonnys Frau Ella hatte sehr darunter gelitten, als vor zwölf Jahren der Kontakt zum Sohn abbrach. Seitdem hörten und sahen sie nichts mehr von ihm. Er wusste doch, wo sie wohnten. Die Mutter hatte gehofft, er würde sie zumindest im Krankenhaus noch mal besuchen. Vergeblich. Als die Hoffnung und die Kräfte schwanden, bat sie Jonny, dafür zu sorgen, dass Gerald zumindest zu ihrer Beisetzung käme. Das musste er ihr versprechen. Und dieses Versprechen galt es heute einzulösen.

Langsam folgt er dem Pastor in die Kirche, den Mittelgang hinunter bis zum Altar, dabei schaut er aufmerksam in die Reihen der Besucher. *Ist vielleicht Gerald unter ihnen?* Nein, die Reihen sind licht, er wäre leicht zu finden gewesen, aber er ist nicht da. Jonny sitzt vorne rechts in der ersten Reihe, immer den Blick nach hinten gerichtet. Die Zeremonie, die Predigt, all das interessiert ihn kaum. Er darf Gerald nicht verpassen. Der Junge wird kommen, dessen ist er sich sicher.

Die Trauergemeinde folgt der Urne, dem Pastor und Jonny zur Beisetzung auf den Kirchhof. Jonny schaut teilnahmslos an den Kondolierenden vorbei. *Irgendwo muss Gerald doch sein.* Die kleine Schar der Trauernden verliert sich, strebt zur Pforte hinaus auf den Vorplatz. Autotüren klappen, Motorengeräusche, dann herrscht wieder die buchstäbliche Friedhofsruhe.

Jonny geht zurück in die Kirche, blättert im Kondolenzbuch. *Vielleicht war Gerald doch da.* Er habe ihn nur nicht gesehen. *Möglich, dass er schon vor der Trauerfeier gekommen ist und sich in das Buch eingetragen hat. Vermutlich konnte er nicht länger bleiben, weil in Eile.* Was immer auch der Grund gewesen sein mochte, es war verzeihlich.

Jedoch auch diese Hoffnung erfüllt sich nicht. Kein Eintrag von Gerald.

Jonny ist noch ins Buch vertieft, da kommt ein Wagen auf den freizuhaltenden Parkplatz gefahren.

„Sind Sie Gerald Wismuth?", fragt der Gärtner.

„Nein", der Mann schüttelt den Kopf.

„Dann können Sie hier nicht parken, nehmen Sie bitte einen anderen Platz, ist doch alles frei hier." Der Friedhofsgärtner macht eine ausladende Handbewegung.

Der Mann im Wagen sieht ihn fragend an, schüttelt erneut den Kopf, wendet und fährt davon. Jonny hört den Gärtner reden und sieht das wegfahrende Auto.

„War das Gerald?", ruft er und eilt auf den Friedhofsgärtner zu.

„Weiß nicht", der Gärtner zuckt mit den Schultern.

„Doch, doch, das wird Gerald gewesen sein. Sicherlich hat er Blumen aufs Grab gelegt und musste schnell wieder weg. Seine Mutter war ihm schon immer wichtiger als sein Vater. Sehen Sie doch bitte mal nach, ob er Blumen aufs Grab gelegt hat", sagt Jonny zum Friedhofsgärtner. Der beeilt sich. Geht hin und zurück, zeigt aber kein großes Interesse an den wenigen Sträußen auf dem frischen Grab. Der Mann war ja nicht einmal ausgestiegen, das weiß der Gärtner. Um den Alten nicht weiter zu beunruhigen, behält er es für sich.

„Nun?", fragt Jonny: „Ist doch so, Gerald hat Blumen gebracht. Sagen Sie doch, dass es so ist, Mann!" Jonnys Stimme klingt verzweifelt.

„Ja, da liegen viele Blumen", entgegnet der Friedhofsgärtner zurückhaltend bedächtig, „werden vermutlich auch welche von Ihrem Sohn dabei sein."

„Das ist gut. Ich wusste, dass Gerald kommt." Jonny strahlt über das ganze Gesicht, zieht einen weiteren 50-Euro-Schein aus der Tasche, den er dem Friedhofsgärtner reicht.

Der macht das Spiel mit. Bringt ihm immerhin 100 Euro heute. Ein schlechtes Gewissen hat er nicht. Wird doch der Pastor für seine Illusionen noch besser bezahlt.

Das Usambaraveilchen von Waldheim

Er stand auf, nahm den Topf mit der Sansevieria und warf ihn unwirsch in den Mülleimer.

„Weg mit dem Dreck, wie sieht das hier aus!", rief Meister Etzold und setzte sich wieder in die Runde. Kurz zuvor hatte Henning seine Zigarette in dem Topf ausgedrückt.

Zum Feierabend saßen wir in dem Aufenthaltsraum der Gärtnerei noch eine Weile zusammen. Es war spät geworden. Die Azaleen hatten rechtzeitig raus aufs Feld gemusst. Laut Wettervorhersage und Meister Etzolds Kriegsnarbe sollte es regnen. Nun war alles erledigt, und wir – zufrieden mit dem Geschafften – plauderten, rauchten, tranken Bier. Der Meister hatte uns zur Belohnung eine Kiste hingestellt, vielleicht auch, weil er so eine Flasche mittrinken konnte. Zuhause nörgelte immer seine Frau, er trinke zu viel. Allerdings hatte ihn unsere ‚Zimmerpflanze', die Sansevieria, im Volksmund *Bogenhanf* genannt, gestört. Die Pflanze stand dort schon seit geraumer Zeit. Der Topf quoll über von Kippen. Wir testeten ihr Durchhaltevermögen, ihren Lebenswillen. Bislang ging das gut: Die Blätter hatten noch Chlorophyll und die Blattränder zeigten weiterhin die charakteristischen gelben Streifen. Doch heute, nach zwei Flaschen Bier, rastete der Meister aus und warf die Pflanze in den Mülleimer.

„Ihr seid doch Gärtner", knurrte er, „wie könnt ihr dem Gewächs das nur antun? Ich kann das nicht ertragen."

Nun lag sie im Müll, und mit ihr die Stimmung. Wir wussten, wie launisch Etzold sein konnte, keiner mochte was sagen, um ihn nicht weiter zu verärgern.

Mit in unserer Runde saß Margarete, eine fünfzehnjährige Schülerin, die sich in den Ferien etwas hinzuverdiente. Ihre Eltern wollten das so, sie sollte sehen, dass Geld nicht bedingungslos vom Himmel regnet. Ich wusste das ohnehin, meine Eltern mussten mir das nicht beibringen. Von Kindesbeinen an hatte ich gesehen, dass Geld nicht vom Himmel fällt, sondern sauer zu verdienen ist. Meister Etzold hatte die Schülerin vorhin gefragt, ob sie denn auch Gärtnerin werden möchte.

Sie sah auf ihre Hände: „Die Arbeit macht mir Spaß. Immer an der frischen Luft, immer in Bewegung und die Pflanzen sind sehr schön – aber …“, sie blickte erneut auf ihre Hände mit den feinen, schlanken Fingern, auf denen die Arbeit in der Gärtnerei Spuren hinterlassen hatte, „… aber“, sagte sie gedehnt, „ich glaube, ich sollte erst mein Abi machen, dann werde ich weitersehen.“ Margarete saß direkt neben mir. Nach dem Wutausbruch des Meisters sah ich sie aufmunternd an und zwinkerte ihr zu. Hilfe suchend rückte sie ein wenig näher. Die angespannte Atmosphäre schien sie zu belasten. Sie tastete unter dem Tisch heimlich nach meiner Hand, drückte sie sanft und fragte leise: „Wollen wir nicht mal raus an die frische Luft? Es ist so verqualmt hier drin.“

„Ja, gute Idee“, ich nickte eifrig. „Lass uns nacheinander gehen“, flüsterte ich. „Wenn ich gleich weg bin, sagst du, es wäre Zeit für dich, nun nach Hause zu fahren. Wir treffen uns dann hinten am Topflager.“ Ich wandte mich an die Runde: „Entschuldigt mich mal kurz, ich muss nur meine Jacke holen, die habe ich draußen vergessen.“

Sie kam tatsächlich, lief lachend durch den Regen auf mich zu. „Hier ist es aber ungemütlich und zugig", sie zog die Schultern hoch, „können wir nicht in eines der Gewächshäuser gehen?"

Ich pflichtete ihr bei: „Wir gehen am besten ins Usambaraveilchen-Haus, das wird immer bei 22 Grad gehalten, da ist es schön warm, so warm wie in Afrika."

Wir liefen eilig auf die Tür zu. Sie ging zuerst hinein. Als ich hinter uns die Tür schloss, sah ich Meister Etzold. Er hatte uns bemerkt.

„Schnell, schnell!", rief ich: „Der Meister kommt."

„He, he, wo wollt ihr hin?", rief er.

Ich tat so, als hätte ich ihn nicht gesehen. Wir liefen ganz ans Ende des Hauses und krochen unter einen Tisch, von dessen Rändern Farnwedel herunterhingen.

„Das ist ja tatsächlich wie in Afrika", flüsterte Margarete, „ob es hier auch Schlangen gibt?"

„Nein, es gibt hier nur den Meister, der ist noch gefährlicher als Schlangen", ich sprach leise und hielt meinen Mund dicht an ihr Ohr. Ihre Haare kitzelten meine Nase. Der Duft war betörend. Die Furcht vor dem Entdecktwerden ließ jedoch keine romantischen Gefühle aufkommen. Der Meister nahte, den Hut schief auf dem hochroten Kopf. Mit langen Schritten kam er den Hauptgang hinunter.

„Wo seid ihr?", rief er laut. „Kommt heraus – sofort! Mein Gott, nein, nein, der Junge macht sich unglücklich. Das kann ich nicht zulassen. Ich muss doch aufpassen." Nach zehn Minuten gab er auf, warf missmutig und kopfschüttelnd die Tür hinter sich zu.

Das hatte ich nicht verstanden: Warum sollte ich mich unglücklich machen? Ich fühlte mich wohl und glücklich mit Margarete unter dem Tisch im Usambaraveilchen-Haus. Sie war fünfzehn, ich siebzehn. Im Nachhinein betrachtet, hatte der Meister eigentlich recht mit seinen Sorgen. Aber meine Freude am Versteckspielen war größer als die an jener Lust, welche der lebenserfahrene Meister im Sinn hatte. Margarete kicherte leise, als ich vorsichtig auf allen Vieren unter dem Tisch hervorkroch und nach dem Meister spähte.

„Er ist weg", sagte ich, „nun los!"

Margarete kämpfte sich durch die Farne, stand auf und klopfte ihre Hose ab. „War lustig mit dir", sie grinste.

Dann lachten wir laut und gingen in entgegengesetzten Richtungen aus dem Gewächshaus. Es regnete nicht mehr. Sie holte ihr Fahrrad und radelte davon. Die Runde hatte sich bereits aufgelöst, nur Henning saß noch beim Bier und fragte, seine übliche Zigarette im Mund: „Wo warst du? Der Meister hat verzweifelt nach dir gesucht."

„Ich habe die Karren noch ordentlich hingestellt und die leeren Kisten aufgestapelt. Lag doch alles kreuz und quer herum." Ich legte mir diese Ausrede zurecht, denn mit der *Mädchen-Affäre*, die eigentlich keine war, wollte ich nicht prahlen.

Margarete blieb noch eine Ferienwoche bei uns. Am letzten Tag fragte sie: „Verstehst du was von Obstbäumen? Meine Mutter sagt, der Apfelbaum bei uns im Garten müsse mal fachgerecht geschnitten werden. Kannst du so etwas?"

„Ja, ich glaube schon", ich nickte.

„Gut", sagte sie, „vielleicht hast du nächste Woche mal Zeit. Meine Mutter würde sich freuen."

Margarete wohnte in Waldheim, das war ganz in der Nähe. Ich kannte die Gegend, wir hatten dort viele Kunden. Mit dem Rad fuhr ich die Allee hinunter: schöne Häuser, schöne Gärten. Alles strahlte Wohlstand, Ruhe und Ordnung aus. Dann war ich schon bei Margarete: großes Backsteinhaus mit Erkern, Türmchen und Balkonen sowie einer breiten Einfahrt hinter dem Tor, die an der Doppeltreppe am Eingangsportal endete. Margarete hatte mich schon von Weitem gesehen und kam mir auf der Treppe entgegengehüpft. Sie führte mich in den Obstgarten hinter dem Haus. Riesengroß! *Du meine Güte*, dachte ich, *da ist ja Arbeit für viele Tage.* Am Ende eines Grasweges, vor einem Gartenhaus, stand die Mutter. Eine große, schlanke Frau mit langen, blonden Haaren, die von einem schwarzen Haarreifen zusammengehalten wurden. Sie begrüßte mich wohlwollend.

„Ach, das ist der junge Mann, von dem du mir so viel erzählt hast? Herzlich willkommen!“ Sie lächelte und hielt mir eine Schere hin. „Der hier, nur der hier.“ Sie zeigte auf einen kleinen Apfelbaum.

Da hatte ich aber Glück gehabt. Nur dieser Baum. Ich atmete auf und machte mich gleich an die Arbeit. Nicht einmal eine Leiter war vonnöten. In kaum einer halben Stunde war ich fertig. Danach gab es Tee: feinen Tee aus feinen Tassen im feinen Wohnzimmer. Ich kannte solche Häuser, solche Wohnzimmer. Wir mussten jedes Frühjahr fertig bepflanzte Balkonkästen für die Terrassen und die Balkone liefern. Dabei ging es durch diese Zimmer, die mit alten Laken und Pappe ausgelegt waren, damit unsere Dreckschuhe keine Spuren hinterließen. Diese Arbeit war beliebt, gab es doch immer reichlich Trinkgeld.

Nun saß ich da, gehörte dazu und trank Tee. Wir unterhielten uns über die Schönheit der Natur und den Beruf des Gärtners. Ich musste die vielen exotischen Pflanzen im Haus bewundern und Pflegetipps geben. Über die Familie erfuhr ich nichts.

„Nun", sagte Margaretes Mutter schließlich, „ich glaube, der junge Mann muss jetzt gehen, und du, Margarete, solltest für die Mathe-Arbeit morgen üben."

Ich hatte verstanden und verabschiedete mich artig. Das angebotene Trinkgeld lehnte ich ab. Ich war doch als Gast und nicht als Dienstbote hier; sagte es aber nicht und ging schweigend zu meinem Fahrrad. Ich drehte mich nicht mehr um, es war mir egal, ob Margarete mir nachsah.

Wir hatten danach keinen Kontakt mehr. Keiner hatte ein Interesse an dem anderen. Ihre Welt war nicht meine Welt. Es behagte mir nicht in Waldheim. In meinem Lieblingstanzschuppen, *Die Kurve*, gegenüber der Wollweberei in Döhren, gab es auch hübsche Mädchen mit weniger komplizierten Müttern. Dort, in den gemütlichen Mietwohnungen, trank man dampfenden Kaffee aus großen Bechern.

***

Waldheim, in großen, blass-weißen Lettern prangt der Name an einem Häuschen, das vermutlich einst mal die Bahnstation war. Unser Zug ist verspätet und zuckelt gemächlich in Richtung Hannover Hauptbahnhof. Die Einfahrt verzögert sich. Der Anschluss nach Hamburg würde weg sein. So ist es denn auch.

Ich gehe ins Bahnhofscafé, um mich zu erfrischen und die Zeit bis zur Abfahrt des nächsten Zuges totzuschlagen. *Waldheim – Waldheim? Da war doch was.* Ja, mir fällt die Geschichte mit Margarete wieder ein. *Und sitzt da am Nebentisch nicht eine Frau, die aussieht wie Margaretes Mutter? Blondes Haar, schwarzer Haarreif. Nun gut, das ist mindestens vierzig Jahre her. Aber vielleicht ist es Margarete?* Ich starre die Frau an. Das ist nicht höflich, aber es geschieht so unbewusst, dass mir aller Anstand abhandenkommt. Die Frau bemerkt es. Sie hat Anstand und wahrt die Contenance. Sie lächelt professionell wie eine Stewardess.

„Nein", sagt sie, „ich kann Ihnen auch nicht helfen, weiß auch nicht, wann Ihr nächster Zug fährt, ich weiß ja nicht einmal, wann meiner fährt." Sie lacht verhalten: „Nehmen Sie doch Platz, vertreiben wir uns die Zeit gemeinsam." Sie hatte ihre Mutter in Hannover besucht und möchte wieder zurück zu Mann und Kindern nach Frankfurt. Ich bin Beamter auf Dienstreise, muss in Richtung Hamburg.

„Wohnt Ihre Mutter in Waldheim?", frage ich.

„Ja, wie kommen Sie darauf?", sie sieht mich erstaunt an.

Ich fasse Mut, denn ihr Blick ist immer noch freundlich: „Vorhin bin ich langsam durch Waldheim gefahren und sah das verwitterte Stationsschild. Es erinnerte mich an eine alte Begebenheit." Ich erzähle die Geschichte mit Margarete in etwas abgewandelter Form, sodass die erzählte Margarete dabei besser wegkommt als ihr Original.

Besonders das mit den Usambaraveilchen gefällt ihr. Sie sei auf der Hochzeitsreise mit ihrem ersten Mann vor langer Zeit im Usambaragebirge in Afrika gewesen. Es wäre sehr schön dort. Da wüchsen diese Veilchen wie bei uns die Gänseblümchen. Aber die Ehe habe nicht lange gehalten.

„Mit meinem zweiten, jetzigen Mann war ich auf Hawaii. Hibiskus-Blüten sind wohl besser für eine stabile Ehe“, sie lacht. „Ihre Geschichte ist dennoch, trotz Usambaraveilchen, eine schöne Geschichte“, sagt sie und fährt mit einem Seufzer fort: „Wäre doch sehr interessant gewesen, aber ich heiße Marlies. Ich war Ihnen unüblicherweise so zugetan, weil ich dachte, Sie wären die Altvariante des jungen Referendars, der einst am Geibel-Gymnasium die Mädchen in seinen Bann gezogen hatte. So haben wir uns beide angenehm geirrt und liegen mit unseren Erinnerungen jeweils daneben.“

Eine Geschichte zum Referendar erzählt sie nicht – oder es gibt keine. Zum Nachfragen bleibt keine Gelegenheit mehr, es knackt im Lautsprecher, unsere Züge werden angekündigt. Nach Frankfurt in zwölf Minuten, nach Hamburg in fünfzehn – auf Gleis 11 und auf Gleis 12, derselbe Bahnsteig. Wir gehen gemeinsam. Oben angekommen nestelt sie in ihrer Handtasche und zieht ein Kärtchen hervor, hält es mir hin.

„Hier“, sagt sie, „ich bin Psychologin. Vielleicht kann ich Ihnen mal in der einen oder anderen Angelegenheit helfen.“ Sie lächelt.

„Nein danke“, ich schüttele den Kopf, „ich komme schon zurecht.“

„Ach ja, Usambaraveilchen“, sagt sie und steckt die Karte wieder ein.

Teil 2: Unterm Mirabellenbaum

Vorbemerkung

Herr Mirabelli ist eine fiktive Gestalt. Vor einiger Zeit, ich bezog eine Tageszeitung im Probe-Abo, rief mich ein Herr vom Vertrieb an. Ich hatte das Probe-Abo nicht in ein Regel-Abo umgewandelt, obwohl es eine gute Zeitung ist. Ich weiß nicht, ob er Mirabelli hieß. Jedenfalls blieb er mir so in Erinnerung und war mir sympathisch. In meinen Gedanken habe ich ihn zu einem guten Freund gemacht, mit dem ich das eine oder andere diskutieren und so Zwiegespräche mit meinem Alter Ego führen konnte.

Die Aussichten des Herrn Mirabelli

Ein Herr Mirabelli ruft an. Seine sanft melodische Stimme mit dem italienisch gefärbten Bayerisch hat einen besonderen Charme. Sie klingt wie ein Urlaubsversprechen. Wäre er Bundeskanzler, er könnte uns in diesen unsicheren Pandemie-Zeiten schwerlich eine „Bleibt-bloß-zu-Hause"-Botschaft übermitteln. Herr Mirabelli möchte mir aber lediglich ein Zeitungsabo verkaufen. Offensichtlich arbeitet er im Home-Office. Im Hintergrund Kinderstimmen, ein Hund bellt. Er nimmt sich die Zeit, ungeachtet dieser Idylle, mit mir zu sprechen: Welch eine Ehre!

Sehr gerne würde ich was abonnieren. Nur nicht das, was er im Portfolio hat. Nein, ich möchte nicht die Zeitung aus dem Kasten im Hausflur nehmen, um sie hernach im Home-Café zu lesen. Lieber abonnierte ich täglichen Freigang. Jeden Tag einen Espresso im Café der Welt. Dort könnte ich mit Herrn Mirabelli und anderen illustren Gästen sitzen. Wäre in guter Gesellschaft, nähme die Zeitung vom Haken, nach der mir beliebte. Die knisternden Blätter sind am Rand eingeklemmt in Buchenholz, damit die Reihung hält – dass nichts zerblättert, zerfleddert. Es reicht schon die Unordnung im Informativen, welches sich schwarz auf weiß oder bunt über die Seiten erstreckt. So bleibt zumindest das äußere Format. Jedes Journal hat einen Stiel. Und auch das Café hat Stil, der zu Sanftmut und zivilisiertem Umgang inspiriert. Es ist ein Café der anständigen Leute. Hier sitzen jene, die was auf sich halten.

Könnte Herr Mirabelli etwas dagegen haben? Ja, vielleicht beim Gedanken an seine Provision: bestenfalls siebzehn Euro dreißig für mich und ein Jahr? Gewiss, damit könnte er im Supermarkt das Notwendige kaufen und jene versorgen, die im Hintergrund zu hören sind. Hundefutter gibt es noch reichlich, aber das Klopapier wird knapp. Vielleicht kommt es zu einer Renaissance der Printmedien, denn online wird der Po nicht rein. Das sind doch schöne Aussichten für Herrn Mirabelli.

Die Ansichten des Herrn Mirabelli

Herr Mirabelli ruft an. Schon wieder. Er müsse etwas richtigstellen. So könne das nicht stehen bleiben. Die Kinder und die Hunde, die ich zu hören geglaubt habe, könnten allenfalls jene vom Nachbarbalkon sein, er habe nichts dergleichen, er wohne sehr beengt. Der Nachbarbalkon sei da eben sehr nahe. Mehr könne er sich nicht leisten als diese schmale Wohnung in dem Hochhaus in der Trabantenstadt. Aber er sei zufrieden, arbeite ehrenamtlich für das Gute in der Welt. Seine Rente sei zwar schmal wie seine Wohnung, aber es mangele ihm an nichts. Das Gute in der Welt, das seien die guten Zeitungen, für die setze er sich ein, bewerbe ihren Vertrieb. Alles ohne Gegenleistung.

Denn dieses bedruckte Papier tauge mitnichten zur Beseitigung der Restexkremente am Anus. Das sei auch kein Dreck, sondern essenziell. Der wahre Dreck seien die falschen, die gefälschten Nachrichten, mit denen die Menschen für dumm verkauft würden. Dem halte er guten Journalismus, gute Publikationen entgegen. Ein wenig sei das wie Segel setzen im Sturm. Ob ich nicht ebenfalls, vielleicht, unter Umständen? Er brauche noch einen guten Vorschoter.

Ich überlege, gebe dann aber zu bedenken, dass ich nur noch digital unterwegs sei und dieses mehr passiv als aktiv.

„Sehen Sie", sagt Herr Mirabelli, „im Digitalen, im WWW, da beginnt der Niedergang des guten Journalismus. Jeder redet mit. Alle reden durcheinander. Das ist Kakophonie. Das ist der brausende Orkan der Desinformation. Wir werden weggeblasen, werden umkommen im Meer des Dumpfbacken-Gesabbels."

Ich gebe ihm recht. Aber ich könne ihm leider nicht helfen, sei kein guter Seemann, nicht gut in rauer See. Ich muss Herrn Mirabelli eingestehen, zum Heer der Meinungslosen zu gehören, die zum Widerspruch zu feige und zum Aufbegehren zu träge seien. Wir überließen das Feld den Rechts- oder Linksideologen, die dreist behaupten, sie seien im Besitz der allgemeingültigen Wahrheit, und sie sprächen selbstverständlich für die große Mehrheit des Volkes.

Herr Mirabelli gibt mir recht. „Ja", seufzt er, „wir sind uns einig, jedoch – wenn wir uns heute nicht wehren, sind wir von gestern und nehmen uns das Morgen."

Die Offenbarung des Herrn Mirabelli

Ich erkenne die Nummer im Display und komme ihm zuvor: „Herr Mirabelli! Welch eine Ehre!“, rufe ich in das Mikrofon.

Die Antwort ist zögerlich und kleinlaut. „Ja, ich schon wieder, ich will mich auch kurzfassen.“ Herr Mirabelli räuspert sich. Er bäte um Entschuldigung. Es sei wegen des Gesprächs neulich. Diese Moralpredigt, das habe er nicht gewollt. Es täte ihm sehr leid. Eigentlich sei ihm diese Emotionalität wesensfremd. Auf keinen Fall wolle er andere maßregeln oder bevormunden. Letztendlich sei ich, wie ich bin, und er, wie er sei. Wir hätten doch alle ein Grundrecht auf die freie Entfaltung unserer Persönlichkeit. Aber dennoch, Freiheitsrechte bedürften vielleicht hin und wieder der Einhegung, beispielsweise durch die Grundregeln des guten Benehmens und für jene, die diese nicht beherrschten, müsse es – nun ja – dann auch gesetzliche Normen geben. Aber nein, nun sei er schon wieder beim Moralisieren! Beim Telefonieren gerate er immer wieder auf diese Spur, sehe dann den anderen zu wenig als Mensch. Es wäre dabei oft so, als würde er etwas in eine Maschine diktieren. Vielleicht sollten wir uns doch besser von Angesicht zu Angesicht austauschen, dann gelänge ihm meist mehr Höflichkeit. Er macht einen Vorschlag: Wie wäre es mit dem *Café der anständigen Leute*? Er sei dort täglich anzutreffen.

„Ja, gerne“, antworte ich.

Er nennt die Straße, die Nummer, die Zeit. Es sei gar nicht zu verfehlen und er sei dort leicht zu finden. Er sitze stets hinten rechts an der Wand, unter dem Aquarell eines blühenden Mirabellenbaums. Sein Großvater, der Kunstmaler, habe es einst gefertigt und dem Café vermacht, denn auch jener habe dort schon stets gesessen.

Herr Mirabelli hatte gesagt, er sei dort immer so gegen Viertel vor vier. Ich komme später, erst gegen vier, halte es für gutes Benehmen. Er ist nicht zu übersehen. Allerdings ist er nicht so, wie ich dachte. Kein schmales Kerlchen mit scharf geschnittenem Gesicht, einem Oberlippenbart und buschigen Brauen. Nein, unter dem blühenden Mirabellenbaum sitzt ein großer, klotziger Mann mit spärlich, rötlichem Haarwuchs auf einem massigen Kopf. Ich bleibe in einem gewissen Abstand vor ihm stehen. Er blickt auf.

„Ach, Herr Sehweg, nicht wahr?"

Ich nicke verlegen.

„Das hatten Sie wohl nicht erwartet, was?"

„Was hätte ich denn erwarten sollen, Herr Mirabelli?" Sein freundliches Lächeln ermutigt mich zu dieser direkten Frage.

„Nehmen Sie doch bitte erst einmal Platz", Herr Mirabelli deutet auf den Stuhl gegenüber. „Sie hätten bei meinem Namen doch sicherlich einen schmächtigen Italiener erwartet und keinen normannischen Klotz." Herr Mirabelli wiegt schmunzelnd seinen Kopf und fährt fort: „Nicht immer sind Nomen ein Omen. Aber um dieses dann doch einzulösen, wäre ich vielleicht gerne ein Mirabellengeist. Nein, keiner zum Trinken, nur so zum Verdampfen als ätherisches Öl in den Äther." Er lacht und fragt: „Übrigens, trinken Sie einen mit zum Kaffee, einen Mirabellengeist?"

Ich nicke. Er bestellt.

„So, dann auf uns!“, er hebt das Glas. „Auf unsere Bekanntschaft und auf unsere Namen.“

Der Geist brennt. Ich halte die Luft an, verkneife mir aber das Schütteln.

„Die Namen haben wir bekommen“, weit ausholend, mit Schwung setzt Herr Mirabelli das Glas ab, „das Aussehen auch. Der Rest liegt in unseren Köpfen und Händen. Damit machen wir uns einen Namen oder bleiben namenlos. Es gibt namenlose Gräber, Holzkreuze mit verblassenden Inschriften und Monumente aus Stein mit tief eingeritzten Epen für jene, deren Eindruck besonders war. *War* ist so ein spezielles Wort, ein Wort mit sprachlicher Ambivalenz: Im Deutschen steht es für *gewesen* im Perfekt, im Englischen als Nomen *war* für den Krieg. Und ich – ich bin im Krieg gewesen“, ruft er laut und rollt zurück. Herr Mirabelli sitzt im Rollstuhl, auf Stümpfen, die seine Beine gewesen. „Ich berichtete für die Vereinigung der Reporter ohne Grenzen, war ein Reporter im Krieg. Eine Landmine im Kosovo zeigte mir meine Grenzen auf.“ Er blickt an sich herunter, schlägt mit seinen kräftigen Händen auf die Armlehnen des Rollstuhls und lacht laut auf. Ich sehe ihm in die Augen – sie glänzen feucht, sie lachen nicht.

Der Großvater des Herrn Mirabelli

Inzwischen haben wir unsere festen Termine: jeden Mittwochnachmittag um vier. Ich bin nun um Pünktlichkeit bemüht. Es geht los wie immer, mit einem Mirabellengeist und einem Espresso. Daran habe ich mich inzwischen nach einigen Treffen gewöhnt. Das Brennen in der Kehle ist stets der Gesprächsöffner.

Herr Mirabelli leckt sich diesmal besonders lange die Lippen, dann hat er sein Thema: „Wissen Sie, woran mein Großvater gestorben ist? Der, der das Bild hinter mir gemalt hat." Er zeigt mit dem Daumen über die Schulter auf das Aquarell des blühenden Mirabellenbaums. „Mein Großvater starb an Chippendale."

„Woran?" Ich sehe ihn fragend an. „Diese Krankheit kenne ich noch nicht, muss ganz selten sein."

„Nein, nein, das ist keine Krankheit, aber vielleicht kennen Sie Chippendale-Möbel. Mein Großvater war ein Verehrer und leidenschaftlicher Sammler dieser Möbelstücke des englischen Schreiners aus dem 18. Jahrhundert. Er war vernarrt darin, gab ein Vermögen dafür aus und stieß dabei fast an seine Grenzen, die finanziellen und die räumlichen. Seine Sieben-Zimmer-Wohnung erschien mir stets wie ein Kompromiss aus Museum und Lagerraum, in dem man auch wohnen konnte. Die Räume waren vollgestopft mit Tischen, Schränken und Sitzmöbeln aller Art. – Eines Tages entdeckte er auf einer Reise durch den Süden Englands, in dem Städtchen Ringwood, bei einem Antiquitätenhändler einen wunderschönen Chippendale-Stuhl: Teakholz, schwarzes Hirschleder auf Armlehnen und Sitzfläche und einem purpurfarbenen Rückenpolster aus Samt. Großvater konnte nicht widerstehen. 1.800 Pfund Sterling legte er auf den Tisch und der Stuhl war seiner. Bei 2.500 Pfund hatten sie begonnen. Der alte Giuseppe Mirabelli glaubte, das Geschäft seines Lebens gemacht zu haben. Was er schon bei dem Erwerb eines jeden Möbelstückes zuvor geglaubt hatte."

„Und dann ist er vor Aufregung gestorben?", werfe ich ein.

„Nein, nicht doch", Herr Mirabelli hebt die Augenbrauen. „Nein, die Geschichte geht noch weiter. Der Stuhl, sorgfältig verpackt in Noppenfolie und Pappe, kam schließlich nach sechs Wochen bei ihm an und wurde Schicht für Schicht ausgepellt. Auf der letzten freien Fläche im Wohnzimmer, dicht vor dem Fenster, kam er zu stehen. Großvater konnte es kaum erwarten, Platz zu nehmen. Das Probesitzen hatte er damals, in der Hektik des Verhandelns, ganz vergessen. Noch rechtzeitig fiel ihm auf, dass er für den besonderen Augenblick doch nicht adäquat gekleidet sei. Er wechselte den schäbigen Cardigan gegen einen dunkelblauen Club-Blazer."

„Und", wende ich erneut ein, um die Geschichte etwas abzukürzen oder um ihr mehr Dynamik zu verleihen, „und dann nahm er einen von seinen kostbarsten Brandys, um seiner Neuerwerbung standesgemäß zuzuprosten – jedoch dieser war vergiftet. So ungefähr stelle ich mir das vor."

Herr Mirabelli rollt mit den Augen. „Nein, nicht doch", sagt er gedehnt. „Sie lesen oder sehen zu viel Crime-Storys. Viel zu banal, dann hätte ich Ihnen die Geschichte doch nicht erzählt. Nein, der Stuhl brach unter ihm zusammen. Nicht dass mein Großvater ein Schwergewicht gewesen wäre. Das war er nicht mit seinen siebzig Kilo, nein, aber der Stuhl zerbröselte beim Draufsetzen in kleine Fragmente. Kein Knacken oder Knarren als Vorwarnung. Der Stuhl zerfiel, als sei er aus Zuckerguss. Großvater verlor urplötzlich den Halt und schlug mit dem Hinterkopf auf die Marmorfensterbank. Das war's. – Ein schöner Tod: Was kann uns denn Besseres passieren, als von der Leidenschaft überwältigt in Bruchteilen von Sekunden aus dem Leben zu scheiden? Aber dennoch tragisch. Der Stuhl war von Würmern zerfressen. Das Holz innerlich ausgehöhlt. Dieses Möbelstück hielt nur noch der glänzende Lack zusammen. Der Händler hatte das Objekt für den Verkauf geschönt." Herr Mirabelli hebt den Zeigefinger: „Sehen Sie: Dieser Stuhl war so, wie diese Welt ist: innerlich zerfressen und ausgehöhlt. Nur noch die glänzende Schicht vermittelt das Trugbild eines heilen Ganzen. Der schöne Schein des Äußeren täuscht uns hinweg über die Unzulänglichkeiten, das Zerbrechliche. Nichts ist belastbar. Sobald wir stützend Halt suchen, fällt der Lack ab, bricht alles zusammen und wir versinken im Nichts."

Die Alpenveilchen des Herrn Mirabelli

„Nicht doch! Nein! Nicht doch!“ Herr Mirabelli hebt abwehrend die Hände. Er blickt ungewohnt böse, kein freundliches Lächeln wie sonst zur Begrüßung. Warum dieser entsetzte Aufschrei? Ich sehe Herrn Mirabelli ratlos an und lege die Zeitung beiseite, mit der ich soeben einem hässlichen, blauschwarzen Brummer, der auf dem Tisch an einem Zuckerkrümel sog, den Garaus machen wollte. „Wissen Sie eigentlich, was Sie da gerade zu tun gedachten?“ Er klingt immer noch gereizt.

„Nein“, ich schüttele den Kopf, „meinten Sie vielleicht den Versuch, diesen hässlichen, unhygienischen Brummer zu erschlagen?“

„Hässlich, unhygienisch?“ Herr Mirabelli wiederholt gedehnt und mit Nachdruck meine Worte. „Was wissen Sie eigentlich über dieses Geschöpf, dieses Wunderwerk der Natur, das sie einfach so mit einem Schlag vernichten wollten?“ Er schlägt mit der Hand auf die Tischplatte, so heftig, dass seine Tasse hochspringt.

Mir reicht es. Sosehr ich es auch schätze, mit Herrn Mirabelli zusammenzusitzen, mit diesem schlecht gelaunten Herrn möchte ich jetzt nicht meinen Nachmittag verbringen. Ich sage es ihm direkt, denn wir gehen offen und ehrlich miteinander um.

„Tut mir leid, Herr Mirabelli, ich finde, Ihre Stimmungslage ist nicht dazu angetan, unsere bislang so interessanten und harmonischen Gespräche heute fortzusetzen. Vielleicht sind Sie nächsten Mittwoch besser drauf? Bis dann!“ Ich wende mich zum Gehen.

„Nein, so bleiben Sie doch“, knurrt Herr Mirabelli. Und dann in gewohnt sanfter Tonlage: „Lassen Sie mich das doch bitte erklären.“

Ich mache kehrt und setze mich.

Herr Mirabelli fragt eindringlich: „Haben Sie jemals eine Fliege unter dem Mikroskop betrachtet? Die Facettenaugen oder die Flügelmuskulatur – alles Meisterwerke der Natur. Wir Menschen können so etwas vielleicht andeutungsweise nachahmen, doch zu dem, was die Natur in vielen hundert Millionen Jahren Evolution hervorgebracht hat, sind wir nicht fähig. Wir sind stümperhafte Imitatoren.“ Er beugt sich weit über den Tisch und hebt den Zeigefinger. Wie ein gütiger, verständnisvoller, aber zugleich ungeduldiger Lehrer ergänzt er: „So etwas bringt man doch nicht einfach um.“

„Mag sein“, erwidere ich, „unabhängig von den bewundernswerten technischen Leistungen im Bereich der Natur gehören zur Evolution doch auch Kampf und Überlebenswillen. Sich durchsetzen oder abgesetzt werden. Töten oder getötet werden. Alle, die sich nicht gewehrt haben, sind doch im Lauf der Evolution schon längst auf der Strecke geblieben. Leben wir nicht in einer Welt der aggressiven ‚Sich-behaupten-Könner‘?“ Ich sehe ihn fragend an.

Herr Mirabelli atmet tief durch, zeigt auf seine Beinstummel und sagt mit belegter Stimme: „Wenn Sie erlauben, erzähle ich Ihnen etwas von meiner Geschichte, danach können wir uns dem Thema erneut zuwenden.“

„Bitte, vielleicht bringt uns das weiter“, willige ich ein.

Dann beginnt er zu erzählen: „Im Kosovo hatten alle, die für *Reporter ohne Grenzen* recherchierten, den Ehrgeiz, immer nahe am Geschehen zu sein. Nichts wollten wir von anderen übernehmen oder irgendwelche Gerüchte verbreiten. Es war ein klarer und kühler Spätsommermorgen. Wir gingen über ausgedehntes Wiesenland am hohen Ufer eines Flusses. Einige Kilometer stromauf gab es eine umkämpfte Brücke. Hinweisen aus sicheren Quellen zufolge sei an diesem Morgen ein NATO-Luftangriff zu erwarten. Wen würden sie treffen: kämpfende Truppen oder die Zivilbevölkerung? Uns war wichtig, es mit eigenen Augen zu sehen. Zunächst hatte ich nur Augen für die Schönheit der Natur. Die Landschaft war übersät mit blühenden Alpenveilchen. Sorgsam bemühte ich mich, keine der Pflanzen niederzutreten, keines dieser Wunderwerke der Natur zu vernichten. Ich trat immer auf die kahlen Stellen zwischen den blühenden Pflanzen. Das war ein schwerwiegender Fehler. Denn dort, wo nichts wächst, ist die Wahrscheinlichkeit größer, auf eine Mine zu treffen. Kriegserfahrene treten immer in die volle Vegetation. Ich war nicht erfahren, wusste noch nicht genug vom Krieg. Das Letzte, an das ich mich erinnerte, war der Schlag, der mir die Beine wegriss. Dann sah ich Erde, Gesteinsbrocken und Alpenveilchenblüten, die um mich herumwirbelten. Als ich nach zwei Tagen im Krankenhaus wieder aufwachte, stand auf meinem Nachttisch eine Vase mit Alpenveilchenblüten. Die ersten beiden Tage fiel sie mir kaum auf, zu sehr beschäftigten mich meine Schmerzen. Am dritten Tag fragte ich den Pfleger nach der Vase mit den Blüten.

‚Der Sani, der Sie hier abgeliefert hat', sagte der Pfleger, ‚brachte sie mit, und er bat mich, Ihnen zu sagen, dass das, was Sie schützen wollten, nun Ihrem Schutz dienen solle. Für Sie soll das Alpenveilchen die Schutzheilige

Cyclamen persicum sein und deshalb steht es hier in der Vase auf Ihrem Nachttisch. Die Schutzheilige hat Ihnen geholfen, denn wir waren anfangs nicht sicher, ob Sie die schweren Verletzungen überleben würden.'

Ich sagte nichts, schloss die Augen und wollte nur noch schlafen. Als ich die Augen wieder öffnete, verfluchte ich meine Schutzheilige. Mein Leben war mir geblieben, aber meine Beine hatte ich verloren. Wie sollte ich dieses Leben, ohne laufen zu können, gestalten? Wäre es nicht besser gewesen, auf dem Feld zu sterben, als mit diesem Handicap weiterzuleben? Ich blickte zweifelnd auf die Blüten, ja ich redete mit ihnen, bat meine Schutzheilige, sie möge dafür sorgen, dass ich morgen nicht wieder aufwache. Sie schien mich gehört, aber nicht erhört zu haben. Ich lebte noch und sah, dass sich die Blüte demütig in meine Richtung neigte, so als wolle sie mich um Verzeihung bitten. Am nächsten Tag waren die Blütenblätter abgefallen. Der Blütenboden wuchs zu einer kleinen Kugel heran. Ich konnte damit nichts anfangen. Ich wollte diese Blüten nicht mehr sehen und bat den Pfleger, den Strauß zu entfernen.

‚Nein, das geht nicht', energisch lehnte er meine Bitte ab. ‚Sehen Sie doch, Ihre Schutzheilige trägt Frucht. In dem Fruchtknoten wächst Samen heran. Alpenveilchen senken ihre Samenstände nach unten, verstecken sie unter dem Blätterdach. Das bietet Schutz. So können die Körner ungefährdet in den Erdboden gelangen. Die Keimung läuft dann im Dunkeln ab. Das Leben geht weiter. Glauben Sie mir, ich weiß das, habe mal Gärtner gelernt. Auch Ihr Leben geht weiter.' Er nickte mir aufmunternd zu. Ich sah ihn sprachlos an. Vielleicht hatte er recht und von diesem Alpenveilchen ging tatsächlich eine magische

Kraft aus. Der Pfleger nahm meine Hand und drückte sie sanft: ‚Ich werde die Saat vorsichtig abnehmen und Ihnen mitgeben. Sehen Sie es als Geschenk, als gutes Omen für Ihre Zukunft.'

Monate später zu Hause fand ich die kantigen Körner, die mir der Pfleger mitgegeben hatte, in einer Pillendose wieder. Ich hatte sie fast vergessen. Was sollte ich damit anfangen? Sie in eine silberne Kapsel tun und an einer Kette um den Hals tragen? Würde das mein Schicksal erträglicher machen? Mir half schließlich ein guter Freund, den ich noch aus der Schulzeit kannte. Inzwischen hatte er es zum Direktor des Botanischen Gartens gebracht. Er kam mit einem guten Vorschlag: Ich könne doch bei ihm angestellt werden. In den Gewächshäusern gäbe es genug Arbeit, die auch Behinderte verrichten könnten. Insbesondere in der Anzuchtabteilung, dort könne ich zudem meine Cyclamensaat aussäen. So kam ich in die Botanik."

Herr Mirabelli sieht mich lächelnd an. „Gehört der Mirabellenbaum nicht ebenfalls ins Gebiet der Botanik? Aber die Geschichte geht weiter. Der Gärtner in der Abteilung half mir bei der Aussaat. Nach drei Wochen waren die ersten kleinen, runden Blättchen zu sehen. Dann jedoch, in der vierten Woche, waren sie plötzlich alle wieder verschwunden. Wir sahen nur noch silbrige Schleimspuren.

‚Das sind wohl Schnecken gewesen', sagte der Gärtner verärgert. ‚Verdammte Misttiere!' Aber ich solle mir keine Sorgen machen, das würden wir schon in den Griff bekommen. Cyclamen hätten immer noch eine zweite Chance. Sie schöben zuerst nur ein Blatt des Keimblattpaares heraus, und wenn eine Ziege, was sehr wahrscheinlich wäre an ihrem Heimatstandort, das Blättchen wegfräße, so wie jetzt die Schnecken, dann hätte das Alpenveilchen noch ein Reserveblatt zur Verfügung. Das sei doch clever eingerichtet in der Natur. Ich nickte und fragte, was wir jetzt tun könnten. Der Gärtner schlug vor, die Aussaatkiste nach oben auf die Hängeregale zu stellen, da kämen die Schnecken nicht hin – ich leider auch nicht. Ein Lehrling reichte mir nun jeden Tag die Kiste herunter und ich begutachtete das freudige Wachstum der zweiten Chance. Eines Morgens, es musste die sechste Woche gewesen sein, kam die Schreckensmeldung: Der Lehrling zeigte mir nur sehr zögerlich und angewidert, was geschehen war: Auf der ganzen Kiste krochen braune, schleimige Schnecken. Sie hatten es doch bis auf die Hängeregale geschafft und alles Grün vernichtet. Jetzt gab es keine zweite Chance mehr. In Wut und Enttäuschung warf ich die Kiste auf den Boden und fuhr mit dem Rollstuhl über die Schnecken. Immer und immer wieder, bis nur noch eine schleimige Masse übrigblieb. Die gesamte Belegschaft der Abteilung kam herbeigeeilt und sah still und ratlos meinem Wutausbruch zu. Meine Geschichte, den Grund für das Ausrasten, kannten sie nicht. Der Botanische Garten hatte sich danach für mich erledigt. Ich schämte mich, ich ging dort nicht mehr hin. Danach begab ich mich in psychiatrische Behandlung, denn allein wurde ich mit meinen Problemen nicht fertig.

Der Verlust der Schutzheiligen war vielleicht nur der Auslöser für ein tiefer sitzendes Problem. In vielen Sitzungen lernte ich mit störenden Einflüssen umzugehen. Entwickelte Mechanismen für den Umgang mit dem Unvermeidlichen. Die Rücksichtnahme auf die Wünsche und Ansprüche anderer – und seien es nur niedere Tiere –

wurde zu meiner zweiten Natur, meine neue Schutzheilige. Sehen Sie, und da kommen Sie einfach so daher und wollen mit einer Zeitung grundlos eine Fliege töten. Mit Verlaub, Herr Sehweg, das ist für mich nicht akzeptabel, das überfordert mich. Ich bitte Sie, mich zu verstehen.“ Er hebt beschwörend seine offenen Hände auf Schulterhöhe.

Ich verstehe. Dem ist nichts mehr hinzuzufügen.

Herr Mirabelli mag keine Partys

Herr Mirabelli sieht mich fragend an: „Sind Sie krank?“ Mitleidig blickt er zu mir auf, als ich mit unsicherem Schritt auf den Stuhl zusteuere. Ja, kein schöner Anblick. Selbst am Nachmittag sehe ich noch sehr mitgenommen aus.

„Nein, nicht im medizinischen Sinne“, antworte ich mit einem gequälten Lächeln. „Ich war gestern auf einer Party. Ist wohl spät geworden, und zu viel zu trinken gab es auch.“

Herr Mirabelli schüttelt den Kopf. „Ich gehe nicht mehr auf Partys“, sagt er. „Es kommt mir oftmals so vor, als würde ich dort aufgrund meiner Behinderung diskriminiert.“

Ich sehe mein Gegenüber erschrocken und zweifelnd an: „Ist das denn möglich, dass Behinderte immer noch geringgeschätzt oder abfällig behandelt werden? Die Zeiten sind doch hoffentlich vorüber.“

Herr Mirabelli schüttelt den Kopf: „Es gibt eine neue Problemlage. Gestatten Sie mir, dass ich Ihnen eine persönliche Begebenheit schildere, um dieses zu illustrieren: Vor nicht allzu langer Zeit erhielt ich auf dem traditionellen Postweg die Einladung zu einer Party von Leuten, die ich nicht kannte. Ein guter Freund habe mich empfohlen. Ich sei herzlich willkommen, stand da, und ich solle mich überraschen lassen. Ja, das wollte ich, also ging ich hin. Die Gastgeberin, eine gertenschlanke Dame mittleren Alters, trug ein elegantes, regenbogenfarbiges Kleid. Nach einer seltsam überschwänglichen Begrüßung stellte sie mich den anderen Gästen vor:

‚Das ist Herr Mirabelli. Er war Beobachter für den Verein *Reporter ohne Grenzen*. Und dann passierte im Kosovo das …' Sie zeigte auf meine Beine, besser gesagt dorthin, wo keine Beine mehr sind.

‚Oh!' Die Leute mit dem Prosecco in der Linken und dem gespießten Sushi-Röllchen in der Rechten sahen mich mitfühlend und aufmuntert an. Einige sagten: ‚Das ist aber schrecklich. Haben Sie sich inzwischen daran gewöhnt? Geht doch gut – oder? Sie sind ein richtiger Held. Wir hoffen, dass Sie jegliche Hilfe erhalten, die unser Staat für derart tragische Fälle zur Verfügung stellt. Sie haben das wirklich verdient.' Dann geleitete meine Gastgeberin die mitfühlende Genießerschar zum nächsten Gast, einer afrikanischen Schönheit mit Rasta-Locken.

Ich hörte nicht mehr zu. Ich sah mich um. Die Gruppe der Partygäste war so bunt gemischt wie das bodenlange Kleid der Gastgeberin. Es gab eine nicht geringe Anzahl von Gästen, die wie ich, unterschiedlichen Minderheiten angehörten. Jene Gruppe blieb unter sich auf dieser wunderbaren Diversenparty, die ein Musterbeispiel für gelungene Inklusion sei – so unsere Gastgeberin.

Am späten Abend gelang es mir dann noch, sie nach dem Freund zu fragen, der mich empfohlen habe. Ich hätte hier noch keinen bekannten Freund gesehen. ‚Ja, schade', sagte sie, ‚er hat leider abgesagt.' Wie denn sein Name sei. Ich ließ nicht locker. Hm, den hätte sie gerade nicht parat, aber sie würde im Laufe des Abends noch einmal auf mich zukommen. Sie kam nicht. Die Party ging zu Ende.

Das heißt, die Inkludierten gingen schon mal, der harte Kern der anderen blieb exklusiv unter sich.

Am nächsten Morgen versuchte ich den besagten Freund ausfindig zu machen. Bei Olaf hatte ich schließlich Erfolg.

‚Na so was!', rief er überrascht: ‚Hätte ich jetzt nicht gedacht, dass sie dich tatsächlich in die Kartei aufnehmen.'

‚Wie, was? Welche Kartei?' Ich nahm den Hörer dichter ans Ohr. Hatte ich was falsch verstanden?

‚Also, hör mal zu', sagte Olaf: ‚Neulich bei einem Meeting unseres Charité-Clubs traf ich einen älteren Herrn, der erwähnte beim Small Talk, er sei Kampfpilot im Kosovo-Krieg gewesen. Daraufhin erzählte ich ihm deine Geschichte. ‚Das ist ja interessant', sagte der Ex-Kampfpilot, ‚einen solchen Menschen kennen Sie? Für den hätte ich Verwendung in meiner Kartei. Sie müssen nämlich wissen, ich habe eine Personalvermittlungsagentur der besonderen Art. Bei mir bekommen Sie alle Spezialitäten. Zum Beispiel auch Leute, die anderen Leuten dienlich sind, damit diese ihre anti-rassistische Gesinnung, ihre Toleranz für Diversität und gelungene Inklusion unter Beweis stellen können.' So bist du vielleicht in diese Kartei gekommen', mutmaßte Olaf.

Eine Woche später rief Olaf erneut an. ‚Es ist so, wie ich dachte: Bei unserem Meeting gestern sprach ich Freund Gipfelmoser, den besagten Ex-Kampfpiloten, darauf an. Er konnte sich noch gut erinnern. Die von dir zutreffend beschriebene Dame ist Mitinhaberin eines stadtbekannten Speditionsunternehmens, der *Bringhermann GmbH & Co. KG*. Sie sei ausgesprochen bemüht, den Inklusionsgedanken in ihrem Unternehmen mustergültig umzusetzen. Die Firma kümmere sich sehr um die Randständigen in der Gesellschaft. Sie inkludiere die Armseligen und Vergessenen, indem sie ihnen Lebensinhalt und Anerkennung zukommen lasse. Dass dieses leider nur zu einem Hungerlohn und bei Unterbringung in armseligen Hütten möglich sei, wäre dem harten Wettbewerb geschuldet. Die Inkludierten verziehen das großzügig. Den Inhabern werde eine ordentliche Rendite nicht geneidet, denn nur so seien die Arbeitsplätze sicher. Herr und Frau Bringhermann wären über jeden Zweifel erhaben. Als angesehene Mitglieder der Gesellschaft sei ihnen sehr daran gelegen, diesen guten Ruf zu festigen, deshalb diese Partys für die Hautevolee unserer Kleinstadt. Herrn Gipfelmosers *Special Guests* seien dabei ein deutlicher Hinweis auf die *wokeness* der Gastgeber.‘

Ich rief sofort bei der Agentur an und bat darum, mich umgehend aus der Kartei zu entfernen, in der ich als Vorzeigebehinderter auf Kunden wartete.“

Ich hatte mir die Geschichte geduldig angehört und bat Herrn Mirabelli, das ihm Widerfahrene nicht zu verallgemeinern. Nicht alle, die sich um Anti-Rassismus, Diversität, Inklusion und Toleranz bemühten, seien so wie diese beiden in seinem Beispiel. Vieles sei doch bislang schon erreicht für Menschen, die nicht ins gewohnte Bild passten. Das Bemühen um die Integration dieser Leute solle er bitte nicht schlechtreden. Es sei doch zu begrüßen, dass nun auch Menschen mit einer nicht gängigen sexuellen Orientierung frei von gesetzlichen Hürden ihr besonderes Leben normal leben könnten. Mit Sicherheit ein Verdienst der unermüdlichen Vorkämpfer für eine tolerantere Gesellschaft. Die überwiegende Mehrzahl von ihnen täte das aus uneigennützigem Idealismus. Ihr Handeln verdiene Anerkennung und Unterstützung. Natürlich liege noch vieles im Argen. Aber wenn die Menschen sich dessen bewusst wären und sich kümmerten, könne die Welt eine bessere werden, auch für ihn. Das Verhalten bigotter Neureicher solle man nicht überbewerten.

„Ja, mag alles so sein“, sagt Herr Mirabelli, „ich will Ihnen nicht generell widersprechen. Wenn aber die Außergewöhnlichen oder alle anderen, die einen Sonderstatus für sich reklamieren, dieses stets und ständig als Alleinstellungsmerkmal vor sich hertragen, wird es kompliziert im Solidargefüge. Ich möchte nicht, dass das Grüßen eines regenbogenfarbigen *Gessler-Hutes* an allen Orten und bei jeder Gelegenheit zur *Bürger*innen*-Pflicht wird. Allein die Sprech- und Schreibweisen zur Vermeidung des generischen Maskulinums sind mir als Reporter ein Graus. Zum Glück muss ich nicht mehr für Geld schreiben. Die selbstgefällig zur Schau gestellte Betroffenheit der selbst ernannten Mitleidenden strengt an.“ Herr Mirabelli holt tief Luft, ich sehe den Schalk in seinen Augen. Dann sagt er mit übertriebenem Pathos: „Ich schätze und genieße es immer wieder aufs Neue, mit Ihnen hier zu sitzen und zu plaudern, denn nie habe ich bei Ihnen je ein Fünkchen Mitleid oder nur ein Quäntchen Empathie verspürt.“ Herr Mirabelli zwinkert mir zu, dann lacht er laut auf, beugt sich mühsam ein wenig über den Tisch und klopft mir auf die Schulter. „Sie sollten sich deswegen aber keine unnötigen Sorgen machen, Herr Sehweg, ich werde das nicht in den sozialen Medien verbreiten.“

Herr Mirabelli macht Urlaub

Wo ist Herr Mirabelli? Sein Platz ist leer. Ich muss mich gar nicht erst umsehen, wenn er nicht unter dem Mirabellenbaum sitzt, ist er nicht da. Vielleicht hat er sich verspätet. Ich gehe schon mal zu unserem Stammplatz.

Janni, der Kellner des Cafés, kommt auf mich zu. Er lächelt verhalten. Seltsam, wo er doch sonst den blasierten Gesichtsausdruck eines piekfeinen Butlers pflegt. Habe ich bei ihm jemals ein Lächeln gesehen? Egal, irgendetwas muss mit Herrn Mirabelli sein, etwas Positives, sonst würde Janni nicht lächeln. Betont lässig balanciert er ein Tablett auf den gespreizten Fingern der rechten Hand, nimmt mit der linken einen Brief vom Tablett und legt ihn auf den Tisch. Herr Mirabelli sei im Urlaub und habe ihn gebeten, mir dieses hier zu überreichen. Dann fragt er: „Wie gehabt?"

Ich nicke. Es ist ein schmuckloses Kuvert. *Herrn Sehweg mit Bitte um Kenntnisnahme* steht dort in wohlgeformten Buchstaben. Drinnen befinden sich zwei handschriftliche Seiten. Schriftendeuter würden sagen: die eines Pedanten.

Lieber Herr Sehweg,

ich bitte Sie, es mir nachzusehen, dass ich heute nicht wie gewohnt zu unserem Gespräch kommen kann. Ich habe mir erlaubt, eine Woche Urlaub zu nehmen. Mir war einfach danach, sieben Tage weit weg zu sein, in einer fremden Umgebung dem Alltag zu entfliehen. Obwohl mir mein Alltag keineswegs fluchtwürdig erschien, so hielt ich es dennoch vonnöten. Nun bin ich angekommen am Ziel meiner Träume, im Casa Mirabelli an der Adria-Küste. Es ist ein kleines Hotel, in einem kleinen Ort fernab vom Massentourismus. Ich werde ihn nicht erwähnen, um ihm seine Ruhe zu bewahren. Ja, ein Hotel mit meinem Namen! Das war purer Zufall. Ich entdeckte es in einer Zeitung, in die mir mein Fischhändler eine geräucherte Forelle gewickelt hatte. In eine Art von Zeitung, die ich normalerweise nicht lese. Ein Stück Papier mit der Anzeige des Hotels hing noch an der Schwanzflosse. Ich hielt es für einen Fingerzeig des Schicksals. Mein Fischhändler, den ich Neptun nenne, obwohl er Krause heißt, hatte diese göttliche Botschaft wohl an die Forelle geheftet. Die Zeitung war vom letzten Jahr, ich versuchte es trotzdem. Tatsächlich: Casa Mirabelli gab es noch, und eine Señora Mirabelli nahm meinen Anruf freudig entgegen. Sie bot mir ohne Umschweife gleich eines ihrer Premium-Zimmer mit Terrasse und Meerblick für eine Woche zum Sonderpreis an, weil – oh Wunder – ich doch denselben Namen trüge. Dieser entzückende Zufall rechtfertige einen Rabatt. Sie freue sich auf mein Kommen und wünsche mir eine gute Reise. So kam es denn auch. Mit dem Reisebus eines Unternehmens in meiner Nachbarschaft, welches regelmäßig Gruppenreisen an die Adria anbietet, konnte ich ausnahmsweise eine Hin- und Rückreise, ohne das übliche Rahmenprogramm, buchen. Der Bus war behindertengerecht ausgestattet. Das sei Standard, sagte mir der Fahrer, die Gäste seien in der Regel schon etwas älter und oftmals gehbehindert so wie ich.

Die Reise erwies sich als ein besonderes Erlebnis, allein die Überquerung der Alpen: diese gewaltigen Bergmassive, hoch aufragend, bedrohlich, karg und kalt, jedoch majestätisch in sich ruhend. Eine andere Welt, die wir Menschen ehrfürchtig bestaunen. Aus diesem Grunde verreisen wir auch. Wir sind ständig auf der Suche nach der anderen Welt. Wir werden zu Gipfelstürmern, überwinden Schnee und Eis, um ins Tal unserer Träume zu gelangen. Das Tal meiner Träume war das weite Land im Süden. Wir fuhren durch Obstplantagen und Weingärten, die sich von der Autobahn bis an die Waldränder erstreckten. Weiter talwärts prägten Getreideäcker im Wechsel mit Gemüsefeldern die Landschaft. Über allem lag ein leuchtend blauer Himmel. Südlich der Po-Ebene führte der Weg wieder in die Berge. Kühle Wälder, grüne Wiesen und liebliche, blumengeschmückte Häuser, säumten unseren Weg. Kurz vor dem Ziel setzte der Fahrer mich an einem Parkplatz nahe einer Waldlichtung ab. Señora Mirabelli wollte mich dort abholen, so war es vereinbart.

Der wunderschöne Platz lag auf einem Hügel, weiter unten plätscherte ein kleiner Bach. Die Wiese vom Parkplatz zu dem Flüsschen war übersät mit unzähligen Blumen. Eine Erinnerung an damals, an den Tag, an dem ich meine Beine verlor. Gedanken, die Trübsinn hervorriefen. Ach, wäre ich doch wieder ein kleines Kind und könnte springlebendig durch die Wiese tollen! Gäbe es doch hier nur einen kleinen Kobold, der aus dem Wald käme und mich fragte, was ich mir wünsche! Ich hätte einen Wunsch offen. – Ein schöner Gedanke. Ich begann gerade damit, einen entsprechenden Wunsch zu formulieren, da näherte sich ein Fahrzeug mit lautem Knattern und beendete jäh diese Gedankenspiele. Es bog auf den Parkplatz ein. „Casa Mirabelli – una Casa bella“ stand in großen Buchstaben auf dem nicht mehr ganz jungen Lieferwagen. Da war sie nun, wie verabredet: Señora Mirabelli, begleitet von ihrem Sohn. Sie umarmten mich ausgesprochen herzlich, so als sei ich der einst verschollen ge-

glaubte und nun zurückgekommene Großvater. Ja, vielleicht war da doch ein Kobold im Spiel und ich hatte mir aus Versehen nur das Falsche gewünscht. Aber schlecht war dieses hier auch nicht.

Wir fuhren enge Serpentinen hoch und wieder herunter, das hätte der Bus nie geschafft. Ich war gut verzurrt und konnte die Fahrt ohne Angstgefühle genießen. Plötzlich nach einer weiteren scharfen Kurve tat sich der Wald auf. Vor uns lag ein kleiner Ort, bunt zusammengewürfelt. Ein Bild wie gemalt für ein Kinderbuch. Dahinter das weite Meer, ruhig und freundlich in der Sonne glitzernd, ein fröhlich-offenes Gesicht, das mich herzlich begrüßte.

Ab jetzt begrüßten wir uns jeden Morgen aufs Neue. In der prächtigen Villa Mirabelli, einem imposanten Herrenhaus aus der Zeit der Renaissance, hatte ich von meinem Zimmer aus einen direkten Zugang zum Garten, der an Strand und Meer endete. In diesem paradiesischen Garten blühten Zitronen, Agapanthus, Bougainvilleas, Oleander und vieles andere mehr. Ich ging immer sehr früh an den Strand, bevor all die anderen kamen. Ich genoss die Ruhe, die Seeluft und den Blick, der ins Endlose geht. ‚Hier und jetzt könnte eigentlich Schluss sein', dachte ich. ‚Schöner geht es nicht mehr. Warum jetzt noch weiterleben?' Nun ja, keine ernsthaften Gedanken, denn außer dem Leben wartete noch Señora mit dem Frühstück: frischer Kaffee, Ciabatta mit Fenchelsalami und selbst gemachtem Quittengelee. Oh, bella Italia, hier könnte ich für immer bleiben. Ich sitze im Schatten der Bäume, lese viel und döse vor mich hin. Nur abends suche ich die Gesellschaft der anderen, dann rolle ich auf die Plaza vor dem Haus. Sie ist der zentrale Platz des Ortes. Hier trifft man sich zum Essen, Trinken und Plaudern. Es sind lange Abende, aber nach dem kurzen Nickerchen am Nachmittag im Garten halte ich durch und bin morgens wieder der Erste am Strand.

Leider hat alles Gute auch mal ein Ende. Vielleicht auch richtig so, sonst würde es sich verbrauchen, würde Alltag. Übermorgen werde ich schweren Herzens abreisen. In der nächsten Woche treffe ich Sie dann wieder wie gewohnt im Café der anständigen Leute und erzähle Ihnen mehr von meinem Urlaub. Ich hoffe, meine Zeilen haben Ihnen gefallen und Sie können die Freude mit mir teilen. Möge es ein Ersatz für unser heute ausgefallenes Mittwochs-Gespräch sein.

Mit herzlichen Grüßen
Ihr A. Mirabelli

Ich lege den Brief beiseite, trinke Mirabellengeist und Espresso, die vor mir stehen. Im Geiste bin ich bei Herrn Mirabelli. Der Brief hat in mir die Sehnsucht nach Urlaub geweckt. Entspannt sitze ich auf meinem Stuhl und lächle in mich hinein. Janni kommt zögernd näher.

„Noch mal dasselbe?“, fragt er. „Ja, vielleicht – oder?“

„Ja, doch“, sage ich dann. Nach so einer Erbauung kann ich noch eine zweite Runde genießen. Die Augen geschlossen, höre ich nun, wie Janni die Getränke auf den Tisch stellt. Ich höre zwei Tassen und zwei Gläser, blicke erschrocken auf. „He, Janni, einmal reicht!“, rufe ich.

„Nein!“, ruft plötzlich jemand. Es ist Herrn Mirabellis Stimme, sie kommt aus der Ecke hinter dem Kleiderständer, an dem die guten Zeitungen hängen und damit den Blick auf die hinterste Ecke des Cafés versperren. „Nein!“, ruft Herr Mirabelli jetzt lauter, lacht und rollt aus der Ecke heraus auf uns zu. „Ich trinke auch noch eine Runde mit.“

Verdutzt sehe ich ihn an: „Sind Sie denn schon wieder zurück?“

„Ich war nie weg“, sagt Herr Mirabelli mit einem schelmischen Grinsen. „Habe ich mir alles nur ausgedacht. Das Casa Mirabelli gibt es nicht. War alles nur ein Tagtraum. Aber ich habe ihn intensiv erlebt. Ich habe geträumt, habe es aufgeschrieben und habe heimlich zugesehen, wie Ihnen die Beschreibung meines Urlaubs offensichtlich gefiel. Und nun werden wir gemeinsam darüber reden. Ich werde alles noch weiter ausschmücken. Sie werden Fragen stellen, und gemeinsam unternehmen wir eine Fantasiereise an die Adria. Ist das nicht schön? Kein Reisestress, keine Hektik, keine Enttäuschungen. Alles nur so, wie wir uns das vorstellen. Gibt es denn was Schöneres als die Imagination des Wunderbaren, ohne die Mühsal des Vollzugs?“

Wie Herr Mirabelli zum Journalismus kam

Herr Mirabelli blättert gelangweilt in der Zeitung, als ich mich zu ihm setze. Er gibt sie Janni mit der Bitte, sie wieder an den Haken zu hängen.

„Und?“, frage ich. „Haben Sie den Journalismus auch an den Haken gehängt oder schreiben Sie hin und wieder noch?“

„Nein!“, antwortet Herr Mirabelli entschieden und mit Nachdruck. „Kein einziges Wort mehr. Das ist vorbei. Bitte ein anderes Thema.“

„Gut, akzeptiert“, lenke ich ein. „Aber vielleicht ist die Frage erlaubt, wie Sie zum Journalismus gekommen sind. Vielleicht wäre das ein Thema?“

„Na gut, wenn's denn sein muss.“ Herr Mirabelli richtet sich etwas auf im Stuhl und nippt am Espresso. „Eigentlich sollte ich ja Schneider werden.“ Er setzt den Espresso ab und macht eine Handbewegung, als würde er mit Nadel und Faden hantieren. „Mein Vater hatte eine kleine Schneiderei, die sollte ich mal weiterführen. Aber es kam anders.“

„Reichte das Einkommen nicht für die Familie und Ihre Mutter wünschte sich einen besser bezahlten Beruf für ihren Sohn?“, frage ich.

Herr Mirabelli schüttelt den Kopf: „Das war es nicht, mein Vater verdiente gut, zu ihm kamen die gut Betuchten, die sich ihr Tuch etwas kosten ließen. Außerdem lebte mein Vater sehr bescheiden und häufte ein beträchtliches

Vermögen an, von dem ich immer noch zehre. – Eine Mutter hatte ich übrigens nicht."

„Seltsam", sage ich, „meist sind doch die Väter unbekannt. Warum ist es bei Ihnen die Mutter?"

„Vielleicht auch gut so, dass ich sie nie kennen lernte", sagt Herr Mirabelli. „Sie war Akrobatin in einem berühmten Zirkus. Bei meinem Vater ließ sie sich ihre Kostüme schneidern. Eines Tages kam sie mit einem Bündel Kleider in die Schneiderei, legte es auf den Tisch und sagte, dass die nun alle wieder enger gemacht werden könnten, weil – sie zeigte auf das Bündel, in dem ich friedlich schlief – nun sei er da, aber sie wolle ihn nicht. Sie zeigte angewidert auf das schlafende Baby. ‚Der ist von dir', sagte sie zu meinem Vater. ‚Ich will den nicht. Den kannst du behalten.' Der Schneider nahm mich widerspruchslos in seine Obhut. Sie ging aus dem Laden, für immer. Keine Nachricht, kein Lebenszeichen – es kam nichts mehr von ihr. Sie war mit dem Zirkus auf und davon. Er sah sie nie wieder."

„Und?", frage ich, „Ihr Vater hat das so akzeptiert? Vielleicht ist er gar nicht Ihr Vater."

Herr Mirabelli zuckt mit den Achseln: „Das hat ihn wohl nicht interessiert. Ich gefiel ihm offensichtlich und er hatte – so dachte er – einen Nachfolger für seine Schneiderei. Wie Sie wissen, wurde daraus nichts. Aufgezogen hat mich meine Großmutter. Ja, sie war für mich die große Mutter. Wir lebten alle im selben Haus. Mein Großvater hatte es von seinem Vater geerbt. Eine wunderschöne Gründerzeitvilla, erbaut von meinem Urgroßvater, einem erfolgreichen Architekten. Die Lage in dem vornehmen Viertel der Stadt kam meinem Vater, der im Souterrain seine Werkstatt hatte, sehr gelegen. Sie bescherte ihm die schon erwähnte elegante, kaufkräftige Kundschaft. Mir ging es dort prächtig, ich vermisste weder Mutter noch Geschwister.

Die Villa war umgeben von einem wunderschönen Garten, und wenn ich mich dort ausgetobt hatte, ging ich ins Dachgeschoss, in dem mein Großvater in seinem lichtdurchfluteten Atelier die Natur, die Stadt und die Menschen mit abenteuerlich duftenden Farben auf die Leinwand brachte. Dort hatte ich auch meine kleine Spiel-Mal-Ecke. Insgeheim hoffte mein Großvater – wie ja auch mein Vater –, dass ich in seine Fußstapfen treten würde. Allerdings hatte ich weder im Umgang mit Farben und Pinsel noch mit Nadel und Faden großes Talent. Mich zeichnete eher eine besondere Geschwätzigkeit aus, vermutlich von meiner Großmutter geerbt, die stets und ständig Vater und Großvater in Grund und Boden redete.

In der Schule zeigte ich nur mäßige Leistungen und flog vom Gymnasium. Danach besuchte ich eine ordentliche Hauptschule, in der ich selbstbewusst mein Schreibtalent entfalten konnte. Einer meiner Lehrer war mir aus diesem Grund sehr zugetan. Ohne mein Wissen reichte er einen meiner gelungenen Aufsätze bei einem Schreibwettbewerb für Schüler aus den Abschlussklassen ein. Mir gelang es tatsächlich, unter die ersten fünf zu kommen, die als Preis ein Stipendium an einer privaten Schule für Journalismus erhielten. Journalisten waren seinerzeit vermutlich knapp, und so rekrutierte man junge Talente. Für mich war es eine schöne Zeit, eigentlich die beste meines Lebens. Aufgrund meines guten Abschlusses – ich wurde Jahrgangszweiter – erhielt ich ein Angebot für ein Volontariat bei einer angesehenen Wochenzeitung. Die Frau meines Lebens lernte ich auch an dieser Schule kennen – sie war die Jahrgangsbeste – und sie fand ebenfalls eine Anstellung bei jener Zeitung. Vereint zogen wir in den Ernst des Lebens. Zunächst schrieben wir für das Feuilleton. Sie stieg schnell auf in den Wirtschaftsteil, ich blieb beim Feingeistigen. Alles schien perfekt, ein makelloses Glück." Herr Mirabelli holt tief Luft und nippt mit einem Gesichtsausdruck am Espresso, der keineswegs im Einklang mit seiner vorangegangenen Erzählung steht.

„Und?", ich blicke ihn besorgt an. „Ist was mit dem Espresso oder flog dann letztlich das kleine Vögelchen des Glücks doch davon?" Ich sehe ihm in die Augen und sage: „Ihnen ist das Herz schwer. Was ist passiert?"

Herr Mirabelli räuspert sich, legt den Kopf schief und setzt sich aufrecht in den Rollstuhl, dann schiebt er energisch das Kinn vor: „Ach, wissen Sie, das Leben ist nicht immer schön. Warum sollte gerade ich immer Glück haben? Irgendwann muss jeder mal aus dem bitteren Kelch trinken. Die feine Gesellschaft des Wochenblattes hielt ich immerhin fünf Jahre aus. Meine Freundin – geheiratet haben wir nie – blieb noch weitere acht Jahre an meiner Seite. Aber nun mal der Reihe nach: In einer Redaktionskonferenz geriet ich mit einem Kollegen, der für die Rätselecke zuständig war, aneinander. Der wahre Grund ist mir entfallen. Jedenfalls sagte er, man würde es mir anmerken, dass ich nur einen Hauptschulabschluss hätte. Das brachte mich in Rage. Empört entgegnete ich: ‚Und Ihnen, Herr Kreuzworträtsler merkt man an, dass Sie Abitur haben! Ihre Arroganz ist schlichtweg zum Kotzen, so etwas lernt man auf der Hauptschule nicht.' Tags darauf bat mich der Chefredakteur zu sich. Er sprach den Vorfall nicht direkt an, fragte aber, ob ich mir vorstellen könne, das Blatt zu wechseln. Ich sei ihm in letzter Zeit mehrmals unangenehm aufgefallen und er sei zu der Einsicht gelangt, dass ich in Habitus und Diktion doch wohl eher zu Zeitungen passen würde, die mit übergroßen Schlagzeilen halbe Seiten füllten. Wenn ich möge – er könne mir dabei behilflich sein."

„Eine Frechheit", sage ich, „das haben Sie sich doch nicht bieten lassen?"

„Doch", Herr Mirabelli schüttelt den Kopf. „Wenn man auf der Abschussliste steht, kann man bestenfalls noch die Art und Weise des Abgangs mitbestimmen. Das Wie, aber nicht das Ob. Also ging ich. Meine Freundin blieb. Von ihr bekam ich dann immer wieder bestätigt, dass ich weise entschieden habe."

Herr Mirabelli macht eine lange Pause, die ich mit einer weiteren Frage ungeduldig unterbreche: „Wo hat es Sie denn hin verschlagen, und wie gefiel Ihnen die neue Tätigkeit? Wann sind Sie als Reporter in Kriegsgebiete gegangen?"

„Zuerst die andere Zeitung", sagt Herr Mirabelli, „das mit dem Kriegsreporter kam viel später, als mich auch meine Freundin verließ."

„Also eine Flucht aus Frust?", frage ich und sehe mein Gegenüber mitleidig an.

Er nickt: „Könnte man so sagen." Herr Mirabelli wirkt jetzt wieder etwas gefasster. „Aber die lange Zeit davor, die beim Boulevardblatt, war sehr erkenntnisreich. Ich habe dort viel gelernt. Ich habe gelernt, wie man aus wenig Wahrheit und viel Lüge einen Brei kocht, um ihn dann als Manna den Sensationshungrigen, Abgünstigen, Neidern, Besserwissern, Verschwörungstheoretikern und sonstigen Gut- bis Übelgläubigen zum Fraß vorzuwerfen. Das ist die Haut Cuisine der Desinformation. Vor jedem

Artikel überlegten wir uns: Wie können wir uns mit den Betroffenen solidarisieren und uns in ihrem Sinne empören? Dann benennen und beschimpfen wir vermeintlich Schuldige. Lassen die sich nicht sofort finden, sehen wir finstere Mächte am Werk und stellen schlussendlich weitreichende Forderungen. Das alles in einer einfachen, derben Sprache, die bewusst auf Feinheiten des zivilisierten Umgangs miteinander verzichtet. Sie müssen sich das vorstellen wie einen Pranger im Mittelalter. Es wird jemand an den Schandpfahl gebunden und das Boulevardblatt liefert den Lesern, die gleichzusetzen sind mit der unflätigen Meute des mittelalterlichen Marktplatzes, Spott und Hohn auf fünf bis sechs bunt bedruckten Seiten. Alles ohne Brille zu lesen und ohne Verstand zu verstehen. Meine Freundin verurteilte diese Art von Mitwirkung an übler Nachrede. Wobei sie ihrerseits ebenfalls unlautere Stimmungsmache betrieb – nur eben seitenverkehrt. Sie ließ sich zu Pauschalurteilen und Allgemeinplätzen hinreißen und bezeichnete die Berichterstattung der Boulevardpresse als typisches Verhalten misogyner alter weißer Männer. Nun, ich hatte nichts anderes erwartet, kannte ich doch die Marotten der hypersensiblen Erbsenzählerinnen noch aus meiner Zeit beim Wochenblatt. Mit ihren dürren Spinnenfingern sortieren sie so lange Erbsen, bis jede Prinzessin die passende unter ihrer Matratze hat. Dieses war allerdings nicht der Grund unserer Trennung. Wir hatten uns nach langen Jahren jeweils in eine andere Richtung entwickelt. Man könnte sagen, auseinandergelebt. – Für mich war die Trennung schmerzhafter als für sie. Ich suchte mir eine neue, andere Welt, um mit der alten abzuschließen; deshalb ging ich als Berichterstatter in Kriegsgebiete.“ Herr Mirabelli ist sichtlich erschöpft nach dieser sehr emotionalen Schilderung. Er sieht mich ein wenig fragend an, so als wäre es ihm peinlich, sein Innerstes nach außen gekehrt zu haben. Ich versuche durch eine Überleitung ihm die Peinlichkeit zu nehmen, möchte ihn vom Gestern ins Heute bringen.

„Zurück zu meiner Eingangsfrage, die Sie so unwirsch verneint haben: Warum haben Sie den Journalismus drangegeben? Können Sie mir das genauer erläutern?"

„Nochmal und in aller Deutlichkeit: Ich schreibe nicht mehr! Als Journalist bin ich gestorben!" Seine Freundin war, so berichtet er, als sie von dem Vorfall im Kosovo erfuhr, davon ausgegangen, dass er ums Leben gekommen sei. So wurde es auch anfangs gemeldet. Er habe diesen Irrtum nie korrigiert. Es wäre ihm sehr unangenehm gewesen, für diese Menschen nicht gestorben zu sein. Er wollte jene, die nach dem tragischen Unfall des tapferen Reporters voll des Lobes waren, nicht beschämen. Die bemerkenswerteste Lobrednerin sei seine Freundin gewesen: Außergewöhnlich zärtlich und einfühlsam habe sie ihre Trauer zum Ausdruck gebracht. Nie zuvor habe er eine solche Zuneigung verspürt, und er entschied, dass das Gute, welches über den toten Herrn Mirabelli gesagt wurde, in der Welt bleiben solle.

Die Kränkungen des Leben seien damit getilgt. Das Vergangenheitskonto wäre ausgeglichen.

Er hebt sein Glas und lächelt mich an: „Darauf noch einen Mirabellengeist, Herr Sehweg!"

Ich habe den Eindruck, er ist wirklich sehr glücklich.

Teil 3: Weihnachtstrilogie

Vorbemerkung

Die beiden ersten Weihnachtsgeschichten sind Aufarbeitung von Erlebtem. Natürlich nur im Kern, das meiste wurde aus der Fantasie herumgesponnen. *Den doppelten Alfred* habe ich bei einem Adventskaffee der evangelischen Kirche auf Lanzarote vorgetragen. Der seinerzeit geäußerte Wunsch, eine weitere Geschichte im nächsten Jahr zu hören, veranlasste mich, die Weihnachtsgeschichte mit dem WLAN zu schreiben. Aufgrund von Covid-19 blieb es dann allerdings beim Vortrag der Alfred-Geschichte im Dezember 2019.

Der doppelte Alfred

Heiligabend, zwölf Uhr mittags. Gärtner und Floristen wussten seinerzeit, was das bedeutet: Annahmeschluss für Fleurop-Aufträge. Seinerzeit, als es noch kein Internet gab, damals, als die großen Weihnachtssterne noch drei Mark kosteten. Bis zwölf Uhr gingen auch in unserer Gärtnerei die Bestellungen ein. Weihnachtsterne waren die absoluten Favoriten. Es folgten Christrosen, auch richtige Rosen waren dabei. Seltener ein Nelkenstrauß mit Spargelkraut – die absolute Sparvariante.

Wir hatten alles nach Straßen geordnet, in Kisten zusammengestellt und in den Bulli geladen. Von West nach Ost. Erst die Ringstraße, dann stadteinwärts bis hinunter zur Resew, dem Fluss an der alten Stadtmauer, der die Stadt in Alt und Neu teilt. 47 Adressen in diesem Jahr. Es waren schon mal mehr, die Sträuße und Schalen schon mal dicker und größer.

„Na ja, die Rezession“, sagt mein Vater. „Das Wirtschaftswunder ist vorbei. Deutschland geht es wieder schlechter.“

Es ist windig, kalt mit Nieselregen – typisches Weihnachtswetter. Ich stehe bereits in der Tür, da klingelt das Telefon. „Nein!“, rufe ich, „nein, jetzt nicht mehr, es ist Viertel nach Zwölf.“

Mein Vater sieht mich fragend an: „Noch ’ne Bestellung? Nimm ab und sei freundlich“, ermahnt er mich. „In den Gewächshäusern sind noch viele Weihnachtssterne, die kommen nächste Woche ohnehin auf den Komposthaufen.“

Zögernd greife ich zum Hörer. „Gärtnerei Weißmann“, sage ich, so freundlich ich kann.

Keine Antwort, nur ein Rauschen und Knacken. Ich will schon auflegen, dann kommt doch noch eine Stimme aus dem Rauschen. „Hallo, ja habe ich richtig gehört, Gärtnerei Weißmann? Das ist gut, very good.“ Ein Mann mit amerikanischem Akzent antwortet. Er habe die Nummer aus einem alten Telefonbuch und freue sich, dass sie immer noch richtig sei. Mitten in der Nacht sei er aufgeschreckt. Heute wäre doch Heiligabend, fast hätte er seine alte Mutter vergessen. Ob wir noch einen Blumengruß von Alfred Lehmbecker, ihrem Sohn aus Amerika, senden könnten, so für 20 Dollar.

Meine Güte, wie viel D-Mark sind 20 Dollar?, denke ich. „O.k., machen wir!“, rufe ich laut in das Rauschen und Knistern hinein. Wir tauschen die Adressen. Er gibt mir einen Text für die Karte und ich ihm unsere Bankverbindung. Er würde auch schnell bezahlen, noch in diesem Jahr, verspricht Alfred. „Und wir liefern noch heute“, antworte ich.

„Das ist seehr guut“, sagt Alfred gedehnt. „Vielen Dank und gesegnete Weihnachten.“ Dann legt er auf. Für die Karte hat er folgenden Text durchgegeben:

Liebe Mutter,
zum Weihnachtsfest und zum neuen Jahr alles Gute von Deinem Sohn Alfred und seiner Familie aus Massachusetts. Vielleicht schaffen wir es im nächsten Jahr mal rüberzukommen, dann kannst du auch meine Frau Caroll und Deine beiden Enkelkinder Patty und Tom kennenlernen. Pass gut auf Dich auf und bleib gesund. God bless you.
Dein Sohn Alfred

„Das hatten wir auch noch nicht", ich sehe meinen Vater an, „einen Auftrag aus den USA. Pflanz' doch bitte schnell eine große Schale mit fünf Weihnachtssternen, ich schreibe schon mal die Karte."

„Ja, ja, die haben noch Geld, die Amis", mein Vater stellt eine große Tonschale auf den Pflanztisch.

Ich schüttele den Kopf: „Geld vielleicht, aber Geld ist nicht alles."

„Nein, Geld ist nicht alles", mein Vater rückt die fünf Weihnachtsterne in der Schale auf Abstand und tritt mit prüfendem Blick einen Schritt zurück, „aber damit kann man zum Beispiel Heizöl kaufen. Der Tank ist nur noch halb voll und der Winter liegt noch vor uns."

Ich hebe die fertige Schale vom Tisch. Sie hat ordentlich Gewicht, ist ja auch eine 20-Dollar-Schale. Der rote Sternenzauber kommt in die hinterste Ecke des Lieferwagens, soll in die Wilhelmstraße, das ist so ziemlich am Ende der Tour. Nun wird es Zeit, sonst sind später viele schon in der Kirche. Weil, am Heiligen Abend gehen sie dann doch.

Der Nieselregen ist in heftigen Regen übergegangen. Die Wischerblätter haben mächtig zu tun. Auf den Straßen ist wenig los. Zum Glück treffe ich fast alle Adressaten zu Hause an. Einige blicken ungläubig, überrascht, andere wiederum erwartungsvoll und erfreut. Bei manchen allerdings wirkt es so, als störe ich und halte sie von anderen wichtigen Dingen ab. In einigen Fällen sind die Nachbarn sehr hilfsbereit und nehmen für die Abwesenden die Geschenke an.

Frau Lehmbecker wohnt in der Wilhelmstraße 39, einem schmucklosen, roten Klinkerbau aus der Kaiserzeit – ach ja, heißt ja auch Wilhelmstraße. Ist jedoch keineswegs eine kaiserliche Prachtstraße, eher preußisch zweckmäßig die Häuserzeile, die im Abendregen keinerlei Weihnachtsstimmung vermittelt. *Ob Alfred hier wohl aufgewachsen ist,* denke ich. *Wäre nur verständlich, dieses hier hinter sich zu lassen, um etwas Besseres zu suchen. Aber wer weiß, vielleicht wohnt er in den Staaten auch nicht besser.* Beinahe fahre ich an der 39 vorbei. Schlecht zu sehen im Dämmerlicht. Beim plötzlichen Bremsen kommt die Ladung ins Rutschen. Noch gerade gut gegangen, weder die Schale noch die Weihnachtsterne haben Schaden genommen. Vorsichtig hebe ich die 20-Dollar-Schale heraus. Auch noch der dritte Stock … Na dann!

Das Treppenhaus ist schlecht beleuchtet, es riecht nach Bohnerwachs und Katze. Endlich! Ich habe schon lange Arme. *Liselotte Lehmbecker* steht da geschrieben – in altmodischer Schrift auf einem ovalen Klingelschild aus Porzellan. Darunter, auch nicht die neueste Technik, eine Klingel zum Drehen. Ich stelle die Schale seitlich ab und drehe kräftig. Das ist unüberhörbar. Vor Schreck gehe ich einen Schritt zurück und warte. Nichts tut sich. Also, noch einmal die Fahrradklingel. Wieder nichts. Ein drittes Mal. Ich trete näher und halte ein Ohr an die Tür. Auf der Fußmatte steht: *Tritt ein – bring Sonnenschein.* Beides ist derzeit nicht machbar. Ich versuche es mit Klopfen. Beim zweiten Mal so kräftig, dass die kleinen, geriffelten Glasscheiben im oberen Türdrittel scheppern. Hier riecht es besonders stark nach Katze. Oder? Nein, so riecht kein Katzenklo, das ist ein anderer Geruch: stechend süßlich. Friedhofsgärtner kennen diesen Geruch.

Mein Gott, denke ich, *mein Gott, bitte nein! Nein, nicht heute und auch sonst nie!*

Ich haste die Treppe hinunter. Gegenüber vom Haus steht eine Telefonzelle mit flackerndem Licht, so als würde sie ‚Hier, hier, hierher!' rufen. Meine Finger zittern. Ich wähle die 110. Dreimal das Freizeichen, dann eine Stimme: „Polizeinotrufzentrale Nednim, Polizeihauptwachtmeister Hermann. Nennen Sie bitte Ihr Anliegen und Ihren Standort. Sprechen Sie jetzt."

Wären damals schon automatische Anrufbeantworter üblich gewesen, ich hätte gewettet, das ist so einer. Doch hier sitzt nur ein schlecht gelaunter Polizeihauptwachtmeister, der am Heiligen Abend Dienst schieben muss. Ich schildere wunschgemäß das Was und Wo.

„Hm", brummt Hauptwachtmeister Hermann, „klingt gar nicht gut. Ich schicke Ihnen eine Streife vorbei, warten Sie bitte vor dem Haus und geben Sie ein Zeichen, wenn die Kollegen kommen."

Ich warte keine fünf Minuten, schon sind sie da. *Nicht viel los heute,* denke ich. Die beiden Polizisten, der eine klein und rundlich, der andere groß und hager, sehen aus, als würden sie kurz vor der Pensionierung stehen. Sie sind ausgesprochen freundlich, vielleicht weil sie am Firmenwagen erkennen, dass auch ich am Heiligabend arbeiten muss. Die Ausrüstung ist meiner Schilderung entsprechend. Der Große trägt ein schweres Brecheisen.

„Oben, dritter Stock, zweite Tür links, Lehmbecker", sage ich.

Wir gehen zunächst schweigend die Treppe hinauf. Auf dem ersten Treppenabsatz bleibt der kleine Dicke stehen: „Und Sie sind sich ganz sicher?" Er schiebt seine Mütze in den Nacken. „Könnte doch vielleicht auch ein Hund oder eine" – er kräuselt die Nase – „Katze sein? Nicht wahr, Hartmut? Haben wir schon häufiger gehabt, wenn Frauchen oder Herrchen plötzlich ins Krankenhaus mussten und keiner an das Haustier denkt." Er blickt zum Großen auf.

„Ja, ja", Hartmut nickt nachdenklich, „du magst recht haben, Dietrich – hoffentlich!" Hartmut scheint sich mit dem Gedanken anzufreunden und sieht mich aufmunternd an.

Ich gehe in mich. „Ja, vielleicht", ich zucke mit den Schultern, „so stark war der Geruch nun auch wieder nicht."

Ich untertreibe und reihe mich in den Kreis der Optimisten ein. Wir sind nun drei Freunde, die auf ein Wunder hoffen. Dietrich, offensichtlich der Einsatzleiter, nähert sich der Tür.

„Erst den Dienstweg einhalten!", sagt er mahnend mit Blick auf Hartmut, der schon das Brecheisen anhebt. Der nickt und lässt das Einbruchwerkzeug wieder sinken. Dietrich blickt fragend und prüfend auf die Klingel, dann dreht er kräftig. „Mann, ist die laut", murmelt er.

Nichts rührt sich. Wir sehen uns ratlos an. Dietrich versucht es noch einmal. Dann klopft er mit der flachen Hand gegen das Türblatt. Wieder scheppert die geriffelte, grüne Glasscheibe. Er ruft: „Frau Lehmbecker, Frau Lehmbecker, sind Sie da? Hier ist die Polizei, wir sind in Sorge um Sie!" Drinnen rührt sich immer noch nichts. Wir warten. Keiner sagt etwas. Wir atmen kaum. Wir wollen nichts überhören. Dietrich blickt noch mal ratlos auf die Tür, dann auffordernd an Hartmut hoch. „Na los!"

Hartmut setzt das Eisen neben dem Schloss an, kurz gehebelt, die Tür springt krachend auf. Mit Taschentüchern vor Mund und Nase gehen die beiden eilig in die Wohnung. Dietrich gibt mir ein Zeichen, ich solle draußen warten.

Hartmut kommt als Erster zurück, nimmt das Taschentuch vom Gesicht, schüttelt den Kopf, atmet tief durch: „Zu spät, die ist schon tot. Schon länger. Kommen Sie mit, ich nehme Ihre Personalien auf, bevor ich das Weitere veranlasse, danach können Sie gehen."

Die Leute hier im Norden sind kurz im Wort, wenn es emotional eng wird, implodieren sie verbal. Wir sind schnell durch. Mit zitternden Knien steige ich in den Lieferwagen. Das Restprogramm spule ich teilnahmslos ab. Der Tod relativiert alles, alles andere wird unwichtig – marginal. Das „Und noch schöne Festtage" oder „Frohe Weihnachten", welches ich jeweils beim Hinausgehen wünsche, gefriert mir buchstäblich auf den Lippen.

Auf meinem Weg zurück komme ich erneut durch die Wilhelmstraße. Vor dem Hauseingang 39 steht ein Leichenwagen. Ich sehe den Bestatter aus dem Haus kommen und zum Wagen gehen. Rasch parke ich meinen Bulli dahinter und erreiche ihn noch kurz vorm Einsteigen.

„Halt, halt!", rufe ich. „Warten Sie bitte, Sie haben doch gerade Frau Lehmbecker abgeholt?"

Der Bestatter dreht sich verwundert um. „Ja, warum fragen Sie?"

„Vorhin war ich dort. Ich sollte Frau Lehmbecker einen Blumengruß von ihrem Sohn zu Weihnachten bringen. Ich habe auch die Polizei gerufen. Die Blumenschale habe ich noch im Auto. Sie könnten sie doch mitnehmen, vielleicht bleibt das der einzige Blumenschmuck bei Frau Lehmbeckers Beerdigung?" Ich sehe den Mann bittend an.

„Nein, kann ich nicht", erwidert dieser mürrisch und will die Fahrertür öffnen. Ich bin schneller, stelle mich in den Weg.

„Doch, können Sie!“

„Gehen Sie da weg, ich will heute auch noch mal Feierabend haben, am Heiligabend“, jammert der Mann und versucht mich beiseitezuschieben.

Ich bleibe hartnäckig. „Wenn Sie die Schale jetzt nicht mitnehmen, werde ich dafür sorgen, dass *Blumen Weißmann* Sie nicht mehr weiterempfiehlt.“

„Sie nerven ungemein.“ Der schwarze Leichendiener macht kehrt und öffnet die Heckklappe: „Da, nun hinein mit den Blumen, aber fix.“

Drinnen steht ein abgeschabter Zinksarg. Ich stelle die Schale daneben. Missmutig, mit mächtigem Schwung schlägt der Bestatter die Heckklappe zu. Bevor ich noch ein Wort des Dankes sagen kann, braust er davon, dabei wird die Weihnachtskarte in die Luft geschleudert. Beim kräftigen Zuschlagen der Hecktür hat sie sich wohl gelöst. Nun fehlt das Wesentliche. *So'n Mist.* Ich versuche die Karte aufzufangen. Plötzlich ohrenbetäubendes Hupen. Ein Linienbus fährt dicht an mir vorbei. *Puh, das war knapp.* Die wenigen Menschen im Bus blicken erschrocken durch die trüben Scheiben, der Fahrer zeigt mir einen Vogel. Die Karte hat durch den Sog des Busses noch mehr Auftrieb erhalten und fliegt hoch in den Lüften. Für mich unerreichbar, segelt sie eine kleine Nebenstraße hinunter. Die Straße endet als Sackgasse direkt an der Ufermauer der Resew. Wie eine Möwe stürzt die Karte in den Fluss und verschwindet in den Fluten. Trotz des Ärgers muss ich lachen, denke mir: *Nun wird die Karte in die Nordsee gespült, von dort in den Atlantik, bis sie irgendwann in Massachusetts ankommt und von Tom oder Patty gefunden wird. ‚Schaut mal Papa, Mama, eine Flaschenpost, ohne Flasche. Was da wohl draufsteht?‘, werden sie rufen*. Nein, so weit wird die Karte nicht kommen, aber der Gedanke daran lenkt etwas ab an diesem tristen Heiligabend.

Ich setze mich auf die Mauer, lasse die Beine flusswärts baumeln. Als ob das Wetter mich trösten möchte, lässt der Regen nach, die Wolkendecke reißt auf und es sind Sterne zu sehen. Zunächst wenige, dann immer mehr. Sie treiben rasch. Nein, nicht die Sterne, die Wolken treiben. Und die Spiegelbilder der Sterne schaukeln auf den Wellen. Auf einmal ist der Himmel sternenklar: Weihnachtssterne – Diamanten auf schwarzem Samt. Das Unergründliche des Universums im Großen und das Unergründliche unseres Lebens im Kleinen werden mir bewusst. Wenn es doch nur still sein könnte, in dieser besonderen Nacht.

Aber alles geht weiter seinen Gang, auch jetzt: In der Ferne rumpelt ein Güterzug, jäh unterbricht ein langgezogener Signalton das sonore Rollen der Räder. Autoscheinwerfer huschen wie aufgeschreckte Tiere über die nahe Brücke. Ein Lastkahn stampft tuckernd stromauf. Ich blicke in den Sternenhimmel. Ob es dort wohl Engel gibt? Ob Frau Lehmbecker jetzt da oben ist?

Da ist mir, als höre ich ihre Stimme. Obwohl ich Frau Lehmbecker nie gesehen oder gehört habe, sie scheint mir vertraut. Sie spricht zu mir: „Seien Sie nicht traurig, junger Mann. Alfred konnte keiner aufhalten, den Jungen trieb es immerzu fort. Meinen Mann verlor ich an der Westfront gegen die Amerikaner und mein Sohn ist mir in Amerika verloren gegangen.“ Sie hält inne. „Und mir“, sagt sie, „mir geht es gut. Ich bin jetzt bei unserem Herrn und Erlöser. Jeden Tag werden wieder Kinder geboren, so wie damals vor 1970 Jahren unser Heiland Jesus Christus. Das Leben fließt weiter wie das Wasser unter Ihren Füßen."

Das geht nahe. Mit dem Handrücken wische ich mir ein paar Tränen aus den Augen.

Aber – waren das nicht Schritte hinter mir? Ich halte inne. Ja, tatsächlich, schlurfende Schritte, die näher kommen, und eine Stimme, die etwas ruft. Ich drehe mich um. Dort steht ein wilder Geselle mit mächtigem Rucksack. Ein sogenannter Nichtsesshafter.

„Nein, nicht doch, Kumpel, nein!", ruft er, kommt auf mich zu. „Nein, nicht springen, ist doch kein Grund, ich bin doch auch allein, heute am Heiligen Abend!" Er streckt mir seine Hand entgegen, wie zur Begrüßung.

Ich gebe ihm meine. Mit einem kräftigen Ruck zieht er mich von der Mauer.

„Gut so", sagt er erlöst, „gut so. Ich heiße Alfred, aber alle nennen mich Alf, und wie heißt du?"

„Eleanor", sage ich reflexartig, denn mir geht plötzlich ein Lied durch den Kopf.

„Blödsinn", knurrt Alf, „das ist doch ein Frauenname."

„Und ein Song von den Beatles", entgegne ich. „Ein Lied, an das ich gerade denke. ‚Eleanor Rigby', kennst du das?"

„Klar!", ruft Alf begeistert. „Kenne ich, kann ich sogar spielen." Umständlich stellt er sein Gepäck, das sein ganzes Hab und Gut zu sein scheint, auf den Boden und beginnt zu kramen, bis eine abgeschabte Wandergitarre zum Vorschein kommt. „Setzen wir uns." Alf zeigt auf die Mauer.

Nachdem wir Platz genommen haben, spielt er die ersten Akkorde, und dann singen wir von Einsamkeit, Vergeblichkeit, vom Woher und Wohin.

Jörg Terbrink

Ich habe die Wahl: entweder Dienst über Weihnachten oder zum Jahreswechsel. Ich entscheide mich für Weihnachten. An Silvester wird immer so viel getrunken im Bundeswehrkrankenhaus. Wir Pfleger haben dann unsere liebe Mühe, Ruhe auf der Station zu halten. Obwohl, eigentlich gibt es ja ein Alkoholverbot. Im nächsten Sommer ist mein Dienst bei der Bundeswehr abgeleistet. Ich kann zufrieden sein, ich habe es gut getroffen: erst eine Sanitätsausbildung und dann als Pfleger im Krankenhaus. Das ist besser als abstrakte Kriegsspiele draußen im Feld bei Nässe und Kälte. Gärtner wie ich können so etwas zwar ab, doch Gärtner können auch hegen und pflegen, und so bin ich hier und kümmere mich um menschliche Zimmerpflanzen.

Am zweiten Weihnachtstag steht ein besonderer Einsatz an. Ein schwerkranker Kamerad, der Weihnachten zuhause verbringen darf, muss mit dem Sanitätswagen abgeholt werden. Ich bin für die Begleitung eingeteilt. Vor der Abfahrt nimmt uns der Stationsarzt noch kurz beiseite. Der Kamerad sei unheilbar krank, wisse es aber nicht, wir sollten uns nichts anmerken lassen. Wird wohl sein letztes Weihnachten. Die Eltern wüssten aber Bescheid.

Herbert, der Fahrer, und ich nicken: „Geht in Ordnung, Herr Oberfeldarzt.“

Herbert, ein derber, rothaariger Ostfriese, wirkt in sich gekehrt. Bis wir auf den Ruhrschnellweg einbiegen, sagt er kein Wort. Mir fällt auch nichts ein. Dann unterbricht Herbert plötzlich die Stille. Mit einer weiten Handbewegung weist er auf die tristen, putzgrauen oder klinkerroten Häuserfronten, an denen wir, nur wenige Meter entfernt, vorbeifahren.

„Möchtest du hier wohnen?“, fragt er, eigentlich ist es mehr eine Klage als eine Frage.

„Geht wohl nicht anders im Ruhrpott“, entgegne ich, „kein Platz.“

Herbert schlägt mit beiden Händen auf das Lenkrad: „Scheißgegend, Scheißtag, Scheißkrankheit.“

Ich versuche ihn zu beruhigen: „Nun lass mal gut sein, reg dich nicht so auf und bleib auf der Rückfahrt ganz ruhig, sonst merkt er noch was.“

Er, das ist Jörg. Seine Mutter öffnet die Tür.

„Tach“, sagt sie kurz, und dreht sich um: „Jöörg! Deine Kumpels sind da“, ruft sie langgezogen in den Flur, „du musst los.“ Das klingt so, als würde Jörg von seinen Schulkameraden abgeholt. So wird es wohl früher gewesen sein, Tag für Tag. Die kleine Frau streicht sich die Haare aus dem Gesicht. „Kommen Sie doch herein.“ Sie bittet uns mit einer Handbewegung, ihr zu folgen. Durch einen engen Flur geht es ins Wohnzimmer. Die Wohnung ist klein, ganz oben unter dem Dach gelegen. Der Weihnachtsbaum erscheint ein wenig zu groß, er passt kaum unter die schräge Wand. Doch auch er hat sich arrangiert, ist uns zugeneigt und sendet mit seinem Lichterglanz eine Fröhlichkeit aus, die alles überstrahlt.

Jörg hockt mit bunter Pudelmütze in einem wuchtigen Sessel, die gepackte Tasche neben sich. Gegenüber im passenden Sofa der Vater. Er kommt leicht gebückt, mit ausgestreckter Hand auf uns zu.

„Schön, dass ihr den Jungen abholt“, sagt er, „dann muss er nicht mit der Bahn fahren. Ihr trinkt doch einen Kaffee mit, woll?“

Für uns werden zwei Küchenstühle hereingeholt. Die Eltern sind um Frohsinn bemüht. Wir reden über das eine oder andere, erfahren, dass die Mutter Verkäuferin bei Hertie ist. Der Vater war früher Bergmann und steht jetzt bei Opel in Bochum am Band. Dort hat Jörg auch seine Lehre als Industrieelektriker gemacht und noch weitere zwei Jahre gearbeitet, bevor er zum Bund kam. Während der Dienstzeit traten bei ihm unerklärliche Rückenschmerzen auf, nun ist er zur weiteren Behandlung heimatnah im Bundeswehrkrankenhaus Hamm untergebracht.

„Ich habe mir beim Herbstmanöver wohl den Rücken gezerrt, irgendwas ist seitdem nicht mehr ganz richtig dahinten, gehen gar nicht weg die Schmerzen." Jörg versucht gerade zu sitzen und zu lächeln, beides gelingt nur mühsam.

„Wird schon wieder, Junge", sagt die Mutter und versucht ebenfalls zu lächeln.

Der Vater ist nachdenklich in sich versunken. Nach einer Weile räuspert er sich und sagt laut, als wolle er eine Rede halten: „Ihr Sanis seid gute, tapfere Leute, ohne so einen würde ich hier heute nicht sitzen." Er zieht sein linkes Hosenbein hoch, wie er es wohl schon hunderte Male in seinem Leben getan hat. „Hier", sagt er und zeigt auf den vernarbten Unterschenkel. „Hier, ein Gruß von Onkel Sam, die MG-Garbe hat mich in der Ardennen-Offensive erwischt. Hätte mich der Sani da nicht auf seinen Rücken gebunden robbend herausgeholt – aber das sagte ich ja schon. Nach dem Krieg wollte ich mich bei ihm bedanken. Er hatte leider nicht so viel Glück. Bei Remagen hat es ihn erwischt. Ich habe später noch seine Mutter besucht. War ihr einziger Sohn. Wollte Arzt werden. Ja – woll, was wir so alles wollen. Seht zu, ihr jungen Kerls, dass so etwas nie wieder passiert. Vertragt euch, Krieg, nee, das ist es doch alles nicht wert. Noch 'nen Kaffee?"

Nein, wir würden der Familie noch gern Gesellschaft leisten, aber wir sind spät dran. „Nein, vielen Dank." Wir stehen auf. Der kräftige Herbert stützt Jörg und ich trage die Tasche. Als ich meinen Parka von der Flurgarderobe nehme, steckt die Mutter mir ein Marzipanbrot in die Tasche. *Frohe Weihnachten wünscht Hertie* steht auf der Silberfolie. Sie legt mir ihre Hand auf den Unterarm.

„Passen Sie gut auf unseren Jörg auf, wir haben nur den einen." Sie mag ihre Tränen nicht zeigen, dreht sich schnell weg und sagt mit erstickender Stimme: „Gute Fahrt!"

„Melde dich, wenn du angekommen bist", ruft der Vater aus dem Hintergrund.

„Ist doch schön!" Jörg zeigt auf den Abendhimmel, der von den Hochöfen angestrahlt im rötlichen Widerschein leuchtet. „Das ist meine Heimat. Hier ist immer was los. Hier brennt sogar der Himmel." Er lacht. „Wo kommt ihr eigentlich her?"

Ein jeder erzählt seine Geschichte, dann sind wir auch schon da. Wir bringen Jörg auf die Station.

„Besucht mich mal, ihr wisst ja, wo ihr mich findet, dann können wir weitererzählen. Das war sehr nett mit euch", sagt er zum Abschied.

„Ja, machen wir, werde wieder gesund", ich klopfe ihm auf die Schulter. Ich war 21 Jahre, ich lebte nach vorn. Jörgs Schicksal ging mir nur an diesem Nachmittag nahe. Das Ja-mache-Ich vergaß ich, so wie ich Jörg vergaß.

***

Besprechung der Ernährungsnotfallvorsorge-Referenten im Agrarministerium in Bonn. Was für ein Wort: *Ernährungsnotfallvorsorge* in Zeiten von Frieden und zunehmender Korpulenz. Trotzdem – der Staat hat vorzusorgen. Für alles gibt es Zuständigkeiten, auch für das wenig Wahrscheinliche. Die Referenten von Bund und Ländern treffen sich in der Regel einmal im Vierteljahr. Dieses Mal steht die Zusammenarbeit der Hilfs- und Rettungskräfte von Bund, Ländern und Kommunen im Falle eines Vulkanausbruchs in der Nordeifel auf der Tagesordnung. Ein Ereignis mit äußerst geringer Eintrittswahrscheinlichkeit, dementsprechend ist das Interesse. Die Sitzung dauert nicht lange. Danach versuchen alle schnell den Bus zum Bahnhof und einen möglichst frühen Zug für die Heimfahrt zu bekommen. Wenn es gut geht, könnte ich sogar drei Stunden früher als geplant zu Hause sein.

Läuft alles gut, der Bus in Richtung Bahnhof kommt schon. Ich steige ein.

„Zum Hauptbahnhof!“ Ich halte dem Busfahrer einen 10-Mark-Schein hin. Der sieht mich seltsam und nachdenklich an. „Was ist, können Sie nicht wechseln?“, frage ich.

„Doch, doch.“ Der Fahrer lächelt, gibt mir den Fahrschein und das Rückgeld. „Aber …“, er zögert: „Bist du nicht Harald, der Sani, der mich vor 25 Jahren am zweiten Weihnachtstag zu Hause in Bochum abgeholt und ins Bundeswehrkrankenhaus nach Hamm gebracht hat?“, fragt er.

Ich stutze: „Jörg?“ Plötzlich fällt mir der Name wieder ein. Erkannt hätte ich ihn ohne seine Nachfrage nicht, er sieht so anders aus, ohne Pudelmütze, und, na ja, wir sind alle ein wenig älter geworden. Ich versuche es: „Sind Sie, äh, bist du Jörg?“

„Ja, also doch." Er lächelt. „Du erinnerst dich. Das freut mich. Weißt du, ich habe gleich Schichtwechsel. Wenn du Zeit und Lust hast, kannst du ja bis zum Stadthaus mitkommen und wir trinken am Bertha-von-Suttner-Platz noch einen Kaffee zusammen."

„Ja, o.k.", ich willige ein, ich habe ja noch drei Stunden Zeit.

„Tja", Jörg rührt in seiner Tasse.

„Tja", ich rühre in meiner Tasse.

„Hast du wohl nicht gedacht, dass ich durchkomme, was? Habe ich damals euren Blicken angesehen. Ihr konntet euch nicht verstellen. Selbst meine Eltern konnten das nicht. Der einzig Ehrliche war damals Dr. Brötelbreuer, ein junger Feldarzt, der im Januar auf unsere Station kam, um seinen Wehrdienst dort abzuleisten. Er hat sich fürchterlich darüber aufgeregt, dass sie mich als hoffnungslosen Fall in die letzte Ecke abgeschoben hatten. Er war vor seiner Bundeswehrzeit Assistenzarzt am Uniklinikum Köln, Spezialist für meine Krankheit. Dr. Brötelbreuer hat mich sofort von Hamm nach Köln verlegen lassen. Das war mein Glück, sonst hättest du mich tatsächlich nicht mehr wiedergesehen. – In der Uniklinik habe ich dann meine spätere Frau kennengelernt, die dort als Krankenschwester arbeitete. Ja, so bin ich nach Bonn gekommen. Und du?" Jörg sieht mich über den Rand der Kaffeetasse an, „was machst du so, was treibt dich nach Bonn?"

Interessiert hört er mir zu.

„Dann kommst du doch häufiger nach Bonn. Könntest uns doch mal in unserem Häuschen in Sechtem besuchen", schlägt er vor.

Die Idee ist gut. Ich stimme zu. „Könnte ich machen, ich nehme mir dann einen Tag Urlaub und komme bei euch vorbei. Geht vielleicht noch vor Weihnachten. Im November habe ich wieder in Bonn zu tun."

„Gut", sagt Jörg, „dann haben wir ein bisschen mehr Zeit, uns mal richtig kennenzulernen."

Wir tauschen Adressen und Telefonnummern aus. Ich sehe mir den Zettel an: Jörg und Sabine Terbrink in Sechtem. *Einstecken und nicht wieder vergessen*, denke ich. Dann wird es Zeit, um noch rechtzeitig den letzten Zug zu bekommen.

Im November rufe ich wie verabredet an. Eine Frauenstimme meldet sich: „Sabine Terbrink", Jörgs Frau.

„Ja, guten Tag, Frau Terbrink, hier spricht Harald Meinert, ist Jörg zu sprechen? Ich nehme an, er hat Ihnen von mir erzählt."

„Ja, hat er, ja", ihre Stimme zittert. „Jörg hatte vor zwei Tagen einen schweren Verkehrsunfall, er liegt noch im Koma, rufen Sie doch bitte nächste Woche noch einmal an." Nun hat sie ihre Stimme nicht mehr unter Kontrolle, bevor ich etwas entgegnen kann, legt sie auf.

Schon wieder, schon wieder hoffnungslos? Sollte ich ihn wieder vergessen? Einfach so, weil es zu mühsam ist, das Leid der anderen auszuhalten, mitzutragen? Nein! Ich war keine 21 mehr. Nein! Ich würde Jörg nicht aufgeben. Dieses Mal nicht.

Vorsichtshalber warte ich aber zwei Wochen mit dem nächsten Anruf. Sabines Stimme klingt jetzt besser, ja nahezu fröhlich. „Jörg geht es schon sehr viel besser, Sie können auch direkt mit ihm sprechen, ich gebe Ihnen mal die Durchwahl."

Jörg hatte schon auf meinen Anruf gewartet. „Schön, dass du anrufst. Schön, dass du mich dieses Mal nicht vergessen hast. Vielleicht darf ich dich um etwas bitten?" Jörg macht eine längere Pause. Er scheint zu zweifeln.

„Na, leg schon los", ich hake ungeduldig nach.

Jörg beginnt mit einer rhetorischen Frage: „Vor 25 Jahren hast du mich doch von zu Hause abgeholt und ins Krankenhaus gefahren?"

„Ja, richtig", bestätige ich.

„Und jetzt", Jörg zögert wieder, „und jetzt könntest du es doch genau umgekehrt machen. Du holst mich hier ab und bringst mich nach Hause. Ginge das?"

„Klar, werde ich hinbekommen, aber ich habe keinen olivgrünen VW-Bus mit rotem Kreuz mehr, geht das auch ohne?", scherze ich.

„Einverstanden." Jörg holt hörbar Luft. „Nur eines noch, noch eine Bitte", er lacht laut: „Könntest du wieder so hoffnungslos an mir heruntersehen wie vor 25 Jahren, ich glaube, das hat damals sehr geholfen."

„Ja, natürlich", antworte ich ein wenig beschämt, doch mir ist klar, dieses Jahr Weihnachten wird richtig gut. Sehr viel besser als vor 25 Jahren.

Kein WLAN an Heiligabend

Ole genießt den Ausblick von der Bergkuppe. Heute, Heiligabend, ist ein guter Tag, um mit dem Oldtimer durch die Gegend zu cruisen, er hat sonst nichts vor. Die Straßen sind trocken, das Wetter weihnachtsmild, nur eine dünne Wolkenschicht, hinter der soeben die Sonne verschwindet. Der bucklige BMW V8, Baujahr 1957, ist Oles große Liebe. Hat ein Vermögen gekostet, die alte Dame. Er nennt sie Isamunde. Sie sieht chic aus: dunkelblauer Lack, Weißwandreifen, innen Ledersitze in Beige.

Plötzlich ein dumpfer Schlag im Motorraum. Der Wagen ruckelt. Das Getriebe knirscht. Beim Schalten bleibt der Hebel im Leerlauf hängen. In zwei Jahren hat sie ihn nur einmal im Stich gelassen. Die Benzinuhr klemmte, wer konnte ahnen, dass Madame so viel schluckt – 18 Liter Super Plus! Das aktuelle Problem hat Ole vermutlich selbst verursacht. War keine gute Idee, den Wagen durch die engen Kurven den Berg hinaufzuhetzen. Viel schalten, ständiger Lastwechsel, nicht gut für das Getriebe. Zum Glück geht es nun bergab. Der Wagen rollt ohne Antrieb. Mit ganzer Kraft muss Ole auf der Bremse stehen. Stress-Test für ihn und die Bremsbeläge.

Endlich, ohne weitere Zwischenfälle erreichen sie das Tal. Isamunde rollt mit letztem Schwung auf den Parkplatz der Grundschule Talschmid.

Vielleicht kann Jonas, sein bester Freund, ihm helfen. Jedoch, keine Verbindung ohne Netz. Talschmid ist ein

Dorf im tiefen Tal, ein weißer Fleck auf dem digitalen Flickenteppich der Republik.

Vielleicht im Dorf?

Ole geht die Straße hinunter, das Display des Smartphones stets im Blick. Fast hätte er den kleinen Laden auf der anderen Straßenseite übersehen. Der Mann hinter dem Tresen schreckt auf, als Ole mit Schwung die Ladentür öffnet.

„Hallo, sagen Sie, gibt es hier kein WLAN?", Ole sieht den Mann fragend an.

„Kein was?", der Mann blickt ratlos über die Brille.

„W-L-A-N!", Ole hält ihm das Smartphone hin, auf dem als Bildschirmschoner ein babygesichtiger Smiley grinst.

„Ach so", der Mann umkreist den Kassenblock und fragt beiläufig: „Sie heißen nicht etwa Josef"? Ohne auf die Antwort zu warten, geht er in die hinterste Ecke des Ladens und kommt mit einer großen Packung Windeln zurück.

Ole schüttelt den Kopf: „Nein, WLAN – zum Telefonieren – keine Windeln!"

Der Mann stellt die Windeln ab. „Gibt es hier nicht", sagt er mürrisch.

„Haben Sie denn ein Telefon?", Ole ist die Ungeduld anzumerken.

„Ja, haben wir", der Mann reicht ihm ein schnurloses Gerät.

Bei Jonas läuft der Anrufbeantworter, ist wohl an Heiligabend bei seinen Eltern.

Der Ladenbesitzer hebt den Kopf und holt Luft: „W-L-A-N", sagt er gedehnt. „Ich habe gehört, dass die Leute sagten, der Pfarrer hätte so etwas in der Kirche.

Es sei eine Sünde, ereiferten sich einige, andere meinten, es sei wegen der jungen Leute, nun kämen sie wenigstens in die Kirche." Er blickt auf die Uhr. „Wenn Sie sich beeilen, schaffen Sie es noch zur Messe. Gehen Sie einfach die Straße hinunter, die Kirche ist nicht zu übersehen."

Das Gotteshaus ist zum Bersten voll. Ole drückt sich in die hinterste Ecke. Vor ihm steht dicht gedrängt die Dorfjugend, weiter davor sitzt die gestandene Gemeinde. Noch wird gesungen und gebetet. Als der Pfarrer die Kanzel erklimmt, holen die jungen Leute ihre Smartphones hervor. Nach einer Weile des Drückens und Wischens, Enttäuschung in den Gesichtern: Kein Empfang! Zur Bestätigung zeigen sie einander die Displays, ein wenig so wie Jesus auf dem Altarbild dem ungläubigen Thomas seine Wundmale zeigt.

„Und nun ein Wort an die jüngeren Gemeindemitglieder", der Pfarrer hebt die Stimme. „Ja, ihr dahinten am Weihwasser."

Die jungen Leute zucken ein wenig zusammen, geben sich dennoch betont cool und teilnahmslos.

„Heute gibt es kein WLAN, das habt ihr vielleicht schon bemerkt", fährt der Pfarrer fort. „Heute an Heiligabend müsst ihr mir zuhören. Müsst ihr das Wort Gottes hören!"

Die sitzenden Gemeindemitglieder nicken zustimmend und schenken dem Pfarrer ein freundliches Lächeln. „Recht so!", zumindest heute sollten die jungen Leute mal ohne das Weltgeschwätz auskommen. Ole hätte gerne Kontakt mit der Welt aufgenommen, um einen Pannendienst oder eine Bleibe für die Nacht zu suchen.

Vielleicht sollte er dem Pfarrer nachher sagen, dass Glaube und Weltläufigkeit doch keine Gegensätze seien.

Der Pfarrer steht am Ausgang, schüttelt jedem die Hand und wünscht gesegnete Weihnachten. Bei Ole stutzt er. „Sie kenne ich noch nicht, was hat Sie zu uns gebracht?“

„Gottes Wille“, antwortet Ole spontan; er will witzig sein.

„So, so“, entgegnet der Pfarrer: „Sie kennen also Gottes Willen, dann haben Sie mir etwas voraus.“ Der Pfarrer ist witziger.

Sie wirken wie ungleiche Brüder: Der eine in Jeans und Lederjacke, der andere im würdevollen Weihnachtsornat mit Brokat und Seide. Eine Begegnung von Welten und Jahrhunderten. Jedoch – im Austausch ihrer Blicke liegt wohlwollende Sympathie.

Ole erzählt seine Geschichte. „Gut, ich könnte das WLAN für Sie aktivieren“, schlägt der Pfarrer vor. „Allerdings, so spät an Heiligabend können Sie nicht mehr viel erreichen. Wissen Sie was, kommen Sie doch mit zu mir.“

Das Pfarrhaus liegt direkt neben der Kirche.

„Maxi!“, ruft der Pfarrer in den Flur, „ich habe einen Gast mitgebracht.“

Eine Haushälterin, ihrem Namen alle Ehre machend, kommt aus der Küche. „Grüß Gott“, sagt sie freundlich. „Heute gibt's eine Gemüsesuppe und einen Zucchini-Auflauf. Sie müssen wissen, Frido“, sie zeigt auf den Pfarrer, „ist Vegetarier.“

Das Essen ist vorzüglich. Bei der Gemüsesuppe hat Ole allerdings den Verdacht, dass da doch ein Rinderknochen hineingeraten ist. Beim Essen werden nicht viele Worte gewechselt. Nur als Ole das Gebet nicht mitspricht, bietet Frido ihm spontan das ‚Du' an. Vielleicht als Zeichen der Vergebung, oder um die Harmonie nicht durch Glaubensfragen aufs Spiel zu setzen.

„Trinken Sie Tee?", fragt Maxi.

Ole nickt, er hat nichts anderes erwartet. Welche Alternative hätte es auch gegeben? Weihnachtsgans und Rotwein in einem Wirtshaus. Nein, hier war es gemütlicher.

Mit der Frage „Warum fährst du Heiligabend ziellos durch die Gegend?" beginnt Frido das Gespräch.

„Tja", Ole zuckt mit den Schultern, „meine Eltern leben nicht mehr und vor zwei Wochen hat mich meine Freundin verlassen, da bin ich mit meiner Blechfreundin Isamunde losgefahren, wollte draußen sein, weit weg von den Menschen."

„Deine Freundinnen neigen offensichtlich zur Untreue", Frido lächelt.

„Ach, vielleicht liegt es auch an mir." Ole hebt die Schultern. „Ich bin ein ungeduldiger Mensch, der stets fordert, nie zufrieden ist und wenig Dankbarkeit zeigt."

„Wie kommst du denn damit im Beruf zurecht?", Frido hat nun einen Anknüpfungspunkt, danach zu fragen, ohne neugierig zu wirken.

„Ich glaube, da liegt das Problem", Ole dreht die Teetasse in den Händen. „Typische Berufskrankheit, als Investmentbanker habe ich oft ungeduldige, unzufriedene, undankbare Kunden. Das färbt ab."

Frido sieht Ole traurig an und sagt: „Ja, im Umgang mit Investmentbankern können sogar Pfarrer diese Eigenschaften entwickeln. In unserer Gemeindekasse gab es Ersparnisse für die Instandsetzung des Kirchendaches. Reichte aber nicht annähernd aus. Der Anlageberater unserer Hausbank empfahl eine sichere Geldanlage, stellte eine Verdopplung der Summe innerhalb von drei Jahren in Aussicht. Ging leider genau in die entgegengesetzte Richtung, die Summe halbierte sich in drei Jahren. Der Pakt mit dem Teufel ließ uns buchstäblich im Regen stehen."

Ole nickt: „Ja, das geschieht manchmal, Investmentbanker gehören auch zu einer Glaubensgemeinschaft. Wir glauben an den allmächtigen Dax, Dow Jones, Nikkei oder wie unsere Götter sonst noch heißen. Immer wieder verlassen sie uns. Wir können unsere Gläubigen leider nicht auf das Jenseits vertrösten. Himmel und Hölle gibt es in Mammons Reich schon im Diesseits. Dann rufen sie an – nicht die im Himmel – nein, es sind die Höllenhunde, sie bellen und winseln. Das zermürbt!"

Frido nickt: „Ich weiß schon, warum ich den Pfarrberuf ergriffen habe. Konflikte sind mir ein Graus. Gottes Wort heilt alle Wunden, jedenfalls bei denen, die daran glauben. Schade, dass du nicht glaubst, sonst könnte ich dir helfen."

„Vielleicht doch!" Ole springt auf und geht zum Fenster. Draußen fallen die ersten Schneeflocken, er scheint sie zu zählen. Dann dreht er sich um. „Weißt du was?" Er sieht Frido an, als wolle er ihm eine todsichere Anlage verkaufen. „Ich habe eine Idee. Wie viel soll das Dach kosten?"

„So um hunderttausend, allerdings haben wir nur fünfzigtausend", Frido schüttelt den Kopf.

„Hm", Ole überlegt: „Also ein Delta von fünfzigtausend! Fünfzigtausend, das könnte Isamunde vielleicht noch bringen."

„Wie meinst du das?", Frido sieht Ole verwundert an.

„Na ja, ich verkaufe Isamunde und gebe euch das Geld für die Reparatur."

„Das ist nicht dein Ernst!“ Frido steht auf und geht im Raum auf und ab. Schweigen – nach einer Weile fragt er nochmals mit Nachdruck: „Ist das so gemeint, wie du gesagt hast?“

„Ja, ich stehe zu meinem Wort“, Ole nickt bestätigend. „Jedoch nur unter der Bedingung, dass der Kirchturm mit einem WLAN-Sender ausgestattet wird.“ Er streckt Frido die Hand entgegen, der will gerade einschlagen, zieht seine Hand dann aber jäh zurück.

„Ich habe ebenfalls eine Bedingung.“

„Und?“ Ole sieht ihn verdutzt an.

Frido sucht nach den richtigen Worten. „Weißt du was?“, sagt er. „Das mit dem Sender ist gut, aber ich bitte darum, dass er einmal im Jahr, an Heiligabend, ausgestellt werden kann. Möglicherweise geht uns noch einmal ein Goldfisch wie du ins Netz. Die Orgel hätte es dringend nötig.“ Dann schlägt er ein.

„Abgemacht“, sagen beide.

Teil 4: Schwedische Sommermärchen

Für meine Kinder
Patricia und Dominik

1995 – Ferien in Småland/Schweden

Vorbemerkung

2020 war ein Vierteljahrhundert vergangen, seitdem ich diese Geschichten niederschrieb und meinen Kindern im Sommerurlaub in Schweden erzählte. In dem roten Holzhaus am See Rottnen gab es keinen Fernseher. Smartphone oder Tablet selbstverständlich auch nicht. Kinderbücher hatten wir leider vergessen. So lebten wir in der Natur und mit der Natur. Fische, Pilze, Beeren, Kräuter; alles selbst gefangen, gesammelt und zubereitet.

Diese Welt war klein, jedoch voller Wunder und Anregungen: Fische fangen im See. Schlangen krochen am Wegesrand. Rätselhafte Golfbälle lagen auf der Hauswiese und ein verrostetes Auto stand im Wald. Das alles inspirierte mich zu den *Schwedischen Sommermärchen*, die ich mangels anderer Medien als Gute-Nacht-Geschichten vortrug. Patricia, damals fünf Jahre alt, fügte noch einige Zeichnungen hinzu. Wenn wir diese Geschichten heute lesen, ist es wie eine Reise in eine vergangene Zeit. Es ist ein Rückblick auf einen winzigen Zeitabschnitt in unserem Leben, vielleicht der Erinnerung wert.

Bei der Zusammenstellung der Geschichten kam der Gedanke, diese Rückschau von fünfundzwanzig Jahren um eine Vorschau in eine fiktive Zeit, weit nach unserer Zeit, zu ergänzen. So gibt es am Ende noch eine andere Geschichte, aus einer anderen Zeit, aus einer anderen Welt.

Hultfrid der Hecht

Was für ein Unglückstag! Manche Tage sind schwärzer als jeder Rabe, dachte Hultfrid. Morgens hatte er auf dem See eine Zeitung schwimmen sehen. Auf der ersten Seite war Cousin Carl abgebildet, in den Armen eines fröhlichen Anglers: ‚Rekordfang im Rottnen' stand darüber. Und in etwas kleineren Buchstaben darunter: ‚Tourist aus Deutschland fängt Riesenhecht.' Das war ein Schock, den ganzen Tag hatte er nichts fressen mögen. Gegen Nachmittag knurrte der Magen so laut, dass er kaum noch das Rauschen des vorbeiströmenden Wassers hörte.

Da kam ihm dieses Ding entgegen, welches er tragischerweise für eine leibhaftige Rotfeder hielt. Ja, es blinkte verführerisch in der Sonne und hatte tatsächlich wie eine Rotfeder ausgesehen. Ohne weiter nachzudenken, vom entsetzlichen Hunger getrieben, hatte Hultfrid zugebissen. Doch schon im nächsten Augenblick spürte Hultfrid, der mit seinen sechzehn Jahren einer der klügsten Hechte im See war und sein Wissen über die gefährlichen Angler an die Junghechte weitergab, was ihm geschah. Ein entsetzliches Stechen in der Oberlippe, Hultfrid hing an einem Angelhaken! Zum Glück hatte er den Köder nicht verschluckt. Aber er spürte die Schnur, die ihn nach oben zog. Um den Schmerz erträglicher zu machen, gab er nach. Es wurde immer heller vor seinen Augen.

Kurz vor dem Auftauchen versuchte Hultfrid mit einer schnellen Drehung in die Tiefe zu entkommen. Sein mächtiger Rücken glänzte in der Nachmittagssonne. Kräftig schlug er mit der Schwanzflosse aufs Wasser, aber vergeblich, die Schnur zog seinen Kopf aus dem Wasser. Da sah er seine Peiniger: einen Mann, eine Frau und zwei Kinder. Das Mädchen war nicht einmal größer als er. Diese vier wollten ihn also in der Pfanne braten. Hultfrid gab nicht auf, er besann sich auf das, was er immer wieder in der Hechtschule lehrte: Ganz ruhig verhalten und auf die Chance zum Entkommen warten. Genau das tat der kluge Hecht jetzt. Äußerst konzentriert blickte er auf das Boot und die Hand, die versuchte ihn an der Schnur in das Boot zu ziehen. Die Schnur war nicht ohne, es musste mindestens eine vierziger sein. Nun hieß es, alle Muskeln anzuspannen, um im richtigen Augenblick die Wende zu schaffen. Schon lag er parallel zum Boot, jetzt musste er es wagen. Mit einer gewaltigen Kraftanstrengung stieß Hultfrid den Schwanz gegen das Boot und bäumte sich mächtig auf. Der Schmerz im Oberkiefer machte ihn fast ohnmächtig. Er sah die Menschen, das Boot, den grünen Wald und den blauen Himmel, an dem nur kleine Schäfchenwolken trieben. Ein herrlicher Sommertag. An solch einem Tag sollte Hultfrid, der Hecht aus einem der edelsten Geschlechter des Rottnen Sees, sterben? Nein! Hultfrid wollte sich wehren, war bereit, das Letzte zu geben. Wie viel könnte er noch erleben in diesem See, was schöner war als ein Bad im heißen Bratpfannenfett!

Und das Schicksal meinte es gut mit Hultfrid von Rottnen, plötzlich ließ die Schnur nach, der Zug am Oberkiefer war nicht mehr da, die dunkle Tiefe kam näher. Hultfrid hatte es geschafft. Auch nach sechzehn Jahren war er nicht zu überlisten gewesen. Den Fehler des unüberlegten Bisses hatte er durch Besonnenheit, Ruhe und dank großer Erfahrung wieder wettgemacht.

Mit kräftigen Flossenschlägen schwamm der Hecht in sein Lieblingsversteck, in die Höhle unter den mächtigen Wurzeln der versunkenen Eiche. Jetzt musste er nur noch den lächerlichen Blinker loswerden. Er riss und schabte damit an Wurzeln und Steinen, der Schmerz nahm jedoch zu und der Haken grub sich immer tiefer in die Unterlippe ein. Vielleicht sollte er zunächst einmal schlafen und morgen mit klarem Kopf abwägen, was zu tun sei. Er legte sich auf ein Kiesbett, hakte den Schwanz hinter einen Seerosenstängel und schlief bald ein.

Sehr früh wachte er auf, sein Zustand hatte sich verschlechtert. Kopfweh und Fieber plagten ihn, vermutlich hatte sich die Wunde entzündet. Da half nur eins – durch den kleinen Fluss in den Asne-See schwimmen, an dessen Südende Dr. Wels seine Unfall-Praxis hatte. Gegen Mittag kam er dort an. Er musste lange warten, denn es war Urlaubszeit und die Angellust der Menschen füllte die Praxis: Lachsforellen, Barsche und andere Hechte, um nur die Hauptbetroffenen zu nennen, saßen schon im Wartezimmer mit Blinkern und Haken im Maul oder in den Schwanz-, Rücken- sowie Seitenflossen. Alle hatten jedoch viel Glück gehabt und waren wie Hultfrid letztendlich entkommen. Nun musste Dr. Wels sie nur noch von den schmerzhaften Fremdkörpern befreien. Um fünf Uhr nachmittags – endlich!

Hultfrid hatte bereits alle Zeitungen im Wartezimmer zum dritten Mal gelesen, da steckte Fräulein Forelle, die Sprechstundenhilfe von Dr. Wels, ihren schmalen Kopf durch die Tür und rief: „Hultfrid bitte in Zimmer drei.“

Der Doktor schüttelte heftig den Kopf. So heftig, dass seine langen Bartfäden um das breite Kinn schlugen.

„Nein, nein, Hultfrid“, sagte er zum Hecht, „seit so vielen Jahren lebst du nun schon im Rottnen und dann passiert dir noch so etwas, fällst auf einen billigen Blinker herein.“

Beide blickten auf das glänzende Stück Metall, das von Hultfrids Maul herunterbaumelte. Hultfrid rollten dicke Tränen aus den großen Hechtaugen. Es schmerzte fürchterlich: zum einen der Stich im Maul, zum anderen die Tatsache, dass er auf einen billigen Supermarktblinker hereingefallen war. Seit Jahren warnte er die Junghechte vor Profifischern und Angeltouristen, wobei er sich über Letztere stets lustig machte. Und nun dies, nun war er selbst auf einen Touristen mit einem schlechten Köder hereingefallen – unfassbar! Er blickte auf die Wand in Dr. Wels’ Behandlungszimmer. Sie war voll mit den raffiniertesten Ködern, die Dr. Wels seinen Patienten in den letzten zwanzig Jahren herausoperiert hatte. Immer war Hultfrid mit seinen Schülern zum Zwecke der Anschauung hierhergekommen. Die kunstvollsten Trickfische waren darunter, bei deren bloßem Anblick jedem Raubfisch das Wasser im Munde zusammenlief. Sie waren so gut gemacht, dass Fisch schon stark sein musste, um nicht sofort zuzubeißen.

Dr. Wels sah, wie Hultfrid mit nachdenklichen Blicken die Sammlung musterte. Er glaubte, seine Gedanken lesen zu können. Gut, nun war der alte Hecht abgelenkt. Schnell machte der Doktor drei kleine Schnitte und nähte die Wunde geschickt zusammen. Er beherrschte sein Fach. Kein Wunder, hatte er doch hinreichend Übung. In keinem anderen schwedischen See ereigneten sich so viele Unfälle mit Angeltouristen wie im Rottnen.

„So“, sagte Dr. Wels, „jetzt in den nächsten zwei Wochen nur Algenbrei essen und das Maul nicht so weit aufreißen – wird schon wieder werden, alter Schwede. Und – übrigens, darf ich den Blinker behalten für meine Sammlung?"

„Ja", sagte Hultfrid mit einem Stoßseufzer, „gerne sehe ich es zwar nicht, dass diese schlecht gemachte Attrappe in die Sammlung aufgenommen wird. Ich stimme dem nur zu, wenn Sie kein Wort über seine Herkunft verlieren, Herr Doktor."

„Klar, ist doch Ehrensache", sagte Dr. Wels. Er konnte sich ein leichtes Grinsen kaum verkneifen.

„Und keine dumme Bemerkung, auch nicht die leiseste Andeutung, wenn ich demnächst mit meinen Schülern wieder hier bin."

„Versprochen!" Dr. Wels nickte kräftig und wieder schlugen die Bartfäden gegen sein kräftiges Kinn.

„Aber eigentlich ist das nicht fair", musste Hultfrid dann doch zugeben. „Ich sollte ehrlich sein und zu meinem Missgeschick stehen, mein Unterricht und die Warnung vor der großen Gefahr werden dadurch nur glaubwürdiger. Und ich kann den Schülern erzählen, dass Hultfrid selbst von vier Menschen und einer vierziger Schnur nicht zu besiegen war."

„Das sehe ich auch so." Dr. Wels stimmte ihm zu und schlug Hultfrid freundschaftlich mit der Flosse auf den breiten Rücken.

Mit stolz geschwellter Hechtbrust schwamm Hultfrid davon. Als er vom Fluss wieder in seinen Heimatsee einbog, sah er auf dem Badesteg einen Mann, der gerade mit mächtigem Rutenschwung einen großen Blinker ins Wasser warf. Das war Hultfrids große Stunde der kleinen Rache! Schnell suchte er eine mächtige Wurzel vom

Grund des Sees und hängte sie an den Haken. Der Urlaubsangler spürte das Vibrieren der Schnur und das Ruckeln in der Rute. Mit aller Kraft zog er an der Angel, um den erhofften großen Fang aus dem Wasser zu holen. Auch er hatte die Zeitung gelesen. Seinen Nachbarn vom Campingplatz konnte er nun vielleicht noch übertreffen. Die Rute war zum Bersten gespannt. Hultfrid lag im

Schilf versteckt. Die sichtbare Anstrengung des Mannes bereitete ihm großes Vergnügen. Schließlich gelang es dem Angler, den vermeintlichen Riesenfang an die Oberfläche zu bringen. Als Hultfrid das enttäuschte Gesicht des Anglers sah, waren seine Schmerzen wie weggeblasen.

Das Geheimnis der Golfbälle

Das rote Ferienhaus von Lars Jacobsen liegt am Ende eines schmalen, unbefestigten Weges am Ortsrand von Hovmantorp. Hinter dem Haus geht die Rasenfläche in eine Wildblumenwiese über, an die sich ein Wald aus Kiefern, Fichten und Birken anschließt. Zwischen Gräsern und Wildblumen fand Dominik eines Tages einen Golfball, weiß glänzend und noch ziemlich neu. Am nächsten Tag lag da wieder einer, fast an derselben Stelle. Er blickte zum Wald, lag da auch einer? Ja, tatsächlich. Gleich am Waldrand leuchtete glänzend weiß ein weiterer Ball.

Er rief seine Schwester Patricia. Sie suchten nun gemeinsam auf der Wiese sowie am Waldrand nach Golfbällen. Als sie zum Essen gerufen wurden, hatten sie bereits siebzehn gefunden. Wie waren die Golfbälle dorthin gekommen? Sicherlich hatte ein Feriengast Abschlagübungen gemacht und die Bälle nicht wiedergefunden. Mit dieser Erklärung wäre die Geschichte zu Ende, nicht wert, aufgeschrieben zu werden, wenn Patricia nicht eine seltsame Entdeckung gemacht hätte: Zum Sonnenuntergang kamen immer zwei kleine Hasen aus dem Wald und fraßen auf der Blumenwiese. Patricia wollte sie als Urlaubserinnerung zeichnen. Und siehe da, im hohen Gras tauchte ein Hasenohr auf. Aber es war nur eins. Hatten Hasen nicht zwei Ohren? Außerdem war es rot und ganz seltsam spitz geformt, sah eher wie eine Zipfelmütze aus. Ja, es war eine Zipfelmütze, die beim Gehen auf und ab wippte und langsam zum Wald hin verschwand. Aufgeregt rief sie Dominik, Mama und Papa. Aber da war die Mütze schon weg. Zunächst glaubte ihr keiner. Doch dann suchten sie die Stelle ab, an der nach Patricias Angaben die Zipfelmütze erschienen war, dort lagen lediglich zwei weitere Golfbälle, sonst keine Spuren.

Am Abend darauf legte sich die ganze Familie auf die Lauer, jedoch keine Zipfelmütze war zu sehen. Auch am nächsten Abend nicht. War wohl doch nur ein Hasenohr, durch das die tiefstehende Abendsonne geschienen hatte.

Gegen Ende der ersten Urlaubswoche gingen alle noch spät abends, um Blaubeeren zu pflücken, in Richtung Wald, da sahen sie plötzlich mindestens fünf Zipfelmützen über die Wiese gehen! Blitzschnell versteckten sich die Beerensammler hinter vier dicken Bäumen. Es war nicht so einfach still zu stehen, denn ständig griffen die Stechmücken an. Alle waren jedoch mucksmäuschenstill. Sie kamen aus dem Staunen nicht heraus: Eine Reihe von Zwergen, es mochten zehn oder zwölf sein, ging über die Wiese und verschwand neben einer mächtigen Birke im Wald. Sie trugen Kiepen auf dem Rücken, gefüllt mit neuen, glänzend weißen Golfbällen.

Nun war klar, wie die Golfbälle in den Wald und auf die Wiese gekommen waren: Die Zwerge hatten sie beim Transport verloren. Aber woher kamen die Zwerge? Warum trugen sie in ihren Kiepen neue Golfbälle durch die Gegend?

Die ganze nächste Woche durchsuchte die Familie den Wald systematisch nach Golfbällen. Am Ende der Woche hatten sie die Transportstrecke herausgefunden. Sie begann bei einer kleinen Höhle unterhalb eines mächtigen Felsbrockens, leicht hätte man sie für einen Fuchsbau halten können. Von dort ging es einen baumlosen Abhang hinunter an der Stromleitung entlang in Richtung Haus, vor dem Haus dann rechts über die Wiese und nach ungefähr fünfzig Metern neben der großen Birke wieder in den Wald. Von dort folgte der Pfad einer mit Blaubeerkraut zugewachsenen flachen Waldschlucht, sie endete an einem Parkplatz neben der Straße nach Linneryd. Eine Strecke von geschätzt zwei Kilometern. Weitere siebenundzwanzig Golfbälle fanden sich an ihr.

Um dem Geheimnis auf die Spur zu kommen, galt es, zunächst die Höhle zu observieren. Die Familie bezog in Sichtweite des Höhleneingangs hinter einem Felsen Stellung. Tatsächlich, die Zwerge kamen zur Dämmerung mit weiß gefüllten Kiepen herausgekrochen. Sechs waren es heute. Vorsichtig von Büschen zu Felsen und Baumstümpfen sich vortastend, gingen sie durch das unwegsame Gelände. Das Quartett der Neugierigen folgte ihnen, sorgsam darauf bedacht, keinen Lärm zu machen. Doch dann stolperte der Vater über eine Baumwurzel und fiel mit einem unterdrückten Fluch ins weiche Gestrüpp. Die Zwerge blieben lauschend stehen, und auf einen Pfiff hin verschwanden sie wieselflink im Gebüsch. Von da an waren sie nicht mehr gesehen.

Der Urlaub ging zu Ende, ohne dass sie noch eine einzige Zipfelmütze gesehen hätten. Zwanzig der schönsten und saubersten Golfbälle nahm Dominik mit nach Hause. Keiner glaubte ihm die Geschichte mit den Zwergen. „Die hast du am Rande eines Golfplatzes gefunden“, sagten alle, wenn Dominik die Bälle zum Beweis vorzeigte.

Im nächsten Jahr, die Zwerge waren schon lange in Vergessenheit geraten, beschloss die Familie einmütig wieder nach Südschweden zu fahren, in das schöne rote Holzhaus am Rottnen-See. Im See baden, angeln, Blaubeeren und Pilze suchen – was gab es Schöneres als Sommerurlaub in Schweden? Der Sommer war auch in diesem Jahr wieder herrlich. Sonnenschein und lange Tage. Das war Erholung pur.

Eines Abends, Dominik kam mit seinem Vater vom Angeln zurück, sahen sie auf dem Parkplatz am Wald einen älteren Mann, der hastig den Kofferraumdeckel seines Volvos zuschlug, in den Wagen stieg und eilig davonfuhr. *Hm, vielleicht hat er illegal Müll im Wald entsorgt und nun ein schlechtes Gewissen*, dachten beide. Doch dann, ganz plötzlich, hatten sie den Urlaub vom letzten Jahr wieder vor Augen. War da nicht eine rote Zipfelmütze am Waldrand? Ja, aus Richtung des Wagens kam sie und verschwand blitzschnell im Wald. Das Geheimnis Teil zwei konnte beginnen. Aber nun würden sie hier ansetzen, um den Fall zu klären. Der Parkplatz, natürlich, hier endete doch die Spur der Zwerge im vergangenen Jahr!

Die Familie war erneut vom Jagdfieber gepackt. Sie trotzten den Stechmücken und verharrten regungslos hinter den Bäumen, den Parkplatz fest im Blick. Sie sahen jedoch weder den Volvo noch die Zwerge. Es war auch sonst nicht viel los auf dem Parkplatz. Leider hatte es zu regnen begonnen, vielleicht war das der Grund.

Am nächsten Abend: Das Wetter war wieder schöner, doch außer einer Familie, die kurz anhielt, um den Sonnenuntergang zu genießen, tat sich wieder nichts: kein Volvo, keine Zwerge. Gut, einen Abend wollten sie noch opfern. Sie suchten gerade geeignete Verstecke, als mit dem letzten Sonnenlicht tatsächlich der Volvo mit dem alten Mann vorfuhr. Er stieg aus, blickte zum Waldrand, pfiff kurz auf den Fingern und öffnete den Kofferraum. Da kamen sie angerannt: sechs Zwerge! Sie sprangen auf die Stoßstange, beugten sich nach vorne und entleerten die Kiepen in das Innere des Wagens. Ebenso schnell rannten sie wieder weg. Der Spuk war blitzschnell vorbei. Es dauerte nicht einmal eine Minute. Was mochte hier vorgehen? Rauschgift, Spionage? Sollte man nicht lieber die Polizei rufen? Am Waldrand lagen wieder einige Golfbälle, die wurden jetzt eingehend untersucht. Sie waren jedoch massiv, keine Hohlräume mit Rauschgift oder Mikrofilmen. Vielleicht sollte man den alten Mann selbst fragen. Er hatte einen sehr freundlichen und netten Eindruck gemacht, sah nicht gerade aus wie ein Verbrecher.

Am folgenden Abend machten sie zur Tarnung auf dem Parkplatz Picknick. Tatsächlich, der Volvo kam wieder. Der Mann sah aus dem Fenster, blickte auf die Picknick-Gesellschaft, dann immer wieder auf die Uhr. Er war sichtlich nervös. Nach einiger Zeit ließ er den Motor an und wollte wieder wegfahren. Da ging der Vater zum Wagen und sprach ihn an: Ob er auf die Zwerge warte? Das Gesicht des Mannes wurde schlagartig aschfahl und er zitterte.

„Wo-woher her wissen Sie, wa-was wollen Sie?“, stotterte der Mann. „Sind Sie von der Steuerfahndung?“

„Nein“, sagte der Vater, „aber wir haben hier schon im letzten Jahr Urlaub gemacht und das mit den Zwergen gesehen. Wir sind neugierig, das heißt, vor allem meine Kinder möchten wissen, was es mit den Zwergen auf sich hat.“

Der alte Mann dachte lange nach. „Na ja, eigentlich ist es auch keine Steuerhinterziehung oder Schwarzarbeit, was ich mache, deshalb kann ich Ihnen alles erzählen", sagte er schließlich. „Sie kennen vielleicht die Geschichte von den Heinzelmännchen aus Köln, die vor langer Zeit von der neugierigen Schusterfrau vertrieben wurden. Sie flüchteten bis hierher nach Schweden und lebten seitdem von Pilzen und Beeren in den Wäldern. Leider aßen sie auch von vergifteten Pilzen und fielen danach in einen ganz, ganz langen Schlaf. Vor vielen Jahren suchte ich meinen entlaufenen Hund im Wald und entdeckte die Höhle mit den Zwergen. Mein Hund hatte sie durch sein lautes Bellen aufgeweckt und sie liefen hilflos umher. Sie erzählten mir ihre Geschichte und ich versprach, ihnen zu helfen. So kam mir die Idee mit den Golfbällen. Die werden dort unten in der Höhle, die fast so groß ist wie eine Fabrikhalle, hergestellt. Ich verkaufe die Bälle dann an die Golfplätze in der Umgebung und besorge mit dem Geld den Zwergen dafür das Notwendigste zum Leben. Selbst verdiene ich keine Öre daran. Die Zwerge haben mich inständig gebeten, keinem davon zu erzählen. Sie möchten nicht wieder, wie einst in Köln, vertrieben werden. Ihr werdet doch mit niemandem je darüber sprechen?"

„Nein, nein, nein!", wir versprachen es hoch und heilig.

***

Und wenn das hier trotzdem aufgeschrieben steht, dann ist das nur die Fortsetzung des Märchens der Heinzelmännchen von Köln und stimmt überhaupt nicht. Das hat sich der Vater von Patricia und Dominik nur ausgedacht.

Die schwarze Schlange

Das war knapp. Da fehlte nicht viel, und der Habicht hätte sie gefasst. Die schwarze Schlange verspürte schon den Luftzug der Flügel und die scharfen Krallen auf ihrem Rücken. Nun lag sie ganz außer Atem zusammengerollt in der sicheren Höhle unter dem Steinhaufen. In letzter Sekunde war ihr noch die Flucht gelungen. Gut, dass sie den Ratschlag ihrer alten Großmutter befolgt hatte. „Wage dich nie zu weit von deinem sicheren Unterschlupf fort", sagte sie immer. Die gute, weise Großmutter erreichte eine für Schlangen wahrlich erstaunliche Lebensdauer von zwölf Jahren, sie starb an Altersschwäche.

Aber um selbst etwas zum Fressen zu bekommen, musste die Schlange die Höhle verlassen. Der Habicht wartete ausdauernd auf einem Baum genau gegenüber und beobachtete den Steinhaufen. Es war nicht einfach, unentdeckt hier herauszukommen. Leider hatte der Steinhaufen keinen zweiten Ausgang. Der Großvater der Schlange hatte immer gesagt: „Suche dir stets eine Höhle mit einem zweiten Ausgang." Schlangen sollten also nicht nur auf die Großmutter, sondern auch auf den Großvater hören. Die Schlange war noch ganz in Gedanken beim Großvater, als sie das ängstliche Piepen einer Maus hörte. Schon wollte sie schnell raus und zufassen, aber dann war ihr klar, der Habicht hatte sich die Maus gegriffen. Sie blickte vorsichtig nach draußen. Tatsächlich, der Habicht hielt die Maus in den Fängen und flog davon. Die Gelegenheit war günstig, schnell kroch die Schlange ins Freie, durch das hohe Gras in den nahen Wald. Inzwischen war ihr diese Gegend unheimlich geworden. Erst letzte Woche hatte ein Marder die Mutter gefressen. Sie wurde nur vier Jahre alt. Der Vater kam ebenfalls mit vier Jahren ums Leben. Auf der nahen Straße war er im vergangenen Jahr von einem Auto erfasst worden. Ohne Verwandte und ohne Sicherheit wollte die kleine schwarze Schlange hier nicht mehr bleiben.

Am nächsten Morgen, noch vor Sonnenaufgang, kroch sie aus dem Wald, zu dem großen Felsen nahe der Straße. Genau an dieser Stelle war der Vater unter die Räder gekommen. Da, plötzlich, war das nicht wieder der Flügelschlag des Habichts? Blitzschnell rollte sie sich ein, verlor dabei jedoch den Halt und kullerte den Felsen hinunter direkt auf die Straße. *Nun aber schnell in den Grasstreifen*, dachte die Schlange, *bevor mich der Habicht, oder wie den Vater, ein Auto erwischt.* Zu spät, rasch näherte sich ein Auto. Es gab kein Entrinnen mehr. Glücklicherweise geriet die Schlange nicht unter, sondern zwischen die Räder. Das Auto fuhr über sie hinweg, ohne sie zu berühren. Der Luftzug schleuderte die dünne Schlange hoch und wickelte sie um die Anhängerkupplung. Glück gehabt, sie lebte noch.

Nachdem sie die Orientierung wiedererlangt hatte, sah sie die Landschaft in schneller Fahrt vorüberfliegen. Eigentlich gar nicht schlecht, so reiste sie schneller und kein Habicht kam ihr zu nahe. Sie musste sich nur gut anklammern, denn hinter ihnen fuhr ein anderes Auto. Sie durfte auf keinen Fall abrutschen.

Das nachfolgende Auto kam immer näher – ja bedrohlich nah. Was hatte der Fahrer vor? Er blinkte auf und hupte ständig, dabei zeigte er auf die Anhängerkupplung. Meinte er sie, die Schlange? Ihr Auto fuhr jetzt langsamer und wurde vom nachfolgenden Auto überholt. Die Wagen hielten an. Die Schlange ahnte etwas, wickelte sich sofort von der Kupplung und glitt, so schnell sie konnte, über den Rasenstreifen in den nahen Wald. Die Fahrer blickten ihr nach, blieben zunächst stehen, dann stiegen sie wieder ein und setzten ihre Fahrt fort.

Die kleine schwarze Schlange kroch langsam durch den Wald, tastete sich vorsichtig von Felsen zu Felsen, von denen es in diesem Wald reichlich gab. Schließlich kam sie an einen großen See mit vielen Inseln. Sie schwamm von Insel zu Insel, immer den Blick abwechselnd mal nach unten und mal nach oben gerichtet. Zum Glück waren weder Hechte noch Habichte zu sehen. Für die Schlange gab es zudem genug Larven und kleine Frösche zum Fressen, so konnte sie gestärkt ihre Reise fortsetzen.

Am vierten Tag gelangte sie an das andere Ufer des großen Sees. Endlich war sie in Sicherheit, weit weg von ihrem gefährlichen Zuhause. Gerade lag sie auf einem Felsen und trocknete ihre Haut in der Sonne, als sie ein leises Zischen aufschreckte. Eine neue Gefahr? Nein, es war nur eine andere Schlange ihrer Art.

„Hey“, rief unsere kleine Schlange erfreut, „schön, eine andere schwarze Schlange zu sehen!“

„Verschwinde“, zischte diese. Sie war deutlich größer. „Na los, weg hier! Das ist mein Revier. Hier gibt es nicht genug zu fressen für alle.“ Sie richtete sich auf und stieß bedrohlich ihre Zunge hervor.

„Schon gut, schon gut“, entgegnete die kleine Schlange und sah zu, dass sie fortkam. *Unfreundliche Artgenossen hier*, dachte sie, also auch keine schöne Gegend.

Der Tag ging zu Ende, die Sonne verschwand langsam am Horizont. Die Schlange war traurig und hungrig. *War kein guter Tag*, dachte sie. Dann doch noch ein Lichtblick: Auf einem Stein im Wasser, nicht weit von ihr entfernt, saß ein dicker grüner Frosch. *Das wäre ein schönes Abendbrot*, dachte die Schlange und wollte gerade zugreifen, da begann der Frosch zu sprechen:

„Halt, halt!“, rief er. „Nicht doch, ich bin ein verzauberter König, der König der Schlangen, ich gehöre zu dir. Wenn du mich frisst, wird großes Unheil über das ganze Schlangenreich kommen.“

Die schwarze Schlange stutzte. War das ein Trick? Aber Frösche, welche die Schlangensprache beherrschten, hatte sie noch nicht erlebt. Sie hielt inne und antwortete ein wenig spöttisch: „Haben wir aber einen hässlichen König.“

„Ja, ich mag mich auch nicht im Wasserspiegel sehen“, jammerte der Frosch. „Ich wurde von einer bösen Heuschrecken-Fee, die ich fressen wollte, verwandelt. Mich kann nur eine im Fliegen ausgerissene Schwanzfeder eines Habichts von dem bösen Fluch befreien und wieder in einen schönen Schlangenkönig zurückverwandeln, wenn diese Feder sieben Mal über meinen Rücken gestrichen wird“, ergänzte der Frosch und seufzte: „Ich glaube kaum, dass es jemand geben wird, dem es gelingt, auf die genannte Art eine Habichtfeder zu erobern und mir damit sieben Mal über den Rücken zu streichen. So werde ich wohl den Rest meines Lebens ein Frosch bleiben und das Schlangenreich hat keinen König, der es regieren könnte. An der Zeichnung deiner Haut sehe ich, dass du aus dem Norden bist. Schlangen aus dem Norden gelten als besonders tapfer, vielleicht könnte es dir gelingen, mich von dem Fluch zu befreien. Zur Belohnung würde ich dir meine Tochter zur Frau geben und dich zum Fürsten im Nordreich machen.“

Die kleine schwarze Schlange fühlte sich geehrt ob dieses Vertrauens. Außerdem klang die Belohnung verlockend. Als Fürst sah sie sich schon in einem eigenen Palast mit einer hübschen Frau an der Seite und einer Leibgarde, die den Fürsten vor seinen Feinden schützte, sowie umgeben von Dienern, die einen mit allem versorgten, was man als Fürst brauchte. Doch die Aufgabe war kaum zu meistern. Am schwersten wäre es, einem Habicht eine Schwanzfeder im Fluge auszureißen. Allerdings hatte die kleine Schlange da so eine Idee, wie es gelingen könnte.

Viele Tage brauchte sie, um in die alte Heimat zurückzukriechen. Dieses Mal auf dem eigenen Bauch – keine Autofahrt. Auch durch die Seen zu schwimmen, erschien wegen der vielen Hechte zu gefährlich. Zu Hause angekommen, fand sie ihre alte Höhle noch unbewohnt. Ja, es könnte gelingen. Bald darauf zeigte sich der Habicht wieder. Er hatte die Rückkehr der Schlange bereits bemerkt und lauerte wie zuvor auf dem Baum gegenüber. Die Schlange wartete, bis es Nacht wurde, dann schlich sie im Schutz der Dunkelheit an den schrägen Felsen nahe der Straße. Sie wartete, bis sich bei Sonnenaufgang aus der Ferne ein Auto näherte. Als es nahe genug heran war, lockte sie mit lautem Zischen den Habicht. Der kam sofort im Sturzflug auf sie herunter. Blitzschnell verwandelte die Schlange sich in ein Knäuel und kugelte den Felsen hinunter auf die Straße. Ganz knapp, ja wirklich sehr knapp vor dem herannahenden Auto, da fehlte kein Zentimeter mehr, rollte sie auf die andere Straßenseite. Der Habicht hinterher, im letzten Augenblick sah er die tödliche Gefahr, die ihm durch das Auto drohte, brach den Sturzflug ab und zog steil nach oben. Ganz schaffte er es nicht, die Antenne des Autos erwischte seinen Schwanz, viele Schwanzfedern wurden herausgerissen und flogen durch die Luft. Aus ihrem Versteck in einem Entwässerungsrohr beobachtete die Schlange das Geschehen. Sie war zufrieden, alles lief wie gedacht. Der Autofahrer hatte nichts bemerkt und fuhr weiter. Zunächst hockte der Habicht unter Schock am Straßenrand, erholte sich erstaunlich schnell und sammelte die verlorenen Federn ein.

Mist!, dachte die Schlange. *Das wird nichts.*

Der Habicht suchte den ganzen Tag, bis zum Einbruch der Dunkelheit. Fast alle Schwanzfedern hatte er beisammen, bis auf eine, die unter eine alte Zeitung im Straßengraben geraten war. Die Schlange hatte das bemerkt. Sie wartete noch eine Weile, es war mittlerweile dunkel geworden, der Habicht würde nicht wieder zurückkehren. Sie holte die Feder unter der Zeitung hervor und klebte sie mit Baumharz auf ihren Rücken. An Schlafen war jetzt nicht zu denken. Sofort brach sie auf, um die Feder zum Froschkönig zu bringen.

Ein beschwerlicher, langer Weg mit der hinderlichen Feder auf dem Rücken, die nicht verlorengehen durfte.

Sie mochte beinahe schon zwei Wochen unterwegs gewesen sein, als sie in der Ferne den Palast des Königs auf der Kuppe des höchsten Berges Smålands sah. Weit war es nun nicht mehr, die schwarze Schlange gönnte sich eine letzte Rast. Kaum hatte sie sich im trockenen Gras ausgestreckt, einrollen ging wegen der Feder nicht, hörte sie ein sirrendes Lachen.

„Du Narr!“, rief eine Stimme in der Nähe. „Du blöde Schlange, glaubst du wirklich, dir wird es gelingen, den König von dem Fluch zu befreien, mit dem ich ihn belegt habe?“ Es war die böse Heuschrecken-Fee. Ihre Stimme war hasserfüllt, sie überschlug sich im Sirren, es klang, als würden tausend Heuschrecken durcheinander sirren. „Es wird dir nicht gelingen, dieses Land von der Herrschaft der Heuschrecken zu befreien. Wir werden hier herrschen und alle glitschigen Schlangen in schleimige Frösche verwandeln. Ihr werdet nie mehr eine von uns fressen." Sie lachte irre und sirrend, das ganze Tal war erfüllt davon, ein schreckliches Echo schallte von den Bergen zurück.

„Wie willst du einer tapferen Schlange die Feder abringen, du lächerliche Heuschrecke? Ich werde dich mit einem Happ auffressen. Wir werden schon sehen, wer über dieses Land herrscht", erwiderte die schwarze Schlange furchtlos.

Die Heuschrecken-Fee zirpte nun ganz laut mit den Hinterbeinen, und im Nu verdunkelte ein riesiger Heuschreckenschwarm die Sonne. Die böse Fee nutzte die Schrecksekunde und riss der Schlange die Feder vom Rücken.

„Ich werde sie verbrennen. Ihr habt verloren, ihr dummen Schlangen!", schrie sie vor Vergnügen mit ihrer sirrenden Stimme, und der Schwarm der Heuschrecken sirrte im Chor zurück: „Ihr habt verloren, ihr dummen Schlangen."

Der Lärm hatte die Palastwache des Königs aufgeschreckt, sofort eilte sie herbei. Zwei Dutzend Schlangen mit Gardemaß umringten die Heuschrecken-Fee, dem konnte sie nichts entgegensetzen. Heuschrecken, die ihr zu Hilfe eilten, wurden von den Schlangen vertilgt oder vertrieben. Im Triumphzug ging es mit der zurückeroberten Feder zum Königspalast.

Tags darauf wurde ein großes Fest gefeiert. Als es seinen Höhepunkt erreichte, traten der König – immer noch als

Frosch – und die schwarze Schlange unter großem Applaus auf die Bühne des Festplatzes. Die schwarze Schlange aus dem Norden erhob die Feder und strich dem Froschkönig damit ganz vorsichtig und langsam sieben Mal über den Rücken. Augenblicklich schrumpelte dieser zusammen, wurde ganz braun und faltig. Dem Schlangenvolk stockte der Atem, es entstand eine unheimliche Stille.

Die Menge wurde bereits unruhig, da blähte sich der hässlich braune Klumpen zu einer purpurfarbenen Blase auf, die immer größer wurde. Alle wichen ängstlich zurück. Schließlich zerbarst die Monsterblase mit einem lauten Knall: Auf der Bühne lag eine wunderbare, riesengroße Schlange mit leuchtend goldenem Kopf. Der König sah wieder aus wie vor der Verwandlung.

Tosender Beifall brach los, die Luft war erfüllt vom Zischen und Schwanzschlagen der Schlangen, sie waren außer sich vor Freude. Beinahe eine halbe Stunde dauerte das Toben, Jubeln und Lachen. Dann erhob sich der König majestätisch.

„Mein Volk!“, rief er laut: „Mein treues, tapferes Volk! Euer König ist wieder da, dank der Hilfe unseres mutigen Bruders aus dem Norden bin ich wieder der Alte und werde regieren, solange es euch gefällt. Zum Dank werde ich dem Bruder aus dem Norden meine Tochter zur Frau geben. Morgen soll die Hochzeit sein und er wird zum Fürsten des Nordens ernannt.“

Erneut brach Beifall aus, unter den sich Hochrufe auf den Helden aus dem Norden mischten.

Der König blickte wohlwollend auf sein Volk und erhob abermals die Stimme: „Und als ganz besondere Auszeichnung gebe ich unserem mutigen Helden von meinem goldenen Kopf etwas ab. Er und alle seine Nachkommen sollen fortan auf beiden Seiten ihres Kopfes einen goldenen Punkt tragen, zum Dank und zur Erinnerung an diese großartige Tat, die in die Geschichte unseres Volkes eingehen wird."

***

Und wenn ihr jetzt einer Schlange begegnet, mit zwei gelben Flecken am Kopf, dann wisst ihr, dass sie von unserer heldenhaften schwarzen Schlange abstammt.

Das alte Auto im Wald

Mitten in Schweden, in Småland, steht in einem dunklen Wald aus Eichen, Birken, Buchen und Kiefern, tief im Blaubeerkraut einsam und verlassen ein altes Auto. Modelle dieser Art fahren auf den Straßen schon lange nicht mehr. Irgendwann musste sein Eigentümer die ‚alte Karre' hier entsorgt haben. Da steht es nun und rottet vor sich hin. Der Motor und die Lampen sind schon nicht mehr vorhanden. Außerdem fehlen das rechte Vorderrad und die Rückspiegel. Durch die halb geöffneten Türen fällt der Blick auf die Sitze. Von Moos überwuchert, sieht es so aus, als hätten sie glänzend grüne Samtüberzüge. Der Rost kriecht von allen Seiten über das graue Blech. Nicht mehr lange und die gesamte Karosse ist rotbraun, und damit bliebe im wahren Wortsinn nur noch eine Rostlaube übrig.

Das alte Auto war sehr traurig, als wir es fanden und es uns seine Geschichte erzählte. Es hatte so viel von der Welt gesehen, und nun ein solches Ende. Das war unfair, ungerecht und gemein.

In Frankreich war es einst zur Welt gekommen, besser gesagt, wurde es hergestellt. Danach ging es mit dem Zug quer durch Deutschland. An der Ostsee verlud man es auf eine Fähre. So gelangte es hinüber nach Schweden. Bald darauf stand der chromglänzende Wagen im Verkaufsraum eines Händlers in Växjö. Aber das war nur von kurzer Dauer. Ein Glasbläser aus der Fabrik gleich nebenan kam nach Feierabend vorbei und verliebte sich auf der Stelle in die schicke, kleine Dame aus Frankreich.

Zu Hause angekommen beichtete er seiner Frau und den beiden Kindern die neue große Liebe. Die Begeisterung sprang über.

„Ja, wir wollen ein Auto!“, riefen die Kinder begeistert.

Die Frau, obwohl auch angetan von dem Gedanken an ein neues Auto, fragte vorsichtig: „Und was soll der Wagen kosten?“

Ja, das war eine Hürde. Eigentlich war ein solches Gefährt viel zu teuer für einen armen Glasbläser. Sie rechneten hin und her. Nur wenn Oma und Opa etwas dazu beisteuerten, könnte es reichen. Es gelang, Oma und Opa konnten überzeugt werden. Der Sohn versprach seinen Eltern, sie häufiger in die Stadt zum Einkaufen oder zu Tante Ida nach Jönköping zu fahren. Am nächsten Sonnabend ging die ganze Familie mit Oma und Opa ins Autohaus. War das Auto noch da? Ja, da stand es noch und funkelte in der Morgensonne. Sie waren früh gekommen, hatten die Nacht zuvor kaum schlafen können. Schnell war man handelseinig.

Die Woche darauf bekam der Wagen seine Zulassung, und so konnte die Familie schon am Sonntag der folgenden Woche zum Sommerschloss des Königs nach Öland fahren. Obwohl es nur ein Kleinwagen war, passten alle rein: Papa Lars am Steuer, daneben Mama Gitte und die kleine Lina. Auf der Rückbank hatten es sich Oma Astrid, Opa Gustav und der siebenjährige Ole bequem gemacht. Bequem? Na ja, aber es ging. Es war ein schöner Sommertag. Der erste Ausflug mit dem neuen Auto, er blieb unvergessen.

Es folgten noch viele weitere Fahrten. Richtige Urlaube waren das, obwohl nur noch zu viert, nach Dänemark, Finnland und einmal sogar bis nach Italien.

Fünf Jahre später gab es eine besondere Fahrt. Papa Lars musste richtig Gas geben, was er sonst selten tat. Mama Gitta war hochschwanger, es wurde Zeit, dass sie ins Krankenhaus kam. Das bedeutete leider zugleich den Abschied vom Auto. Die kleine Auto-Dame aus Frankreich war zu klein geworden, als Familie Petterson mit Klein-Ida auf fünf Köpfe anwuchs. Ein größerer Kombi musste es nun sein. Die kleine graue Limousine mit den lustigen Augen verkaufte Papa Lars an seinen Arbeitskollegen Sven.

Von da an begann eine langweilige Zeit für den Wagen, der mit Familie Petterson Schönes erlebt und viel von der Welt gesehen hatte. Sven war Junggeselle. Er fuhr nie in den Urlaub. Jeden Tag zur Arbeit und wieder zurück. Manchmal zum Angeln an den nahen See. Aber das war's auch schon. Das Auto kannte bald alle Strecken auswendig. Richtige Pflege bekam es auch nicht mehr. Früher hatten die Kinder sich immer gekümmert. Ole war für die Außenhaut und Lina für das Innere zuständig. Alles stets blitzblank und in einem guten Zustand. Nun aber überall Dreck und Staub, und da Sven ein starker Raucher war, stank es im Innenraum ganz scheußlich nach Tabak.

Plötzlich kam doch noch Dramatik auf. Es war Winter, zwei Wochen vor Weihnachten. Neuschnee lag auf der Straße. Zu allem Überfluss hatte Sven verschlafen. Er würde zu spät zur Arbeit kommen, und das kurz vor Weihnachten, wo doch noch so viel Glasschmuck gefertigt werden musste! Sven trat ordentlich aufs Gaspedal. Da geschah das Unvermeidliche: In einer Kurve kurz vor Hovemantorp rutschte Sven in den Graben. Die ganze rechte Seite wurde eingedrückt, Sven kam mit einem gebrochenen Arm ins Krankenhaus. Er hatte noch Glück gehabt. Trotzdem, er blieb zwei Wochen im Krankenhaus und konnte sechs Wochen nicht zur Arbeit. Viele Kinder bekamen in diesem Jahr keinen schönen Weihnachtsschmuck aus Glas. Sven war der Spaß am Autofahren vergangen, er verkaufte den Wagen und fuhr nur noch Fahrrad.

Ein junger Mann namens Michael erwarb ihn. Er reparierte die eingedellte Seite notdürftig und fuhr damit wie ein Teufel durch die Gegend. Der nunmehr alten Dame aus Frankreich ging dabei oftmals die Puste aus. Sie hielt jedoch tapfer durch. Sie mochte die Rockkonzerte und wilden Partys, zu denen Michael mit ihr fuhr. Das ging mehrere Jahre gut.

Dann passierte wieder etwas: An einem Spätsommerabend, sie kamen gerade vom Open-Air-Rockfestival in Roskilde, als kurz hinter Malmö eine Wasserfontäne aus dem Kühler schoss – und aus war's. Sven ließ den Wagen noch bis nach Hause abschleppen und versuchte ihn zu reparieren. Aber nicht nur der Kühler, auch die Kolben im Motor waren hin. Es lohnte sich nicht mehr. Nicht mal ein Schrotthändler gab ihm dafür noch Geld.

Verdammt, dachte Sven, *dann kostet das auch noch Geld für die Entsorgung auf dem Müllplatz. Also ab mit der alten Kiste in den Wald. Stört doch keinen*, dachten Sven und seine Freunde, als sie ihn bei Nacht und Nebel heimlich in den Wald schafften. Aber Unrecht war es doch. Und zur Strafe brach sich Sven bei der Aktion einen Finger.

Da lag sie nun, die alte Dame aus Frankreich, einsam und verlassen im schwedischen Wald. Aber so ganz dann doch nicht. Hirsche und sogar Elche blickten neugierig um die Ecke. Vögel ließen sich auf dem Dach nieder und

Schlangen versteckten sich darunter. Die Neugierigsten jedoch waren die vielen Kinder, die im nahen Ferienhaus ihre Urlaubstage verbrachten und regelmäßig im Auto spielten. Sie setzten sich hinter das Steuerrad und ahmten Motorgeräusche nach: „Brumm, brumm."

Einmal kamen auch Kinder, die riefen: „C'est une Renault!" Da kamen dem Auto vor Heimweh die Tränen – war das doch die Sprache der Arbeiter, die es vor vielen, vielen Jahren zusammengebaut hatten. *Ach ja, das war lange, sehr lange her.* Aber als ob die Kinder es geahnt oder die Tränen gesehen hätten, sie schraubten das Schild *Renault* ab und nahmen es mit nach Hause. Da hängt es nun mit einem Urlaubsfoto aus Schweden an der Wand, nicht weit entfernt von der Fabrik, in der es mal angeschraubt wurde.

An einem warmen Frühlingstag kam dann doch noch einmal so richtig Leben ins Auto. Eine Königin entdeckte das Auto. Nein, nicht die schwedische, aber doch eine richtige Königin: eine Wespenkönigin – eine schwedische Wespenkönigin, voll beladen mit Eiern, suchte sie einen schönen und sicheren Platz für ihr Volk. Sie kroch hinter die Türverkleidung. Dort bauten sie das Nest, gut geschützt und doch mitten in der Natur.

Jedes Jahr von Neuem kamen die Wespen wieder und lebten herrlich und in Frieden. Das Auto war glücklich darüber. Nun hatte seine Existenz wieder einen tieferen Sinn bekommen. Hunderte Wespen lebten nun schon über viele Jahre hinter der Türverkleidung. Und wenn neugierige Kinder die Türverkleidung aufbogen, dann wurden die Wespen wild und konnten auch mal böse zustechen. Vielleicht auch recht so, denn die Kinder hatten

oftmals Schaden am Auto angerichtet und somit schneller zu seinem Verfall beigetragen.

Irgendwann später jedoch, viele Jahre später, wird das ganze Auto wohl in sich zusammenbrechen. Selbst für die Wespen wird kein Platz mehr sein. Der Wald wird sich den Ort zurückerobern und das Auto mit Gestrüpp überwuchern. Die Kinder, die hier Verstecken spielen, werden

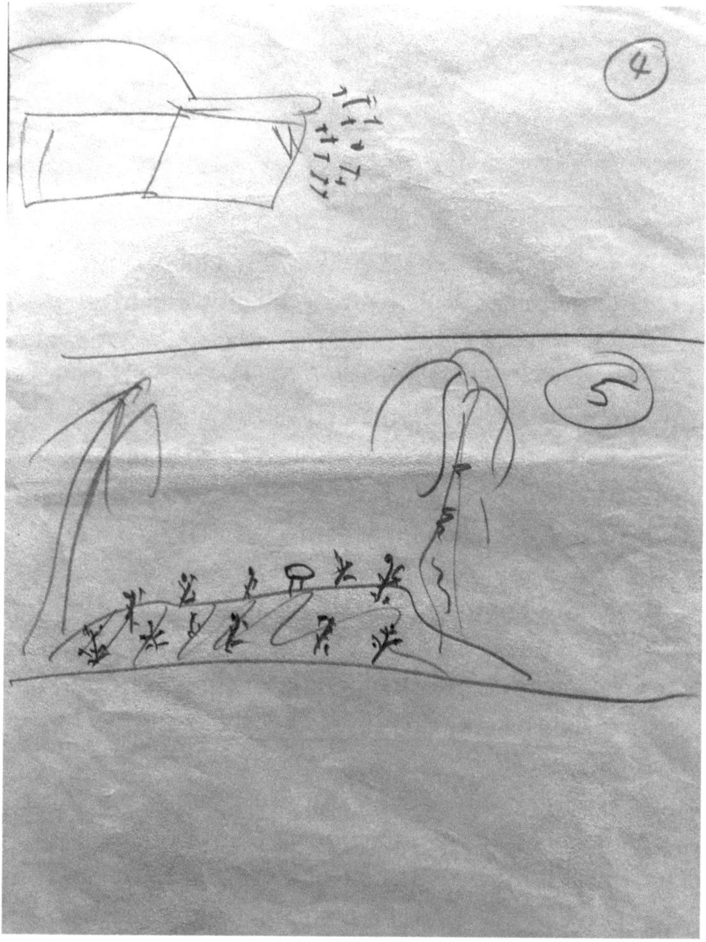

nicht ahnen, dass unter ihnen das Grab einer alten Auto-Dame liegt, die so viel erlebt und gesehen und nun ihren Frieden gefunden hat.

Eine andere Zeit – eine andere Welt

Der Wanderer kam langsam über den Hügel, unter ihm ein von Menschen unberührtes Tal mit einem großen, weit verzweigten See. Die Hänge rundherum zeigten noch Spuren eines Waldbrandes, der hier gewütet haben musste. Nun breiteten sich dort Buschwerk, kleine Bäume, blühende Stauden und Gräser zwischen den Felsen aus. Die Luft war erfüllt vom Gezwitscher unzähliger Vögel. Ein liebliches Tal, wie von einem genialen Landschaftsgärtner geschaffen. Abecémoz, der einsame Wanderer, war überwältigt von diesem Anblick. Er kannte solche Szenerien bisher nur von Fotografien, Filmen oder 3D-Animationen. Das alles waren jedoch völlig unzureichende Abbilder dieser perfekten, ursprünglichen Natur unter freiem Himmel. Erstmals in seinem Leben spürte Abecémoz, wofür er seine Sinnesorgane hatte: Augen, Nase, Ohren sogen alles auf wie ein ausgedörrter Schwamm. Selbst die Haut und die Lunge prickelten, als er die Luft, die vom See aufstieg, spürte und mit offenem Mund einatmete. So stellte er sich das Paradies vor.

Abecémoz ging hinunter zum See. Die Tiere blickten ihm neugierig nach, aber sie schreckten nicht auf. Menschen gab es hier seit langer, langer Zeit nicht mehr. Die Tiere hatten verlernt, in ihnen eine Gefahr zu sehen. Auf dem Weg zum See sah Abecémoz auf einer Blumenwiese von Moos überzogene Ziegelsteine und funkelnde Glasscherben im hohen Gras. Vermutlich die Überreste eines

Hauses, das hier mal gestanden haben musste. Nicht weit davon ragte ein knorriger Apfelbaum in den Himmel, an dem rot-orangene Äpfel hingen. Komisch, dachte Abecémoz, in seiner Welt gab es auch Äpfel, doch die kamen, wie alles andere Essbare, aus dem 3D-Drucker. Wozu dieser Aufwand? Wozu ein nutzloses Holzgerüst, von dem man die Äpfel mühsam pflücken musste? Trotzdem, Abecémoz konnte nicht widerstehen, einen davon zu probieren. Der Geschmack war sensationell, so etwas hatte er noch nie gegessen. Er aß gleich drei. Das war zu viel, führte zu Übelkeit und Schwindel. Der gierige Apfelesser taumelte und fiel bewusstlos ins Gras.

Erschrocken wachte Abecémoz auf. Er spürte einen Atem direkt vor seinem Gesicht und sah einen Zwerg, der zurückwich, als Abecémoz sich bewegte. Ein Zwerg? Ja, es musste ein Zwerg sein. Abecémoz kannte solche Wesen aus Märchenbüchern und alten Filmen. Es gab Verschwörungstheorien, die behaupteten, Zwerge beherrschten im Geheimen die Welt, lebten in Höhlen, um von dort aus alles zu steuern und zu manipulieren. Hin und wieder brächten sie ihren Göttern Menschenopfer und stellten aus dem Blut der Opfer Substanzen her, die, milliardenfach verdünnt über die Atmosphäre verteilt, die Menschen unwissend über das Wesen und Treiben der Zwerge und blind für deren Erscheinung machten. Alles vermutlich nur Gerüchte und Behauptungen. Abecémoz jedenfalls konnte den Zwerg deutlich sehen und hören, als dieser zu ihm sprach.

„Na, wohl zu viel von den Äpfeln gegessen, junger Mann“, sagte das Männlein mit der roten Zipfelmütze und schüttelte den Kopf. „Hier, nehme er das!“ Der Zwerg reichte ihm eine kleine, braune Flasche.

Sollte Abecémoz es nehmen? Vielleicht ein Betäubungsmittel, um ihn hernach zu opfern? Er zögerte.

„Nein, ich will dich nicht vergiften, das hilft, so nehme er doch!“ Der Zwerg hielt ihm die Flasche unter die Nase. Es roch nach Kräutern.

Abecémoz legte seine Zweifel ab und nahm einen kräftigen Schluck. Unheimlich – sonderbar! Ihm war, als würden tausend Ameisen seinen Rachen hinunterlaufen. Dann aber fühlte er eine wohlige Wärme, sie ging vom Magen aus und erfasste den ganzen Körper, alle Schmerzen waren wie weggeblasen. Abecémoz stand auf und lächelte.

Der Zwerg lächelte auch und fragte: „Geht es nun wieder besser?“

Abecémoz nickte: „Ja, viel besser, danke, vielen Dank.“

Sie sahen sich eine Weile schweigend an.

„Woher kommst du?“, fragten auf einmal beide gleichzeitig. Sie mussten lachen.

„Entschuldigung!“, der Zwerg hob die Hand, „ich bin Grimaldo, ich lebe hier. Und nun erzähle bitte er: Wer ist er und wie kommen wir zur Ehre seines Besuches?“

Abecémoz ordnete seine Gedanken. Der Trunk erwies sich als sehr hilfreich beim Denken. Er war hellwach und hochkonzentriert. „Ich heiße Abecémoz und komme aus der Mega-City Luneville 10. Als Techniker bin ich dort zuständig für die Solar-Adaption-Fields, kurz SAF genannt. Diese umgeben ringförmig unsere Stadt. Wir fangen die Sonnenenergie ein und wandeln sie durch künstliche Photosynthese in speicherfähige Energie um, aus der wir dann alles herstellen, was wir brauchen. Es müssen nur noch weitere Elemente aus der Luft, den Rohstoffen von Erde und Mond sowie recyceltem Material hinzugefügt werden. Durch diese Totalsynthese, TS genannt, sind wir absolut autark und klimaneutral. SAF und TS ersetzen Flora und Fauna, und so konnten wir uns auf wenige Zentren, den Mega-Citys und einige Rohstoffareale, zurückziehen. Der Rest der Erdoberfläche, ungefähr 99 Prozent, bleiben somit von den Menschen unberührt. Nun haben wir wieder den Zustand wie vor der Zeit der massenhaften Besiedlung durch die Menschen. Heute Morgen reparierte ich gerade ein sogenanntes AL, ein Artificial Leaf, das sind die Platten, in denen die künstliche Photosynthese abläuft, da kam es in den Leitungen darunter zu einer heftigen Explosion. Die Druckwelle schleuderte das AL hoch in die Luft. Instinktiv klammerte ich mich an die Platte und segelte damit stundenlang weit ins unberührte Land hinein, bis mich hier vor dem Berg ein Holunderbusch auffing. Ich hatte viel Glück. Ich bin noch am Leben."

„Ach, du warst das. Ich dachte, ihr Menschen führt schon wieder Krieg, als ich dieses seltsame Flugzeug sah." Ein Rabe, der auf dem Apfelbaum gesessen und zugehört hatte, hüpfte auf die beiden zu. „Hallo Robin", grüßte ihn der Zwerg freundlich.

„Also kein Krieg, wie ich höre, welch ein Segen." Der Rabe schüttelte sein Gefieder. „Ihr habt ja auch fast die ganze Erde vernichtet. Hätten sich nicht meine Vorfahren mit all den anderen Geschöpfen tief in erloschene Vulkane, den sogenannten Arche-Volcanos, verkrochen, dann wäre es aus gewesen mit uns. Nur ihr, ihr habt euch mit euren Raumschiffen davongemacht." Robin der Rabe sah Abecémoz vorwurfsvoll an.

Abecémoz räusperte sich verlegen: „Ja, das ist eine schreckliche Geschichte, die sich hier vor Hunderten Jahren rund um den Globus zugetragen hat. Ich kenne sie nur aus dem Geschichtsunterricht, ich schäme mich für das, was die Menschheit der Erde damals antat. Ich bitte um Vergebung und werde alles tun, dass sich so etwas nie wieder ereignet.“ Abecémoz verbeugte sich tief.

„Sagt ihr immer und dann tut ihr es doch“, krächzte der Rabe.

Grimaldo ergriff das Wort: „Wir Zwerge sind ja fast wie Menschen, aber wir tragen keine Schuld. Im Gegenteil, wir haben euch immer gewarnt, aber ihr habt uns verleumdet, verfolgt und bekämpft, bis wir nur noch ganz wenige waren, die sich hierher verkriechen konnten. Tief in den Höhlen überlebten wir die entsetzliche Katastrophe. In der Not entwickelten wir einen Zaubertrank, der uns unsterblich machte, aber auch geschlechtslos. So sind wir nun neutrale Wesen, werden nicht mehr und nicht weniger. Es gibt unser noch neunundvierzig, die hier in Frieden leben und möchten, dass es so bleibt.“ Grimaldo lächelte und fragte mit zweifelndem Blick: „Wird es so bleiben, was meint er?“

Abecémoz fühlte sich unwohl, war unsicher, sagte dann aber: „Ich hoffe, dass die Menschen aus ihren Fehlern gelernt haben. Wir waren damals fast zehn Milliarden, als eine Pandemie ausbrach. Seuchen kannten wir schon von früher, aber dieses Mal war es anders. Wenige erlagen dem Virus, die meisten kamen bei dessen Bekämpfung ums Leben.“

„Wie das?“ Grimaldo und Robin sahen ihn erstaunt an.

Abecémoz fuhr fort: „Ja, jeder wollte schnell ein Medikament, eine Impfung gegen die Krankheit. Nicht, um die Menschheit zu retten. Nein, jeder wollte der Erste sein, wollte nur sein Volk, seine Nation oder seine Religion retten. Erbitterte Auseinandersetzungen mit lang andauernden Kriegen und Völkerwanderungen waren die Folge. Die Menschen setzten erstmals Atomwaffen im großen Umfang ein. Das ohnehin schon geschwächte Klimasystem des Globus' brach nun vollständig zusammen."

„Mit großem Entsetzen haben wir das alles bemerkt." Grimaldo nickte und sagte: „Wir zogen uns tiefer in unsere Höhle zurück. Durch Meditation fielen wir dann in einen jahrhundertelangen Schlaf. Das hat uns gerettet. Einer von Robins Vorfahren, ein verirrter Rabe, weckte uns wieder auf."

Abecémoz sah betroffen zu Boden. „Ja, die Menschen haben sich aber grundlegend geändert, haben gelernt. Als die Katastrophe auf ihren Höhepunkt zulief, verließen alle, die es noch konnten – Robin sagte es ja bereits – in riesigen Raumschiffen die Erde, flogen weit ins All und zum Mond. Das war nur möglich, weil kurz vor Ausbruch des Dritten Weltkrieges die Methode der künstlichen Photosynthese Praxisreife erlangte. In den Raumschiffen, die so etwas wie fliegende autarke Einheiten mit Hunderten Menschen an Bord waren, konnten zum Glück viele überleben und das Menschengeschlecht somit retten. Die Erde jedoch verbrannte im Chaos. Dort überlebte keiner. Von denen, die ins ferne Weltall flogen, wissen wir bis heute noch nichts. Die Mondmenschen lebten dank einer weiterentwickelten Technologie Jahrhunderte auf dem Mond. – Als dann die Welt wieder bewohnbar wurde, trieb sie das kollektive Heimweh zurück. Etwas mehr als 100.000 sind jedoch auf dem Mond geblieben, leben in den riesigen Glas-Iglus und versorgen von dort die Erde mit Rohstoffen. Auf dem Mond ist auch der Sitz unserer interplanetaren Regierung. Es gibt einen Shuttle-Service zwischen den Planeten. Die Raumfähren *Christopher Columbus*, *Ferdinand Magellan*, *Vasco da Gama* und *James Cook* verkehren täglich zwischen Mond und Erde. Mittlerweile lebt fast wieder eine Milliarde Menschen auf der Erde in zweihundert Mega-Citys, sogenannten *Lunevilles*. Alle sind von 1 bis 200 durchnummeriert. – Meine Stadt, Luneville 10, ist die letzte Gründung der Mondrückkehrer, alle weiteren Mega-Citys sind schon Ausgründungen der Bestehenden ersten zehn." Abecémoz blickte in die staunenden Gesichter von Robin und Grimaldo.

„Und bald seid ihr wieder zehn Milliarden und dann geht das Ganze von vorne los", schnarrte Robin. „Erst vor hundert Jahren hattet ihr wieder Krieg. Noch heute erzählt man sich unter uns Raben, dass gewaltige Laserstrahlen vom Mond eine ganze Inselgruppe in der Südsee vernichtet hätten."

„Ja, das ist richtig, das war ein bedauerlicher Rückfall in die aggressiven Verhaltensmuster der Menschen, die wir eigentlich für längst abgelegt hielten", musste Abecémoz gestehen. Die Menschen hätten gehofft, in Ruhe und Frieden leben zu können. Die Lunevilles für sich seien selbstständig, sie seien aber fest verbunden durch eine umfassende Kooperation in den Bereichen Verwaltung, Wirtschaft, Bildung und Kultur. Überwacht und gesteuert werde diese Zusammenarbeit von der Zentralregierung auf dem Mond, der gemeinsamen Mondkommission. Dieser *Joint Observer Moon* – abgekürzt *JOM* – habe die Gesamthoheit in allen wesentlichen überregionalen wie auch interplanetaren Angelegenheiten von Verwaltung, Rechtsprechung und Verteidigung. Er sei die oberste Behörde, und nur JOM dürfe die Staatsgewalt ausüben. In ihr befänden sich Judikative und Executive in einer Institution. Von dort aus würden auch Mond, Erde sowie der nahe Weltraum überwacht und kontrolliert, denn jene, die ins All geflogen seien, könnten vielleicht eines Tages wiederkehren und mit ihren Verwandten in Streit geraten – seien ja schließlich auch nur Menschen.

Abecémoz zuckte mit den Achseln.

Robin machte einen langen Schnabel und hob den rechten Flügel hoch. „O. k., Judikative und Exekutive habt ihr, und was ist mit der Legislative? Wer stellt denn die Regeln auf?"

„Richtig", Abecémoz nickte, „das vergaß ich. Alle drei Monate gibt es eine parlamentarische Luneville-Sitzungswoche. Dann tagen die gewählten Abgesandten der Mega-Citys und derer vom Mond in jeweils einer anderen Stadt. Letztes Jahr war es Luneville 10. Das ist unser Dual-Planet-Parlament. Der Mond ist unser gemeinsamer Regierungssitz, weil der Zugang zu dem Planeten Mond besser kontrollierbar und außerdem historisch betrachtet von den Gräueltaten der Menschen unbelastet ist. Wenn wir jemanden in die Regierung entsenden, dann schicken wir sie oder ihn also zum Mond."

„Und was war vor hundert Jahren in der Südsee los?", insitierte Grimaldo: „Weiß man Genaueres?"

„Nicht so richtig", Robin zuckte mit den Flügeln, „ich kenne nur die Erzählungen der Urahnen, die mögen vielleicht mehr Sagen als Fakten sein. Vielleicht kennt Abecémoz die wahre Geschichte?"

„Ja", Abecémoz nickte bestätigend: „Wir haben das in der Schule intensiv behandelt. Es gab damals eine Rebellengruppe mit ihrem Anführer Dobo Faker. Sie wollten wieder zurück in die freie Natur, so leben wie die Menschen vor tausend Jahren. *Zurück ins vortausendjährige*

Reich war ihre Parole. Sie zerstörten Luneville 3, töteten die Einwohner und raubten alles, was sie brauchten. Sogar Flugzeuge und Atomwaffen, die nur noch als geächtete Vergangenheitsrelikte in streng bewachten Arsenalen unter Verschluss lagen, fielen in ihre Hände. Damit flohen sie in die Südsee und besetzten eine ganze Inselgruppe. In einer sofort einberufenen Sondersitzung des Dual-Planet-Parlaments wurde die sofortige Liquidierung der Abtrünnigen um Dobo beschlossen. JOM feuerte mit riesigen Laserkanonen vom Mond auf die Inselgruppe und löschte alles aus. Wenn ich vorhin sagte, wir haben gelernt, dann glaube ich, dass dieses erst recht nach dem Südsee-Inferno gilt."

„Also paradiesische Zeiten für euch?" Robin hielt den Kopf schief. „Lasst ihr uns denn jetzt hier draußen, außerhalb eurer Städte, wirklich in Ruhe?"

„Ja, wir werden euch euer Paradies nicht nehmen, denn nur so können wir auch unser Paradies bewahren", sagte Abecémoz mit Nachdruck.

„Mag sein", Robin kratze sich am Kopf, „aber das Klima habt ihr immer noch nicht richtig im Griff. Wir stellen fest, dass in letzter Zeit gehäuft heftige Gewitter auftreten. Die gewaltigen Blitze setzen immer wieder unsere Wälder in Brand."

„Ja, das ist richtig", stimmte Grimaldo ihm zu. „Die Wälder um uns herum brannten erst vor zwölf Jahren nach einem solchen Gewitter vollständig herunter. Der Apfelbaum dort hat nur überlebt, weil er so einsam auf der Wiese steht."

„Dafür habe ich eine Erklärung", sagte Abecémoz. Er war wieder in der Defensive und musste einräumen, dass die Technik der Menschen doch nicht ganz fehlerfrei arbeitete. Auch er war schließlich aufgrund eines Unfalls in diese Gegend gesegelt. Die schweren Gewitter seien Unfälle bei den Wolkenverschiebungen.

„Was, ihr verschiebt Wolken?“, Robin schüttelte ungläubig den Kopf.

Grimaldo lachte: „Ja, Wolkenschieber nennen wir bei uns immer die Spinner mit den krausen Ideen. Davon gibt es bei euch Menschen wohl viele?“

Nun musste auch Abecémoz lachen: „Aber nein, das ist zu ernst, um darüber zu lachen. Das müssen wir möglichst schnell in den Griff bekommen.“ Abecémoz erläuterte den beiden das für die Mega-Citys wichtige Energietauschsystem. Das sei notwendig, weil es mal bei den einen zu viel und bei den anderen zu wenig Energie gäbe. In den Monaten von Oktober bis März habe der Norden zu wenig, der Süden zu viel. Von April bis September wäre es dann umgekehrt. Für den Transport der Energie lade man riesige Wolken elektrisch auf und verschiebe sie in der Atmosphäre. JOM auf dem Mond überwache und steuere die Transporte mit Ionenlasern. Aber manchmal ginge das auch schief und die Wolken kollidierten, so entstünden die mächtigen Gewitter, für die es sonst keine meteorologischen Gründe gab.

„Das ist ja unheimlich, kannst du nicht dafür sorgen, dass in Zukunft die Wolken nicht mehr über uns hinwegziehen?“, fragte Grimaldo zaghaft.

„Im Rahmen meiner Möglichkeiten will ich es gerne versuchen. Aber gut, dass du das sagst, Grimaldo, du erinnerst mich an meinen Job. Übermorgen muss ich zum Mond reisen, dort findet der alljährliche Kongress der SAF-Techniker statt. Ich könnte das Problem auf die Tagesordnung setzen lassen.“ Abecémoz wurde bewusst, dass die Sonne in wenigen Stunden untergehen würde.

„Wie wäre es, wenn du bei uns bliebest? Du könntest uns helfen, die Menschen besser zu verstehen und uns rechtzeitig vor ihnen warnen?", fragte Robin und hüpfte bei der Frage erwartungsfroh von einem Bein auf das andere.

„Ja, das wäre großartig!" Grimaldo klatschte vor Freude in die Hände.

„Vielen herzlichen Dank für euer Vertrauen und das interessante Angebot, es ist wirklich sehr schön hier, aber ich möchte zurück in meine Heimat. Heute Nacht werde ich gehen, lasst mich nur noch ein wenig zu Kräften kommen. Vielleicht könnt ihr mich begleiten und mir den Weg zeigen, denn nur die Sterne zeigen uns, wo es langgeht, und die kennt ihr besser." Abecémoz sah Robin und Grimaldo fragend an.

„Vor dem großen Krieg gab es noch Straßen, Schiffe und Flugzeuge, wenn ich mich recht erinnere", sagte Grimaldo, „aber damit ist es wohl vorbei?"

„Nur Satelliten kann man sehen, ich kann sie deutlich von den Sternen unterscheiden", fügte Robin hinzu. „Jedoch damit könnt ihr wohl kaum von Mega-City zu Mega-City fliegen?"

„Das ist richtig", Abecemóz nickte, „wir bewegen uns nur noch unterirdisch, es existiert ein Röhrensystem, das alle Lunevilles miteinander verbindet. Rasend schnell geht das, denn dort herrscht Vakuum."

„Hoffentlich kommt ihr damit unserer Höhle nicht zu nahe", Grimaldo runzelte die Stirn.

„Nein, nein, da ist noch viel Platz unter der Erde", Abecémoz versuchte Grimaldos Bedenken zu zerstreuen.

„Lasst mich jetzt noch ein wenig ruhen, und bei Einbruch der Dunkelheit treffen wir uns hier wieder. Wir wandern dann gemeinsam in das übernächste Tal, von dort kann ich die Rettungs-Hummel anfordern. Wenn möglich, sollte keiner etwas von eurem wunderschönen, unberührten Tal erfahren."

Das war Grimaldo und Robin sehr recht, denn obwohl sie Abecémoz als Freund sahen, trauten sie den Menschen doch nicht.

„Ich bring dir noch einen Topf Honig", bot Robin an.

„Und ich dir einen knusprigen Laib Dinkelbrot mit frischem Ziegenkäse." Auch Grimaldo wollte sich an dem Abschiedsgeschenk beteiligen.

„Abgemacht, bis später!" Abecémoz legte sich unter dem Apfelbaum schlafen.

Als die Dämmerung hereinbrach, kamen Grimaldo und Robin mit den Köstlichkeiten zurück. Abecémoz aß die leckeren Sachen, dann stand er auf, streckte Arme und Beine aus und sah in den Himmel.

„So, nun aber los, ich kann schon die Sterne sehen."

Grimaldo und Abecémoz stapften durch das hohe Gras, der Rabe flog über ihren Köpfen. Als sie die Bergkuppe erreichten, sahen sie plötzlich ein Gebilde aus riesigen Wolken, das sich dort auftürmte.

„Das sind Energiewolken!", rief Abecémoz erschrocken.

Robin flatterte aufgeregt davon: „Weg hier, bloß weg hier!"

Grimaldo griff rasch in seine Tasche, zog ein Fläschchen hervor und hielt es Abecémoz hin: „Schnell, schnell trinke er davon!"

Hastig nahm der Wanderer einen großen Schluck. Und da schlug auch schon ein Feuerstrahl mit ungeheurer Wucht vor ihnen in den Boden. Das Gestein schmolz, spritzte hoch und regnete auf sie herab. Im Nu erstarrten Grimaldo und Abecémoz zu Steinsäulen.

„Habe ich doch gesagt, habe ich doch gesagt", krächzte Robin „Vorsicht! Vorsicht!"

Der Boden tat sich auf, Grimaldo und Abecémoz rutschten aus ihren Steinhüllen in das Höhlensystem der Zwerge, dort wurden sie empfangen und schnell in Biberfelle gewickelt.

„Klug von dir, Grimaldo, dass du deinem Freund noch rechtzeitig den Unsterblichkeitstrunk gegeben hast", sagte ein Zwerg mit golddurchflochtenem Bart, „nun ist er einer von uns."

***

Irgendwo in Schweden auf einem Hügel, oberhalb eines weitverzweigten Sees, stehen zwei seltsame Steinsäulen. Und sollte eines Tages doch wieder eine Urlauberfamilie in diese Gegend kommen und sollten die Kinder ihren Vater fragen, was es denn mit diesen eigentümlichen Säulen auf sich habe, wird er ihnen vielleicht diese Geschichte erzählen, oder eine andere – aus einer anderen Zeit – aus einer anderen Welt.

Was war,
ist so gewesen,
wie wir es heute sehen.